Le chevalier de la charrette

Chrétien de Troyes

대산세계문학총서 138

죄수 마차를 탄 기사

Le chevalier de la charrette

크레티앵 드 트루아 지음 ― 유희수 옮김

문학과지성사

대산세계문학총서 138_소설

죄수 마차를 탄 기사

지은이 크레티앵 드 트루아
옮긴이 유희수
펴낸이 주일우
펴낸곳 ㈜**문학과지성사**
등록번호 제1993-000098호
주소 121-894 서울 마포구 잔다리로7길(서교동 377-20)
전화 02) 338-7224
팩스 02) 323-4180(편집) 02) 338-7221(영업)
전자우편 moonji@moonji.com
홈페이지 www.moonji.com

제1판 제1쇄 2016년 10월 14일

ISBN 978-89-320-2910-8
ISBN 978-89-320-1246-9 (세트)

이 도서의 국립중앙도서관 출판예정도서목록(CIP)은 서지정보유통지원시스템 홈페이지(http://seoji.nl.go.kr)와
국가자료공동목록시스템(http://www.nl.go.kr/kolisnet)에서 이용하실 수 있습니다.
(CIP제어번호: CIP2016023676)

이 책은 대산문화재단의 외국문학 번역지원사업을 통해 발간되었습니다.
대산문화재단은 大山 愼鏞虎 선생의 뜻에 따라 교보생명의 출연으로 창립되어
우리 문학의 창달과 세계화를 위해 다양한 공익문화사업을 펼치고 있습니다.

차례

일러두기

1. 이 책은 Chrétien de Troyes의 *Le chevalier de la charrette*, Charles Méla éd. et trad.(Paris: Librairie Générale Française, 1992)를 우리말로 옮긴 것이다.
2. 원문은 2연 대구 라임을 맞춘 운문으로 되어 있으나 읽기 편하도록 산문으로 옮겼다.
3. 원문은 단락과 절 구분이 되어 있지 않으나 옮긴이는 적절한 곳에 단락과 절을 구분했다.
4. 각주는 옮긴이가 넣은 것이다.
5. 인명 표기는 프랑스 작가가 프랑스어로 쓴 작품임에도 불구하고, 한국인들에게 외래어처럼 친숙한 영어식 표기의 관례를 따랐다.
6. 지명 표기는 현재 속해 있는 국가의 언어 발음을 따랐다.
7. 맞춤법과 외래어 표기는 1989년 3월 1일부터 시행된 「한글 맞춤법 규정」과 『문교부 편수 자료』『표준국어대사전』(국립국어연구원)을 따랐다.

제가 모시는 샹파뉴 백작 부인께서 어떤 모험담을 프랑스어로 이야기해주기를 바라시기에 저는 기꺼이 그 일을 시작하겠습니다. 이 세상에서 제가 할 수 있는 거라면 무엇이든 백작 부인께 몸과 마음을 다 바치겠지만 아첨은 눈곱만큼도 하지 않겠습니다. 사실은 백작 부인께 아첨하려고 하는 이야기가 세간에 떠돌기 시작하고 있는 것 같습니다. 4, 5월에 부는 산들바람이 모든 향기를 능가하듯 백작 부인의 매력은 다른 모든 귀부인을 압도한다고 합니다. 물론 이에 대한 증인을 대라면 댈 수 있습니다만, 그렇다고 해서 제가 백작 부인께 아첨하고 싶어 안달하는 그런 위인은 결코 아닙니다. "보석 하나가 그토록 많은 진주와 옥을 다 합친 것만큼 값이 나가는 경우가 있듯이 백작 부인 또한 하고많은 왕비들 못지않다"고 제 입으로 말해야 합니까? 분명히 말씀드리지만, 제 뜻과는 달리 그게 사실이더라도 저는 그런 말을 삼가겠습니다. 그러나 백작 부인의 분부가 제가 바친 재능과 노고 이상으로 이 작품에 큰 영향을 끼쳤다고는 확실히 말할 수 있습니다. 크레티앵이 『죄수 마차를 탄 기사』에 관한 이야기를 쓰기 시작합니다. 그는 백작 부인에게서 그에 대한 핵심적인 아이디어와 함께 소재를 제공받아 자기 나름으로 공들여 다듬고 칠할 뿐입니다.

***

아서 왕이 궁궐*을 열었던 어느 승천절**에 일어난 일로 이야기를 시작할까 합니다. 궁궐은 당연히 왕의 이름에 걸맞게 웅장하고 화려했습니다. 왕은 연회를 마친 뒤 신료들 속에 가만히 앉아 있었습니다. 홀은 지체 높은 귀족들로 붐볐습니다. 왕비와 아름답고 상냥한 귀부인들도 유창한 프랑스어로*** 담소를 나누며 이들과 함께 있었습니다. 케이****는 연회 시

---

* 중세 왕들은 한 곳에 머물지 않고 돌아다니며 순회 통치를 했기 때문에 여러 영지에 궁궐을 갖고 그때그때 궁궐을 열었다. 크레티앵이 쓴 아서 왕 관련 로망에서도 그러했다. C 사본에서는 이 궁궐을 카멜롯Camelot에 있는 것으로 묘사했으나(Cort molt riche a Cama(a)lot 카멜롯에 있는 매우 화려한 궁궐) 다른 사본들에서는 궁궐이 있는 지명을 적시하지 않았다. 그의 다른 로망인 『에레크와 에니드』『그라알 이야기』에서는 카를리옹Carlion과 카르두엘Carduel에 있는 궁궐을 언급하고 있다. C 사본에 카멜롯을 삽입한 것은 카멜롯을 언급한 13세기의 『산문 랜슬롯』에서 영향을 받았을 것으로 추정된다. 샤를 멜라Charles Méla의 고증본과 장 프라피에Jean Frappier의 번역본에 따라 이 구절에서 카멜롯을 명기한 C 사본 대신 그것을 표기하지 않은 T 사본을 따랐다.
** 예수가 부활하여 하늘로 올라간 것을 기념하는 승천절Ascension은 부활절(춘분 뒤 첫 보름달 이후 첫 일요일) 이후 40일째 되는 목요일로 부활절 날짜 계산에 따라 5월 중순에서 6월 초에 해당한다.
*** 1066년 프랑스 왕의 봉신인 노르망디 공작 윌리엄의 잉글랜드 정복 이후부터 백년 전쟁이 끝나는 15세기까지 잉글랜드 지배층은 프랑스어를 사용했다.
**** 아서 왕의 의형제인 케이Kay(쾨Keu, 이하 괄호 안에 병기된 인명 표기는 프랑스어식 표기)는 세네샬seneschal(sénéchal, 이하 괄호 안에 병기된 원어는 현대 프랑스어 표기)이다. 중세 왕궁에서는 세네샬이 음식 관련 업무를 총괄하는 주방장인 동시에 왕이나 왕비를 호위하는 무사로서 왕의 최고 시종이었다. 그는 고기 구입, 요리,

중을 지휘 감독하는 일을 마치고 주방 하인들과 식사하고 있었습니다.

바로 그때, 한 기사가 갑자기 궁궐에 나타납니다. 결투라도 하려는 듯 머리부터 발끝까지 완전무장을 하고 있었습니다. 이런 차림새로 그는 신하들에 둘러싸여 앉아 있는 왕 앞에 바짝 다가갔습니다. 왕한테 인사도 하지 않고 다짜고짜 말합니다.

"아서 왕, 나는 당신 나라와 가문에 속한 기사와 귀부인, 아가씨 들을 포로로 잡고 있소. 그렇지만 그들을 되돌려줄 생각이 있어서 오늘은 그들 소식을 가져오지 않았소. 대신 하나만 알려주고 싶소. 당신은 그들을 곤경에서 구할 수 있는 무력과 재력이 없으며 그러니 죽는 날까지 그들을 구출할 수 없을 것이오."

왕은 이 말을 듣고 가슴이 미어졌지만 해결책을 찾지 못한다면 그러한 불행을 감내할 수밖에 없다고 대답합니다. 그러자 기사는 궁정을 떠나려는 태세입니다. 왕 앞에 더 머물 생각이 없다는 듯 뒤돌아 홀의 문까지 갑니다. 그러나 곧장 계단으로 내려가지는 않습니다. 문 앞에 멈춰 서서 이렇게 소리칩니다.

"아서 왕, 내가 돌아가는 저 숲속으로 나한테 왕비를 데려올 수 있을 만큼 당신이 믿고 호위를 맡길 만한 기사가 혹시 이 궁정에 있다면, 거기서 그를 기다릴 것이외다. 만약 그가 나와의 결투에서 승리하여 그녀를 도로 데려가는 데 성공한다면, 내 나라에 잡혀 있는 포로를 모두 풀어줄 것을 약속하오."

소금과 칼, 화덕과 벽난로, 손님 영접과 안내 등을 담당하는 주방 하인들을 여럿 거느렸다. 여기서는 편의상 집사로 번역했다. 무례를 서슴지 않고 허풍이 심한 집사 케이는 왕비를 내깃거리로 하는 결투에 자청했다가 패함으로써 결국 왕비가 인질로 끌려가게 되는 결과를 초래했다.

이러한 도전이 넓은 홀에 있는 많은 사람의 귀에 울려 퍼져 온 궁정이 술렁였습니다. 이 소식이 하인들과 식사를 하고 있던 집사 케이의 귀에도 들어갔습니다. 케이는 식사를 중단하고 곧바로 왕에게 가서 화난 투로 말합니다.

"폐하, 소신은 오랫동안 성심을 다해 폐하를 모셔왔습니다. 그런데 오늘 폐하께 하직하고자 합니다. 더 이상은 궁정에 머물지 않고 떠나려고 합니다. 이젠 폐하를 모시고 싶은 마음이 없습니다."

이 말을 듣고 왕은 어리둥절해했습니다. 그러나 정신을 가다듬고 대답할 말을 찾아내자 곧바로 대꾸했습니다.

"진심으로 하는 소리인가, 농담으로 하는 소리인가?"

케이가 대답했습니다.

"폐하, 이 지경에 이른 지금 농담할 기분이 어디 있겠습니까. 소신이 하직하려고 하는 것은 진심입니다. 소신이 곁에서 폐하를 모신 대가로 별도의 보상이나 치하는 바라지 않습니다. 사실이 그러하오니 지금 당장 떠나겠습니다."

"내 곁을 떠나려고 하다니 무슨 노여운 일이 있는가, 아니면 불만이 있는가?" 왕이 말합니다. "집사, 여느 때처럼 궁정에 남아주시오. 분명히 말하건대 경을 붙잡아두기 위해 과인이 경에게 해줄 수 있는 게 지금은 아무것도 없소."

"폐하, 그러실 필요 없습니다. 매일 순금 한 덩이를 하사하신다고 해도 소신은 거절하겠습니다." 집사가 말합니다.

난감해진 왕은 왕비에게 갔습니다.

"왕비" 하며 왕이 말합니다. "집사가 과인한테 뭘 요청했는지 모르고 계시지요? 하직을 요청했소. 궁정에서 더 이상 자신을 볼 수 없을 거라고요. 과인을 위해 궁정에 남아달라는 내 요구도 거절했소. 도대체 그 이유를 모르겠소. 왕비가 간청하면 그가 금세 마음을 바꿀 것이오. 왕비! 그한테 가보시오. 그가 과인을 위해 궁정에 남을 생각이 없다고 하니 왕비를 위해 머물러달라고 간청해보시오. 그것도 그의 발치에 엎드려서요. 과인이 케이와의 좋은 관계를 잃는 것은 행복을 잃는 것과 마찬가지니까요."

왕의 부탁을 받은 왕비는 다른 사람들과 함께 있는 집사에게 친히 갔습니다. 그녀는 말합니다.

"케이, 경에 관한 얘기를 듣고 하도 속상해서 왔어요. 거짓말이 아니에요. 폐하 곁을 떠나고 싶다는 소리를 듣고 가슴이 아팠어요. 무엇 때문에 그런 생각을 했는지요? 무슨 유감이라도 있나요? 요즘 경의 태도를 보면 예전 같은 지혜로움과 정중함이 보이질 않아요. 케이, 내가 간곡히 부탁하고 또 부탁하니 폐하 곁에 있어주세요."

"왕비마마" 하고 케이가 말합니다. "송구합니다만 그 뜻을 받들 수 없습니다."

왕비는 재차 간청합니다. 주변에 있던 기사들도 한목소리로 왕비의 말에 동조합니다. 케이는 왕비가 헛수고한다고 대꾸합니다. 그때 왕비는 그처럼 지체가 높은데도 집사의 발치에 엎드립니다. 집사는 일어나시라고 간청합니다. 그녀는 거절합니다. 자기가 원하는 걸 얻을 때까지 일어나지 않을 태세입니다. 결국 케이는 왕과 왕비가 자신의 요구를 들어준다고 약조하면 떠나지 않겠다고 선언합니다.

"케이" 하며 왕비가 말합니다. "폐하와 내가 뭐든 약속해줄게요. 이제 폐하한테 가서 약속의 대가로 경이 머물 거라고 말씀드려요."

케이는 왕비를 따라 왕에게 갑니다. 두 사람은 왕 앞에 이릅니다. 왕비가 말을 꺼냅니다.

"폐하, 힘겹게 케이를 붙잡아둘 수 있게 되었습니다. 그러나 조건이 있습니다. 그가 원하는 걸 들어주셔야 합니다."

이 말을 듣고 왕은 기뻐하며 안도의 한숨을 내쉬었습니다. 집사가 요구하는 어떤 청도 다 들어주겠다고 합니다.

"폐하" 하고 케이가 말합니다. "그럼 소신의 뜻을 인정해주셨으면 합니다. 그리고 그걸 약조해주셨으면 합니다. 폐하의 은총으로 그 뜻을 이룬다면 소신은 정말로 복 받은 사람일 겁니다. 폐하께서는 여기 계신 왕비마마의 호위를 여태껏 소신에게 맡겨주셨으니, 숲속에서 기다리고 있는 기사를 만나러 왕비마마와 함께 가겠습니다."

왕의 기쁨은 싹 가십니다. 그렇지만 그는 평생 약속을 어긴 적이 없기에 케이에게 그 임무를 맡깁니다. 그러나 이번에는 마음이 내키지 않는다는 기색이 역력했습니다. 왕비 역시 놀란 표정이었습니다. 모든 궁정 사람들의 생각도 마찬가지였습니다. 집사의 요구는 오만과 몰상식, 몰지각에서 비롯된 것이기 때문입니다.

왕은 왕비의 손을 잡고 말합니다.

"왕비, 이젠 하릴없이 케이와 함께 떠나야만 하오."

집사가 말합니다.

"이제 왕비마마를 소인한테 맡겨주십시오. 추호도 염려하실 필요 없습니다. 소신은 왕비마마를 온전하게 다시 모셔 오겠습니다."

왕은 왕비를 그에게 넘겨줍니다. 그가 왕비를 모시고 갑니다. 다른 사람들은 모두 슬픔에 잠긴 채 그들 뒤를 따릅니다. 곧바로 집사에게 무장을 해주었습니다. 하인들이 그가 탈 말을 궁정 앞 한가운데로 끌고 왔습니다. 왕비가 탈 말도 함께 대령했습니다. 어느 모로 보나 왕비의 품격에 맞는 의장마였습니다.* 그녀는 말이 기다리는 곳으로 갑니다. 말은 온

순해서 손을 대도 가만있었습니다. 그녀는 낙담한 듯 맥 빠진 한숨을 연거푸 내쉬며 말에 오릅니다. 누가 들을까 봐 나지막이 말합니다.

"아아! 그대,** 그대가 이걸 알았다면 내가 한 발짝이라도 속수무책 끌려가게 놔두지는 않았을 텐데!"

그녀는 혼자 속삭였을 뿐이라고 생각했습니다. 그러나 기나블 백작이 엿들었습니다. 그녀가 말에 올라탈 때 바로 옆에 있었기 때문입니다. 그녀의 출발을 알리는 말발굽 소리가 들리자 현장에 있던 사람들 모두 탄식을 했습니다. 왕비는 그곳에서 돌아가실 것만 같았습니다. 살아 돌아오시리라고는 아무도 생각하지 못했습니다. 집사가 옹고집을 부려 낯선 기사가 기다리는 곳으로 왕비를 모셔 가고 있었습니다. 그러나 이토록 큰 슬픔에도 가웨인 경만 빼고 아무도 그들 뒤를 추격하려고 하지 않았습니다. 가웨인 경이 삼촌인 왕에게 살짝 말합니다.

"폐하, 폐하께서는 어린애처럼 유치한 결정을 하셨습니다. 소신은 그 소식을 듣고 깜짝 놀랐습니다. 하오나 그들은 아직 멀지 않은 곳에 있을 테니, 폐하께서 소신의 권고를 믿으신다면 폐하와 소신이 동행을 원하는 사람들과 함께 그들을 추격할 수 있을 겁니다. 소신은 당장 그들을 추격하겠습니다. 왕비마마께 무슨 일이 일어났는지, 케이가 어떻게 처신했는지 알기 위해서라도 추격을 하지 않는다면 그건 잘못입니다."

---

* 중세 때는 용도별로 다양한 말이 있었다. 행진이나 퍼레이드 또는 의전 등에 사용되는 고급스런 의장마palefroi, 덩치가 크고 힘센 전투용의 군마destrier, 덩치가 작고 측대보로 걸어 주로 숙녀들이 타는 조랑말haquenée, 기사의 산책과 여행 등에 사용되는 승용마cheval de selle, 쟁기나 수레를 끄는 견인마cheval de trait, 짐바리로 사용되는 수송마cheval de bâts 등이 있었다.

** 여기서 "그대amis(ami)"란 표현은 '지금 여기에 없는 친구나 애인'을 가리키는 말로 자신을 구하러 올 연인 랜슬롯을 암시한다.

"아이고! 조카님" 하며 왕이 말합니다. "경은 충직한 기사로 고언을 한 것이오. 이번 일은 경이 제안한 것이니 말을 가져와 재갈을 물리고 안장을 얹도록 하시게. 그럼 서둘러 출발하시오."

곧바로 말이 대령되고 마구와 안장이 갖추어졌습니다. 왕이 먼저 말에 오르고 가웨인 경이 뒤를 따랐습니다. 나머지 사람들도 허겁지겁 말에 올라탔습니다. 모두가 함께 가고 싶었지만 각자 선택한 길로 가기로 했습니다. 일부는 갑옷으로 무장했지만 대부분은 그러지 못했습니다. 가웨인 경은 완전무장을 했습니다. 게다가 두 시동*을 시켜 군마 두 필을 대동하게 했습니다.

이들이 숲 가까이 갔을 때 낯익은 케이의 말이 숲에서 빠져나오는 것이 보였습니다. 그러나 양쪽 고삐가 모두 재갈 끝에서 잘려나가 있었습니다. 말 위에는 케이가 없었습니다. 박차 가죽이 피에 흥건히 젖어 있었습니다. 말안장의 가죽은 고기 썰듯 잘게 찢겨 있었습니다. 모두가 이 광경을 보고 침울한 표정으로 눈짓을 주고받으며 옆구리를 툭툭 치기도 했습니다.

가웨인 경은 모든 사람을 앞질러 멀리 내달렸습니다. 땀으로 흠뻑 젖은 채 숨을 헐떡거리며 기진맥진한 말을 탄 기사**가 느릿느릿 오고 있는 것이 보였습니다. 기사는 가웨인 경을 보고 인사를 했습니다. 그도

* 시동은 escuier(écuyer)를 옮긴 것이다. escuier는 기사의 말과 방패를 관리하는 기사의 시동이다. 원래는 비천한 지위였지만 후대로 갈수록 귀족 출신으로 기사 수련을 받는 vaslez(수련 기사)와 동일한 의미를 지니게 된다. 편의상 기사 시동 또는 시동으로 옮겼다.
** 이 작품에서 랜슬롯(프랑스어 발음으로는 랑슬로)은 실명 대신에 "기사" "죄수 마차를 탄(탔던) 기사" "우리의 영웅"이란 표현으로 묘사된다. 아서 왕 관련 크레티앵의 로망에 등장하는 랜슬롯, 이웨인(이뱅), 퍼시벌(페르스발, 혹은 파르치팔) 같은 영웅들은 죄다 자신의 신원을 숨긴다. 랜슬롯이라는 실명은 멜리아건트와의 결투에 가서야 연인 귀네비어의 입을 통해 처음 등장한다. 이처럼 익명에서 실명으로의 전환은 주인공이 자신의 신비스런 정체를 드러내는 과정으로 풀이된다.

답례 인사를 했습니다. 기사는 가웨인 경을 알아보고는 멈춰 서서 말했습니다.

"경, 보다시피 내 말은 온통 땀에 젖고 너무나 기진맥진하여 더 이상은 아무짝에도 쓸모가 없습니다. 경은 군마 두 필을 갖고 있는 것 같은데, 나중에 호의를 갚을 테니 그중 하나를 나한테 빌려주든지 공짜로 주든지 해주십시오."

가웨인 경이 대답합니다. "마음에 드는 말을 골라보시오."

그러나 당장 말이 필요했던 그로서는 말의 생김새나 덩치를 따질 겨를이 없었습니다. 재빨리 바로 옆에 있는 말에 뛰어올라 내달렸습니다. 한편 그가 버린 말은 푹 쓰러져 죽었습니다. 그날 주인이 말을 혹사했던 겁니다.

기사는 박차를 가하며 숲을 가로질러 멀리 내달립니다. 가웨인 경은 성난 듯이 뒤쫓아 갑니다. 언덕 내리막길을 지나 한참을 달렸을 무렵 기사에게 주었던 말이 죽어 있는 게 보였습니다. 땅은 말 발자국으로 짓밟혀 있고 주변에는 창과 방패 동강이가 널브러져 있었습니다. 그곳에서 몇몇 기사가 치열한 결투를 벌인 게 분명했습니다. 가웨인 경은 결투가 끝난 뒤 도착한 게 무척 아쉬웠습니다. 하지만 그런 생각에 더 이상 얽매이지 않았습니다. 그는 전속력으로 길을 재촉했습니다. 마침 그 기사가 또 보였습니다. 갑옷을 입은 채 투구는 끈으로 동여매고 방패는 목에 걸치고 칼은 옆구리에 차고 혼자 걸어가고 있었습니다. 그때 죄수 마차가 나타났습니다.

그 시절에 죄수 마차는 오늘날의 죄인 공시대와 같은 구실을 했습니다. 오늘날에는 좋은 도시*마다 3천 대 넘게 있지만, 그 시절에는 한

---

* 중세 때 "좋은 도시boene vile(bonne ville)"란 매우 부유하고 성벽이 둘러쳐진 강력한 요새 도시 가운데서 왕이 특별히 관심을 가졌던 도시를 이른다.

대밖에 없었습니다. 이 기이한 마차는 요즘의 죄인 공시대처럼 반역자, 살인자, 결투 재판*에서 패하여 유죄판결을 받은 자, 타인의 재산을 몰래 훔치거나 대로상에서 무력으로 탈취한 강도들을 태웠습니다. 현장에서 체포된 범인은 이 마차에 실려 이 거리 저 거리로 끌려다녔습니다. 이 마차에 탄 사람은 모든 존엄성을 상실했습니다. 이후 어느 궁정에서든 아무도 그의 말을 들으려고 하지 않았습니다. 그러니 그를 받들어 환영하는 일도 없었습니다. 이것이 바로 그 시절 잔혹한 죄수 마차가 의미했던 바입니다. 그래서 이런 속담이 생겨났습니다. '거리에서 죄수 마차를 만나거든 성호를 긋고 화를 입지 않게 해달라고 하느님께 기도하십시오.'

말과 창을 잃은 기사는 걸어서 죄수 마차를 따라갑니다. 한 난쟁이가 훌륭한 마차 몰이꾼처럼 손에 긴 채찍을 들고 끌채에 앉아 있었습니다.

"난쟁이야" 하며 기사가 말을 걸었습니다. "내가 모시는 왕비마마께서 이곳을 지나가시는 걸 봤는지 말해줄 수 없겠느냐."

비천하고 교활한 족속인 난쟁이**는 그에게 정보를 알려주고 싶지 않았습니다. 난쟁이는 이렇게 내뱉을 뿐이었습니다.

"당신이 내 마차에 탄다면, 내일까지는 왕비가 어떻게 되었는지 알 수 있을 거요."

그러고는 계속 마차를 몹니다. [기사를 거들떠보지도 않고/단지 두

---

* 결투 재판duel judiciaire은 "하느님은 정의 편에 선다"는 믿음에 입각하여 죄의 유무를 하느님의 판단에 맡기는 중세 재판 방식 가운데 하나였다. 결투에서 피의자(또는 그의 대리인)의 승패에 따라 죄의 유무가 결정되었다. 1215년 제4차 라테라노 공의회에서 금지한 이 재판 방식은 이에 반발한 귀족층에서 중세 말까지 존속했다.
** 중세 때는 육체적 불구가 도덕적·인격적 불구와 동일시되었으므로 난쟁이는 거칠고 배신을 일삼는 악인으로 묘사되며, 이 작품뿐만 아니라 『에레크와 에니드』에서도 등장한다.

걸음 걸릴 시간 정도]* 기사는 마차에 올라타기를 주저합니다. 치욕이 꺼림칙해 즉각 마차에 올라타지 않고 이렇게 잠깐 지체한 것이 그에게는 두고두고 큰 불행이 됩니다. 그의 입장에서는 너무 잔인한 일이겠지만 그는 이로 인해 응분의 대가를 치르게 될 겁니다. 그러나 사랑과 화해할 수 없는 이성은 그에게 이 마차에 타지 말라고, 비난받고 모욕당할 짓은 하지 말라고 가르치며 훈계합니다. 심장이 아니라 입술에만 머물러 있던 이성은 위험을 무릅쓰고 그에게 이렇게 권고한 것입니다. 반면에 심장에 있던 사랑은 즉각 죄수 마차를 타야 한다고 그에게 명령조로 재촉합니다. 사랑이 그걸 원합니다. 기사는 죄수 마차에 펄쩍 올라탑니다. 사랑이 원해 명령한 것이라면 치욕이 뭐 대수이겠습니까.

가웨인 경은 죄수 마차를 따라잡으려고 길을 재촉합니다. 죄수 마차에 한 기사가 앉아 있는 걸 보고 눈을 의심합니다. 난쟁이에게 말합니다.

"난쟁이야, 뭔가 알고 있는 게 있다면 왕비가 어찌 되었는지 가르쳐다오."

난쟁이가 대답합니다.

"당신도 내 마차에 앉아 있는 저 기사처럼 자신을 증오하고 그가 샘나면 그 옆에 타시오. 그럼 당신도 안내해주겠소."

가웨인 경은 이러한 제안을 미친 짓이라 여기고 딱 잘라 거절합니다. 죄수 마차와 군마를 바꾸다니 터무니없는 거래 아닌가. 그는 덧붙입니다.

"가고 싶은 대로 가거라. 뒤쫓으마."

---

* 대괄호 안에 있는 구절(Qu'il ne l'atant ne pas ne ore/ Tant solemant deus pas demore 그[기사]를 거들떠보지도 않고/ 단지 두 걸음 걸릴 시간 정도)은 C 사본에 없는 것을 T 사본에서 보완한 것이다. 나중에 귀네비어가 랜슬롯을 질책할 때 이 구절이 반복된다.(112쪽 참조)

***

그러고 나서 그들은 계속 가던 길을 재촉합니다. 마차를 탄 두 사람이 앞서고, 말을 탄 한 사람은 뒤따르면서 대열을 이루어 갑니다. 해 질 녘에 매우 화려한 성에 이르렀습니다. 이 세 사람은 큰 성문을 통해 안으로 들어갑니다. 난쟁이가 마차에 싣고 온 기사를 보고 사람들은 놀란 표정을 짓습니다. 그들은 수군거리는 것으로 그치지 않습니다. 귀족과 하인, 노인과 어린애 할 것 없이 모두가 내지르는 커다란 야유 소리가 거리를 진동합니다. 기사는 자신에게 퍼붓는 모욕의 소리를 듣습니다. 모두가 한목소리로 묻습니다.

"저 기사는 어떤 처벌을 받을 거냐? 살가죽을 벗기는 형벌을 당할 것이냐, 교수형을 받을 것이냐, 아니면 익사형을 당할 것이냐, 가시나무 장작불에서 화형을 당할 것이냐? 그를 태워 온 난쟁이는 고하여라. 그가 무슨 죄를 저질렀기에 잡혀 왔느냐? 도둑질을 했느냐, 살인을 저질렀느냐, 아니면 결투 재판에서 패했느냐?"

그러나 난쟁이는 고집스럽게 입을 다물고 있습니다. 가타부타 대답을 하지 않습니다. 가웨인 경이 묵묵히 뒤따르는 가운데 난쟁이는 기사를 그가 묵을 본채로 데리고 갑니다. 본채는 성의 끝자락에 있습니다. 깎아지른 듯 가파른 잿빛 바위 절벽 위에 본채가 세워져 있고, 그 너머 낮은 곳에는 초원이 펼쳐져 있었습니다. 말을 탄 가웨인이 뒤따르는 가운데 마차가 본채 안으로 들어갑니다.

그들은 홀에서 아주 우아하게 생긴 한 아씨와 마주칩니다. 그녀는 이 고장에서 견줄 여성이 없을 정도로 미인이었습니다. 예쁘고 귀여운 두 아가씨가 그녀 뒤를 따라옵니다. 그녀들은 가웨인 경을 보고는 미소

18

로 맞이합니다. 그러고는 기사에 대해 캐묻습니다.

"난쟁이야, 중풍 환자처럼 마차에 태워 온 저 기사는 무슨 죄를 지었느냐?"

난쟁이는 설명해주지 않습니다. 마차에서 기사를 내려놓고는 떠나버립니다. 그가 어디로 가는지는 아무도 몰랐습니다.

가웨인 경이 말에서 내리자 수련 기사*가 와서 두 기사의 갑옷을 벗겨줍니다. 아씨는 이들에게 회색 다람쥐 모피 망토를 가져다주라고 했습니다. 두 기사는 망토를 어깨에 걸쳤습니다. 저녁이 되자 자못 우아하고 멋진 식사가 기다리고 있었습니다. 아씨는 가웨인 경 옆에 앉았습니다. 두 기사는 이러한 후의를 더할 나위 없는 것으로 여깁니다. 식사 내내 아씨가 이들에게 정중한 호의를 베풀고 유쾌하고 매혹적인 대접을 해줬기 때문입니다.

즐거운 식사가 끝날 즈음, 아씨는 홀 한가운데에다 길고 높은 침대 두 개를 설치하게 했습니다.** 바로 옆에 더 아름답고 화려한 세번째 침대가 이미 놓여 있었습니다. 소문에 따르면 이 침대는 침대에서 누릴 수 있다고 상상되는 모든 안락을 제공한다고 합니다. 잠자리에 들 무렵 아씨가 두 손님을 데려왔습니다. 넓고 긴 아름다운 침대 두 개를 가리키며 말합니다.

---

* 수련 기사란 말은 vaslez(valet)를 옮긴 것이다. 이들은 기사 수련을 받고 대개 13~21세 사이에 기사가 되었다. 이 작품이 쓰인 시기에 기사는 귀족에서만 충원되기 시작했으므로 이들은 귀족 청년들이었을 것이다. 문맥에 따라서는 청년 또는 젊은이로 옮기기도 했다.

** 홀sale(salle)은 왕궁이나 귀족의 성에서 핵심적인 공간이었다. 중세 때는 가정생활의 공간이 현대에서처럼 특정 용도와 목적에 따라 확정적으로 구획되지 않았기 때문에 홀은 접견실·회의실·재판정·식당·침실 등 다양한 용도로 사용되었다.

"여기 안쪽에 있는 두 침대는 당신들을 위해 마련한 것입니다. 그러나 그만한 자격이 없는 사람은 저기 있는 침대에서 잘 수가 없습니다. 그건 당신들을 위해 마련된 침대가 아닙니다."

죄수 마차를 타고 온 기사는 즉각 대꾸했습니다. 그 침대를 사용해서는 안 된다는 아씨의 말에 돌연 모욕을 느꼈기 때문입니다.

"우리가 저 침대를 사용해서는 안 되는 이유를 말씀해주시지요." 그가 말합니다.

반박할 말을 미리 준비해놓았던 그녀는 즉각 대답했습니다.

"당신 주제에 그런 요구를 하는 건 가당치 않아요. 기사가 죄수 마차를 타면 이 세상의 모든 명예를 잃는다고요. 그런 주제에 자꾸 끼어들어 요구하고, 더군다나 이 침대에서 자겠다고 하는 것은 옳지 못해요. 곧 그 짓을 후회하게 될 겁니다. 당신 자라고 침대를 그토록 화려하게 꾸민 게 아니라고요. 그런 무모한 생각을 하는 것만으로도 큰 대가를 치를 거예요."

그가 말합니다. "내가 이 침대에서 어떻게 자는지 두고 보세요."

"내가 그 꼴을 보게 된다고요?"

"그렇습니다!"

"그럼 당장 해보시지요."

"누가 대가를 치를지 내 머리로는 헤아릴 수 없습니다!" 기사는 말합니다. "당신이 불쾌해하든 화를 내든 상관없습니다. 난 그 침대에 누워 마음껏 휴식을 취하고 싶습니다."

그가 바지를 벗고 누운 것은 가까이 있는 두 침대보다 훨씬 더 길고 높은 침대였습니다. 금박을 촘촘히 두른 부드러운 노란색 비단 이불을 덮었습니다. 안감으로 댄 모피는 털이 완전히 해진 회색 다람쥐 모피가 아니라 검은 담비 털이었습니다. 그런 이불을 덮었으니 왕이라고 부럽겠습니까. 매트리스는 짚이며 골풀이며 헌 거적을 속으로 넣은 것이 아니었습니다.

한밤중에 천장 판자에서 창(槍) 하나가 벼락처럼 떨어졌습니다. 창날이 그가 누워 있는 침대의 시트와 이불을 꿰고 그의 옆구리를 관통하는 것 같았습니다. 창에 달린 삼각 깃발은 불이 활활 타오르고 있었습니다. 화염이 순식간에 이불과 시트, 침대 전체로 번졌습니다. 한편 창날은 기사의 옆구리를 스치면서 작은 찰과상만 입혔습니다. 기사는 벌떡 일어나 불을 끄고 창을 집어 홀 한가운데로 내던졌습니다. 그 어떤 것도 그가 침대를 떠나게 할 수는 없었습니다. 그는 침대에 다시 누웠습니다. 그러고는 아무 일도 없었다는 듯 잠을 푹 잤습니다.

이튿날 이른 아침 동틀 무렵에 아씨가 미사 준비를 시키고 손님들을 깨우게 했습니다. 미사를 마친 뒤, 죄수 마차를 탄 기사는 이런저런 생각을 하며 창가로 가 있었습니다. 그는 창 너머에 펼쳐져 있는 초원을 찬찬히 살펴보고 있었습니다. 아씨가 옆 창가로 왔습니다. 모퉁이에 있던 가웨인 경이 그녀의 귀에다 대고 한동안 속삭였습니다. 무슨 말인지 들리지 않았습니다. 그는 그들이 나눈 대화 주제가 무엇인지 전혀 모릅니다. 이 세 사람이 창문에 기대어 있을 때, 저 아래 초원에 들것 하나가 강을 따라 내려가는 모습이 불쑥 보였습니다. 들것에는 한 기사가 누워 있었습니다. 그 옆에 세 아가씨가 절망의 울부짖음을 토해내며 가고, 호위대가 그 뒤를 따르고 있었습니다. 맨 앞에 말을 탄 건장한 기사가 왼쪽에서 아름다운 귀부인을 호위하며 가고 있었습니다. 창가에서 생각에 잠겨 있던 기사는 그게 왕비라는 걸 직감했습니다. 그의 시선은 조금도 한눈팔지 않고 그녀를 뒤쫓았습니다. 깊은 명상과 황홀경 속에서 가급적 오랫동안 말입니다. 그녀가 시야에서 사라지자 그는 창밖으로 뛰어내리고 싶은 충동을 느꼈습니다. 몸은 이미 허리까지 창밖으로 나가 있었습니다. 그 순간 이를 목격한 가웨인 경이 뒤에서 잡아끌며 말합니다.

"경, 제발, 진정하시오! 그렇게 무모한 짓을 다시는 생각도 하지 마시오! 자신을 증오하는 건 옳지 못하오."

"전혀 그렇지 않아요." 아씨가 말합니다. "그의 행동이 옳아요. 그가 죄수 마차를 타고서 맞게 된 불행과 치욕은 곳곳에 알려져 있지 않나요? 당연히 죽고 싶겠죠. 치욕을 당하고 사느니 차라리 죽는 편이 더 나을 겁니다. 죄수 마차를 타고부터 그의 삶은 치욕과 모멸과 불행을 선고받은 거예요."

그리고 나서 기사들은 자기 갑옷을 부탁해 다시 입었습니다. 그때 아씨는 이들에게 아주 정중하고 후한 대접을 했습니다. 그녀는 자신이 심하게 비웃고 홀대했던 기사에게 화해와 연민의 표시로 말 한 필과 창 하나를 선사했습니다. 두 기사가 주인아씨에게 예의를 갖춰 정중하게 작별 인사를 했습니다. 그러고선 방금 행렬이 사라진 쪽으로 방향을 잡습니다. 그 길은 어제 온 길이 아니었습니다. 성을 빠져나갈 때까지 아무런 비난의 소리도 들리지 않았습니다.

***

그들은 왕비가 보였던 곳으로 재빨리 달립니다. 그러나 전속력으로 그녀를 데려가는 사람들을 따라잡을 수가 없었습니다. 초원을 지나 산 울타리가 쳐진 지역 안으로 들어갑니다. 돌로 포장된 길을 지나 제1시과

(오전 6시경)*까지 숲속을 달렸습니다. 그때 사거리에서 한 아가씨를 만났습니다. 두 기사는 그녀에게 인사하고, 왕비가 어디로 끌려갔는지 알고 있으면 가르쳐달라고 간청합니다. 그녀는 알고 있다는 듯이 대답합니다.

"당신들이 내게 흡족한 약속을 해준다면, 왕비를 데려간 곳이 어딘지, 그녀를 데려간 기사가 누군지, 그곳으로 가는 지름길이 어디인지 가르쳐줄 수 있습니다. 사실 그곳으로 들어가려면 어려운 일이 많을 겁니다. 그곳에 당도하기 전에 수많은 고난을 겪게 될 겁니다!"

가웨인 경이 말합니다.

"아가씨, 하느님께 맹세코 약속을 지키겠습니다. 원하는 시기에 최선을 다해 당신을 받들 것이니 사실대로 말해주세요."

죄수 마차를 탄 기사는 자신의 권한으로 약속한다고 하지 않습니다. 대신에 어떤 상황에서도 변함없이 너그러움과 강력함과 과감함의 은총을 베푸는 사랑의 신의 이름으로 약속합니다. 아무런 망설임과 두려움도 없이 모든 조건을 받아들이고 자신을 그녀 뜻에 맡기겠다고 말합니다.

"그럼 가르쳐드리지요." 그녀가 말합니다.

그러고는 이들에게 다 얘기해줍니다.

"나리들, 사실 왕비를 데려간 사람은 고르 왕국의 왕자이자 건장한 기사 멜리아건트입니다. 그가 왕비를 자기 왕국으로 데려갔습니다. 한번 들어가면 어떠한 이방인도 그곳을 빠져나올 수 없습니다. 어쩔 수 없이 그곳에 남아 유배 생활을 해야 합니다."

---

* 중세에는 대략 세 시간을 단위로 하는 교회의 성무 일과를 기준으로 하루를 찬과(讚課, 오전 3시경), 제1시과(오전 6시경), 제3시과(오전 9시경), 제6시과(정오), 제9시과(오후 3시경), 만도(晩禱, 저녁기도과, 오후 6시경), 종과(終課, 오후 9시경)로 구분하고, 그때마다 치는 교회의 종소리가 일반인들에게 하루 생활의 시간적 지표였다.

이들은 다시 묻습니다.

"아가씨, 그 나라가 어디에 있습니까? 거기로 가는 길을 알 수 없나요?"

아가씨가 대답합니다.

"알 수 있어요. 그러나 그 길에는 헤아릴 수 없이 많은 장애와 고난이 가로놓여 있다는 사실도 아셔야 합니다. 배드마구라 불리는 왕의 허락 없이는 그 나라로 들어가는 게 쉽지 않습니다. 그 나라로 들어가는 길이 두 개 있는데 매우 위험하고 끔찍합니다. 하나는 흐르는 물속에 잠겨 있다고 해서 잠수교라 부릅니다. 다리 밑의 물 깊이와 다리 위의 물 깊이가 똑같습니다. 다리가 물속 한가운데 잠겨 있는 셈이지요. 폭은 1.5피에밖에 되지 않습니다.* 두께도 그 정도 됩니다. 그 길로 가면 이점이 분명히 있지만 사람들은 그 길을 이용하지 않습니다. 그러나 그 길이 덜 위험합니다. 거기서 부딪칠 수 있는 많은 위험에 대해서는 말씀드리지 않겠습니다. 또 다른 길은 훨씬 더 고약하고 위험합니다. 여태까지 그 다리를 건넌 사람이 하나도 없다고 합니다. 칼처럼 날카롭습니다. 그래서 하나같이 칼 다리라고 부릅니다. 제 힘 닿는 데까지 사실대로 다 말씀드렸습니다."

이들은 또 묻습니다.

"아가씨, 두 다리로 가는 길을 알려주시오."

---

* 옛날에는 사람의 몸이 길이의 기본 척도 구실을 했다. 프랑스어 '피에pié(pied)'(32.48센티미터)는 발의 길이에서 유래한 옛날의 단위로 오늘날 흔히 쓰는 영어의 '피트feet'(30.48센티미터)와 비슷하다. '걸음pas' '뼘main'(엄지손가락과 나머지 손가락을 쭉 펴서 벌린 길이), '팔bras' '발brasse'(두 팔을 쭉 펴서 벌린 길이), '길brasse'(사람 키의 길이에서 유래하여 물의 깊이를 재는 단위로 쓰인 것으로, 예컨대 "열 길 물속은 알아도 한 길 사람 속은 모른다"는 속담) 등도 길이의 단위로 사용되었다. 이 작품에서는 피에, 걸음, 팔 등이 짧은 척도의 단위로 자주 등장한다.

아가씨가 대답합니다.

"이 길로 곧장 가면 잠수교가 나오고, 저 길로 곧장 가면 칼 다리가 나옵니다."

죄수 마차를 탄 기사가 잽싸게 동료 기사에게 제안합니다.

"경, 어렵게 생각할 것 없이 경이 먼저 선택하시오. 두 길 가운데 경이 한 길을 선택하면 나는 다른 길로 가겠습니다. 원하는 길을 선택하시오."

"솔직히 말하면" 하고 가웨인 경이 말합니다. "두 길 다 위험합니다. 마음에 안 들기는 둘 다 마찬가집니다. 나는 이런 선택을 하는 것이 서툽니다. 어느 길로 가는 게 좋을지 전혀 모르겠습니다. 경이 이미 선택을 제안했으니 주저할 수도 없고요. 잠수교를 택하겠습니다."

"그럼 나는 두말할 것 없이 칼 다리로 가는 게 당연합니다. 기꺼이 그 길로 가겠습니다." 다른 기사가 말합니다.

이제 세 사람은 헤어져야 합니다. 두 기사는 마음속으로 자신을 하느님께 맡겼습니다. 아가씨는 떠나가는 두 기사를 보면서 말합니다.

"두 분께서는 저의 호의에 보상을 해주셔야 합니다. 제가 그걸 꼭 필요로 할 때 말입니다. 그걸 잊지 말아주세요!"

"알겠습니다, 친절한 아가씨. 잊지 않으리다." 두 기사가 말합니다.

그러고 나서 두 기사는 각자 선택한 길로 갑니다. 죄수 마차를 탄 기사는 마치 사랑의 나라에 아무런 방어 없이 무기력한 상태로 끌려온 포로처럼 깊은 명상에 빠져들었습니다. 깊은 생각 속에서 몰아의 경지에 이릅니다. 그는 자기가 존재하는지 존재하지 않는지 알지 못합니다. 자신의 이름도 더 이상 기억이 나지 않습니다. 자신이 무장을 했는지 안 했는지 알 수가 없습니다. 그는 어디서 와서 어디로 가는지 알지 못합니다.

모든 것이 그의 기억에서 다 지워졌습니다. 그것을 위해 나머지 모든 것을 다 잊어도 되는 한 가지만 빼고는 말입니다. 그는 그 유일한 대상만을 골똘히 생각합니다. 그래서 아무것도 들리지 않고, 보지도 듣지도 못합니다.

***

그러나 그의 말은 샛길로 빠지지 않고 쭉 뻗은 평탄한 도로를 잽싸게 달렸습니다. 준마로서의 모험 의무를 수행하면서 기사를 광야로 인도했습니다. 그곳에는 냇물이 흐르고 있었습니다. 건너편에는 무장한 기사가 여울목을 지키고 있었습니다. 한 아가씨가 말을 타고 와 그 보초 곁에 있었습니다. 제9시과(오후 3시경)가 훨씬 지났는데도 기사는 깊은 생각에서 여전히 벗어나지 못하고 있었습니다. 몹시 갈증을 느낀 말은 맑은 물을 보고 그곳으로 달려갔습니다. 건너편 둑에서 외치는 소리가 들려왔습니다.

"기사여, 난 이 여울을 지키는 보초요. 여길 건너서는 안 되오."

검문을 받은 기사는 아무것도 듣지 못했습니다. 아니, 들리지 않았습니다. 생각에 몰두한 나머지 그의 귀가 막혀버렸기 때문입니다. 그러나 그의 말은 이에 아랑곳하지 않고 물로 돌진했습니다. 보초는 말고삐를 돌리라고 외쳤습니다.

"돌아가시오. 그렇게 하는 게 좋을 거요. 여긴 당신이 건널 길이 아니오."

만약 기사가 여울로 들어선다면 보초는 그의 무모함을 바로잡아주겠다고 심장에 맹세를 했습니다. 생각에 빠져 있던 기사는 아무 소리도 듣지 못합니다. 그 순간 둑을 넘어 여울로 뛰어든 말은 허겁지겁 물을 먹기 시작합니다. 모욕을 느낀 보초는 무모한 자의 소행을 갚아주겠다고 소리칩니다. 그의 방패도 갑옷도 그를 보호해주지 못할 거라고 장담합니다. 보초는 쏜살같이 말을 몰고 와서는, 통행이 금지된 여울 한가운데로 난입한 기사를 공격하여 쓰러뜨립니다. 이 충격으로 기사가 갖고 있던 창과 목에 걸친 방패가 하늘로 날아가버렸습니다.

　말에서 떨어진 기사는 찬물에 빠져 있는 걸 깨닫고 소스라치게 놀라며 벌떡 일어섰습니다. 마치 악몽에서 깨어나듯이 말입니다. 드디어 그는 볼 수 있고 들을 수 있게 되었습니다. 꿈속에서 기습을 당한 그는 스스로에게 물었습니다. 이렇게 타격을 가할 수 있는 자가 누구일까? 그는 곧바로 자기를 공격한 보초를 알아보고는 외쳤습니다.

　"초병, 난 당신이 앞에 있는지 몰랐으며 당신에게 아무런 해코지도 하지 않았소. 무슨 이유로 나를 공격했는지 말해보시오."

　보초가 말합니다.

　"그렇소. 그건 분명한 사실이오, 하지만 여울을 건너지 말라고 세 번이나 있는 힘을 다해 큰 소리로 경고했는데도 당신은 내 말을 무시하지 않았소? 이젠 잘 알아들었겠지만, 세 번이 아니라면 적어도 두 번은 건너지 말라고 경고했소. 그러나 당신은 내 말을 무시하고 건넜소. 당신이 여울로 들어오는 즉시 가만두지 않겠다고 분명히 경고했소이다."

　그때 기사가 대답합니다.

　"당신의 경고를 듣지도 보지도 못한 게 잘못입니까! 당신이 나한테 여울을 건너지 말라고 경고할 수도 있었겠지요. 그러나 난 생각에 빠져 있었습니다. 잘 들으시오. 내 손으로 당신을 제압한다면, 당신의 소행을 후회하게 될 것이오."

보초가 대답합니다.

"그게 무슨 대수로운 일이겠소? 당장 나를 제압해볼 테면 해보시오. 당신의 위협과 오만이 내게는 한 줌의 재만큼도 못하오."

기사가 대꾸합니다.

"더 필요 없소. 무슨 일이 있어도 당장 당신을 쓰러뜨리고 싶소."

그러고 나서 기사는 여울 한가운데로 갑니다. 고삐를 왼손으로 낚아채고 상대의 넓적다리를 오른손으로 꽉 잡아 인정사정없이 흔들어대고 잡아끌고 조입니다. 보초는 신음 소리를 냅니다. 넓적다리가 몸에서 완전히 떨어져나가는 것 같은 고통을 느꼈기 때문입니다. 그는 기사에게 풀어달라고 간청하며 덧붙입니다.

"기사, 괜찮다면 정정당당하게 겨뤄봅시다. 창과 방패를 잡고 말에 올라타서 한판 붙어보잔 말이오."

기사가 대답합니다.

"난 싫소. 내가 풀어주면 도망칠 것 아니오."

이 말에 치욕을 느낀 보초는 다시 결투를 제안했습니다.

"기사, 두말 말고 말에 올라타시오. 도망치지도 피하지도 않겠다고 맹세하겠소. 난 당신의 치욕스런 말에 깊은 상처를 입었소."

기사가 한 번 더 다그칩니다.

"우선 당신의 맹세에 대한 보증이 필요하오. 내가 말에 올라탈 때까지 당신이 도망치지도 피하지도 나에게 접근하지도 손을 대지도 않겠다고 서약해주시오. 그러면 풀어주겠소."

보초는 더는 다른 방도가 없었으므로 기사의 요구대로 서약을 했습니다. 이러한 서약을 듣고 안심한 기사는 물결 따라 멀리 떠내려간 자신의 방패와 창을 찾아옵니다. 그러고는 말에 다시 올라탑니다. 다시 안장에 앉은 기사는 방패 손잡이 끈을 잡고 창을 안장 머리에 고정시킵니다. 그러고 나서 그들은 서로를 향해 말을 전속력으로 몹니다. 여울을 지키는 자가 먼저 세차게 공격하여 기사의 창이 단번에 산산조각 납니다. 이어 기사의 호된 반격을 받은 보초는 물 한가운데로 나뒹굽니다. 그는 물속으로 완전히 빠져버립니다.

기사는 둑으로 돌아와 말에서 내립니다. 이런 상대는 백 명이라도 단숨에 해치울 수 있다는 생각이 듭니다. 그는 칼집에서 강철 검을 뽑습니다. 물속에 잠겨 있던 자가 벌떡 일어섭니다. 이번에는 그가 눈부시게 번쩍이는 좋은 칼을 뽑습니다. 드디어 서로 치고받는 치열한 백병전에 돌입합니다. 반짝이는 황금색 방패를 앞세워 엄호물로 이용합니다. 쉴 새 없이 칼을 혹사시킵니다. 끔찍한 타격을 주고받는 것에 개의치 않습니다.

결투가 지리멸렬하게 계속됩니다. 죄수 마차를 탄 기사는 마음속으로 치욕을 느낍니다. 기사 하나를 처치하는 데 이처럼 많은 시간이 걸린다면 자신이 취한 방법이 올바른 처결이 아니라는 생각을 합니다. 전날 어느 골짜기에서 이러한 기사 백 명의 도전을 받았다고 하더라도 그들을 능히 감당해낼 수 있었을 텐데. 오늘은 공격해도 번번이 빗나가고 시간만 허비할 정도로 자신의 초라한 무용에 서글픈 생각이 듭니다. 상대에게 돌진하여 세차게 공격을 가합니다. 상대는 휘청거리더니 달아나기 시작합니다. 어쩔 수 없이 여울을 넘겨줍니다. 그러나 승자는 쉴 새도 없이 그를 추격하여 넘어뜨립니다. 죄수 마차를 탄 기사는 그에게 달려가 세상에 맹세합니다. 그가 나를 여울에 빠뜨려 황홀경에서 깨어나게 한 것은 실수라고.

보초와 함께 있던 아가씨가 이러한 위협의 말을 똑똑히 들었습니다. 겁에 질린 그녀는 승자에게 자신을 생각해서 패자를 죽이지 말라고 간청합니다. 그러나 기사는 그를 꼭 죽이겠다고 대답합니다. 그는 자신을 그토록 심하게 모욕한 자를 그녀를 생각하여 용서할 뜻이 없습니다. 그는 칼을 빼 들고 다가갑니다. 상대는 겁에 질려 말합니다.

"그녀가 간청하고 나도 부탁하니 하느님의 사랑과 나를 위해 자비를 베풀어주시오!"

기사가 대답합니다.

"하느님의 사랑은 인정하오. 나를 아무리 부당하게 대하더라도 나는 하느님의 사랑을 위해 자비를 간청하는 자에게 첫 대결에서는 늘 용서를 베풀었소. 당신도 마찬가지요. 이처럼 자비를 간청하는 그대에게 자비를 베푸는 건 당연하오. 그러나 먼저 약조해주시오. 내가 원하는 시기와 장소에 복역하겠다고 말이오."

패자는 서약을 했습니다만 속이 쓰립니다. 아가씨가 또 끼어듭니다.

"기사님, 그가 요청한 자비를 들어주시다니 참으로 관대하십니다. 포로를 언젠가 풀어주실 거라면 저를 위해 그에게 자유를 허락해주시지요. 그를 저에게 넘겨주십시오. 그 대가로 적절한 시기에 기사님이 원하는 보상을 힘이 닿는 데까지 해드리겠습니다."

그때 기사는 언행을 통해 그녀의 신분을 알아챘습니다. 그는 포로를 그녀에게 넘겨주었습니다. 그녀는 자신의 신분이 노출되었을까 염려하면서 모욕감과 당혹감을 느꼈습니다. 그녀는 자신의 신분이 밝혀지지 않았기를 바랍니다. 그러나 기사는 당장 떠나려고 합니다. 보초와 아가씨는 그에게 하느님의 가호를 빌며 작별을 요청합니다. 기사는 허락하고 길을 떠납니다.

***

　기사는 만도 시간(오후 6시경)을 훨씬 지나서까지 말을 몹니다. 그때 한 아씨가 다가왔습니다. 용모가 수려하고 옷차림이 자못 우아했습니다. 그에게 교양 있는 여성처럼 정중하게 인사를 합니다. 기사가 답례 인사를 합니다.

　"아씨, 하느님께서 아씨에게 건강과 기쁨을 주시길!"

　그녀가 말합니다.

　"나리, 인근에 저의 집이 있습니다. 괜찮으시다면 오늘 밤 저의 집에 나리를 모시고 싶습니다. 그러나 조건이 있습니다. 저와 동침을 하셔야 합니다. 그 조건을 받아들이든지 말든지 하십시오."

　그동안 그녀의 이런 제안에 감지덕지한 이가 어디 한둘이었겠습니까. 그러나 그는 꺼림칙해하며 다른 대답을 했습니다.

　"아씨, 후의의 제의에 깊은 감사드립니다. 그러나 허락하신다면 동침을 하지 않았으면 합니다."

　"그 조건을 거부하시면" 하고 아씨가 말합니다. "그러면 저의 호의를 기대하실 수 없습니다. 저는 꼭 모시고 싶습니다!"

　더 좋은 다른 방도가 없었으므로 기사는 그녀의 뜻에 따르기로 합니다. 그렇지만 그게 마음에 걸립니다. 동침한다는 생각만으로도 상처가 큰데 동침할 때는 얼마나 더 마음이 아프겠습니까. 그를 데려가려고 열성을 바친 아씨는 그한테서 얼마나 많은 자존심의 상처와 비애를 맛볼지 모릅니다. 그러나 기사에게 홀딱 반한 그녀는 그를 그냥 보내고 싶지 않았던 겁니다.

　기사가 그녀 뜻에 따르겠다고 안심시키자 그녀는 그를 성으로 인도

했습니다. 테살리아*까지 간들 이보다 더 아름다운 성을 볼 수 있겠습니까. 성 주변이 온통 높은 성벽과 깊은 못으로 둘러싸여 있었습니다. 성 안에는 아씨가 데려온 기사 말고는 아무도 없었습니다. 그녀 집에는 잘 치장된 많은 침실과 거대한 홀이 있었습니다. 이들은 강을 따라 저택까지 말을 타고 갔습니다. 그들이 건널 수 있도록 도개교가 내려졌습니다.** 다리를 건너 성안으로 들어갔습니다. 기와지붕 밑에 활짝 열려 있는 문을 통해 홀 안으로 들어갔습니다. 홀에는 크고 넓은 식탁보로 덮여 있는 식탁이 있었습니다. 식탁에는 벌써 음식이 차려져 있었고, 샹들리에에는 촛불이 켜 있었으며, 금으로 장식한 은잔과 오디술이 담긴 단지와 독한 백포도주가 들어 있는 단지가 있었습니다. 식탁 근처 긴 의자 한쪽 끝에는 손을 씻을 수 있도록 따뜻한 물이 담긴 대야 두 개가 있었고, 다른 쪽 끝에는 손의 물기를 닦을 수 있도록 아름답게 자수된 하얀 수건이 놓여 있었습니다. 홀 안에는 수련 기사도 기사 조수***도 기사 시동도 볼 수 없었습니다.

기사는 목에서 방패를 벗어 고리에 걸고 창을 받침대 위에 놓습니다. 그러고는 말에서 뛰어내립니다. 아씨도 말에서 내립니다. 그는 도움을 기다리려 하지 않고 스스로 말에서 내리는 그녀의 행동이 무척 마음에 들었습니다. 그녀는 말에서 내리자마자 곧장 침실로 달려가서는 짧은 진홍색 망토를 가져와 손님에게 입혀줍니다. 홀은 어둡지 않았습니다.

---

  * 테살리아Thessalia는 현재 그리스 북부에 있는 지방이다.
 ** 도개교는 성문 앞 해자 위에 바깥쪽 끝을 올리고 내릴 수 있도록 설치된 비고정식 다리를 일컫는다.
*** 기사 조수는 sergent을 옮긴 말이다. sergent은 비귀족 출신으로 도끼나 검으로 무장하고 기사를 보조하는 역할을 했다. 문맥에 따라서는 하인serviteur으로 옮기기도 했다. 수련 기사는 vaslez(valet)를, 기사 시동은 escuier(écuyer)를 옮긴 것이다.

하늘에는 벌써 별들이 반짝였지만, 홀 안에는 회오리치며 타오르는 많은 촛불이 빛의 난무를 펼치고 있었습니다. 그녀는 목에 망토를 걸치고 나서 이렇게 말했습니다.

"나리, 여기 세숫물과 수건이 있습니다. 지금 시중을 들어줄 사람이 하나도 없습니다. 보셔서 아시겠지만 이 방에는 저 말고 아무도 없습니다. 그러니 손을 씻고 편히 앉으세요. 눈치채셨겠지만 오늘 일정과 음식은 당신을 위해 마련된 것입니다. 자, 손을 씻고 식탁에 앉으시지요."

"그러지요."

기사가 식탁에 앉습니다. 그녀도 옆자리에 다정하게 앉습니다. 이들은 함께 먹고 마십니다. 드디어 흡족한 식사를 마칠 시간이 되었습니다. 아씨가 기사에게 말합니다.

"나리, 괜찮으시다면 제가 잠자리를 보는 동안 밖에 나가 바람 좀 쐬시지요. 불쾌하게 생각하지 마시고요. 약속을 지키고 싶으시면 제때 돌아오셔야 합니다."

그가 대답합니다.

"약속을 지키겠습니다. 시간이 되면 돌아오겠습니다."

그는 밖으로 나가 잠시 뜰을 거닙니다. 이젠 발걸음을 돌려야 합니다. 약속을 지켜야 하기 때문입니다. 그러나 그가 홀 안으로 돌아왔을 때 스스로 그의 정인이 되겠다는 아씨가 보이지 않았습니다. 그녀는 그곳에 없었던 겁니다. 그는 그녀가 없어진 걸 확인하고 혼잣말을 합니다.

'그녀는 도대체 어디에 있는 거야? 보일 때까지 찾아봐야겠군.'

그는 즉각 그녀를 찾기 시작합니다. 그녀에게 한 약속 때문입니다. 어느 방에 들어가자 여자의 날카로운 비명 소리가 들립니다. 함께 자기로 한 아씨의 목소리가 분명했습니다.

옆방 문이 열려 있는 게 문득 보입니다. 그 방 앞으로 갑니다. 바로 눈앞에서 한 기사가 아씨를 침대에 넘어뜨리고 옷을 벗기고 있었습니다. 주인아씨는 그가 도와주리라 확신하며 날카로운 소리로 외쳤습니다.

"도와주세요! 기사님, 제 후의에 대한 대가로 도와주세요! 당신이 이 호색한을 떼어놓지 않으면 [그를 나에게서 떼어놓을 수 있는 사람은 아무도 없습니다. 빨리 나를 구하지 않으면]* 그자는 당신이 보는 앞에서 저를 능욕할 것입니다. 약조한 대로 저와 잠자리를 함께할 사람은 당신뿐입니다. 당신이 보는 데서 저를 무력으로 차지할 자가 이 호색한입니까? 아! 고귀한 기사님, 지체할 시간이 없으니 빨리 저를 구해주세요!"

기사는 비열하기 짝이 없는 호색한이 아씨의 옷을 배꼽까지 벗기고 있는 걸 보고는 부끄러워 얼굴이 빨개집니다. 발가벗겨진 먹이 위에서 덮치고 있는 발가벗은 공격자가 그의 심사를 뒤틀리게 했습니다. 그렇지만 이러한 광경이 그의 질투심을 조금도 자극하지 않았습니다.

그러나 완전무장한 두 기사가 칼을 빼어 들고 침실 입구를 지키고 있었습니다. 그 뒤에 기사 조수 네 명이 도끼로 무장하고 있었습니다. 황소의 등뼈를 마치 노간주나무나 금작화의 뿌리를 부드럽게 자르듯 가볍게 동강 내는 데 쓰이는 도끼로 말입니다.

우리의 기사는 문 앞에 멈춰 서서 혼잣말을 합니다.

'하느님, 제가 어찌해야 합니까? 저는 왕비 귀네비어를 위한 대의를 위해 길을 떠났습니다. 왕비를 구출하기 위해 이처럼 추격해온 마당에 결국 제가 산토끼의 심장처럼 소심해야 합니까. 비굴함에서 심장을 빌려

---

* 대괄호 안에 있는 구절(Ne troverai qui le m'en ost/ Et se tu ne me secors tost 그를 나에게서 떼어놓을 수 있는 사람은 아무도 없습니다./ 빨리 나를 구하지 않으면)은 C 사본에 없는 것을 다른 사본에서 보완한 것이다.

와 그 명령에 굴복한다면 제가 추구하는 목표는 달성할 수 없을 겁니다. 제가 여기서 포기한다면 그게 저한테 치욕이 될 것입니다. 포기한다는 말을 한 것만으로도 벌써 저 스스로에게 화가 치밉니다. 그 때문에 무척 우울합니다. 그렇습니다. 이 집에서 시간을 너무 지체한다고 생각하니 죽고 싶을 만큼 치욕스럽고 괴롭습니다. 하느님, 제가 조금이라도 오만한 생각에서 그런 말을 했다면, 그리고 제가 치욕 속에서 살기보다는 명예롭게 죽기를 바라지 않는다면, 저에게 자비를 베풀지 마시옵소서! 저자들의 훼방을 전혀 받지 않고 제가 이곳을 자유로이 빠져나간다면 제 공적은 무엇입니까? 그러면 세상에서 가장 비겁한 자가 이곳을 무사히 빠져나갈 수 있겠지요. 그렇지만 저 불행한 여인이 제게 거듭 간청하는 외침을 들어야 합니다. 그녀는 약속을 지키라며 혹독한 비난을 퍼부을 겁니다.'

기사는 곧바로 문으로 갑니다. 안으로 머리와 목을 밀어 넣고 천장을 살핍니다. 자신을 향해 내려치는 두 칼이 보입니다. 뒤로 몸을 피합니다. 두 기사가 아주 빠른 속도로 칼을 내려쳤기 때문에 제동을 걸 수 없었습니다. 땅에 세차게 부딪힌 칼은 박살 나고 맙니다. 칼이 박살 난 것을 본 기사는 도끼를 대수롭지 않게 여깁니다. 그런 만큼 다른 적들에 대한 그의 두려움도 훨씬 덜해졌습니다. 그는 이들 한가운데로 돌진합니다. 도끼를 든 첫번째 상대와 두번째 상대를 연달아 팔꿈치로 가격합니다. 그 두 사람은 그의 팔꿈치와 팔 공격을 받고 땅에 나둥그러집니다. 도끼를 든 세번째 상대의 공격은 빗나갑니다. 그러나 도끼를 든 네번째 상대는 세찬 공격으로 기사에게 상처를 입힙니다. 도끼날이 기사의 망토와 속옷을 뚫고 어깻죽지의 하얀 피부에 자국을 남깁니다. 피가 방울방울 떨어집니다. 그러나 이러한 부상에도 기사는 머뭇거리거나 신음 소리 하나 내지 않습니다. 잇달아 공격합니다. 아씨를 범하고 있는 호색한의 관자놀이를 움켜잡습니다. 이렇게 해서 그는 떠나기 전에 주인아씨에게 약속을 지킬 수 있게 되었습니다. 그는 좋든 싫든 호색한을 꽉 잡아 곧추세웁니다. 그러나 공격이 빗나갔던, 도끼를 든 세번째 상대가 바로 뒤따라와 도끼를 쳐들었습니다. 기사의 머리를 두개골에서 치아까지 두 동강 낼 기세였습니다. 그러나 그는 좋은 방어책을 강구할 수 있었습니다. 호색한을 방패 삼아 도끼의 공격을 차단했던 겁니다. 호색한은 어깨와 목 사이에 도끼의 공격을 받아 어깻죽지가 떨어져나갑니다. 기사는 눈 깜짝할 사이에 상대의 손에서 도끼를 낚아챕니다. 그러고는 자신이 꽉 잡고 있던 호색한을 풀어줍니다. 칼을 잃은 두 기사가 다가오고, 도끼를 든 세 사람이 세차게 공격해 와 이들로부터 자신을 방어해야 했기 때문입니다. 그러고는 이들의 공격을 피하기 위해 재빠르게 침대 난간과 벽면 사이로 뛰쳐나갑니다. 그는 소리칩니다.

"그래, 한꺼번에 다 덤벼봐라! 내가 공격할 공간이 충분히 있는 한, 너희 같은 놈들은 스물일곱 명이라도 좋다. 나한테 한번 붙어봐라. 내 공격을 당해내지 못할 것이다."

이 광경을 예의 주시하던 아씨가 기사한테 소리쳤습니다.

"이제부터는 제가 어떻게 되든 염려 마세요. 정말이에요."

그녀는 곧바로 기사들과 기사 조수들을 돌려보냈습니다. 이들은 군소리 없이 곧바로 침실을 나갑니다. 그녀는 덧붙였습니다.

"나리, 저의 가신들*에게서 저를 멋지게 지켜주셨습니다. 이리 오세요. 제가 모실게요."

---

* 그녀를 범하는 척했던 자들은 결국 그녀의 가신mesniee들이었다. 이날 저녁의 소동은 그녀가 랜슬롯의 기사도(신의와 무용)를 시험하기 위해 꾸며낸 것임을 알 수 있다.

이들은 손을 잡고 홀 안으로 돌아갑니다. 그러나 그는 전혀 기쁘지 않았습니다. 그녀 없이 지냈으면 좋겠는데.

홀 한가운데에 침대가 마련되어 있었습니다. 넓고 고운 시트가 더할 나위 없이 새하얗습니다. 매트리스는 짚 부스러기나 거친 방석으로 속을 넣은 것이 아니었습니다. 두 겹의 꽃무늬로 장식된 비단 이불이 펼쳐져 있었습니다. 아씨가 침대에 누웠습니다. 그러나 속옷은 벗지 않았습니다. 기사는 신발을 벗기가 무척 싫었습니다. 옷을 벗기는 더욱 그랬습니다. 그는 진땀을 흘리며 괴로워하고 있었습니다. 그러나 이미 내질러진 약속이 결국 그의 괴로운 저항을 잠재우고 승리합니다. 그러면 이것은 무력 행사 같은 것인가요? 바로 그랬습니다! 그는 어쩔 수 없이 그녀와 잠자리를 같이해야 합니다. 이미 그녀와 약속을 했기 때문입니다.

그는 서두르지 않고 천천히 침대로 들어갑니다. 그렇지만 안주인을 따라 속옷은 벗지 않습니다. 뜻하지 않게 그녀의 몸에 닿을까 봐 무척 신경을 씁니다. 떨어져 등지고 누워 있는 것이 더 좋았습니다. 계율에 따라 침대에 누워서도 말 한마디 하지 않는 수도사처럼 엄격히 침묵을 지키고 있었습니다. 시선을 돌리지도 미소를 보이지도 않습니다. 왜냐고요? 거기에 마음을 둘 수 없었기 때문입니다. 그녀는 아름답고 매혹적이었습니다. 다른 사람들에게는 아름답고 매혹적으로 보이는 그녀가 그에게는 매력적이지 않습니다.

기사는 일편단심을 견지합니다. 그마저 자기 것이 아닙니다. 이미 다른 대상에게 주었기 때문입니다. 그래서 아씨에게 마음을 줄 수가 없었던 겁니다. 그의 심장은 한곳에만 머물러야 합니다. 모든 심장을 지배하는 사랑이 그걸 원하기 때문입니다. 모든 심장이라고요? 아닙니다. 그것은 사랑이 중시하는 심장만을 의미합니다. 그러므로 사랑이 다스려주는 심장은 스스로를 더욱 소중히 해야 합니다. 사랑이 그 기사의 마음을 너무나도 소중히 여겼으므로 그는 사랑에 순종하고 그것에 자못 자긍심을 느낍니다. 그러므로 만약 그가 사랑이 금지시킨 일을 거부하고 사랑의 명령에만 따른다면 그를 비난할 수 없습니다.

아씨는 손님이 자기와 함께 있는 걸 싫어하고 자기가 없었으면 하는 걸 눈치챕니다. 그는 그녀와 잠자리를 함께하고 싶지도 않고 그녀에게 특별히 요구하는 것도 없습니다. 그녀가 말합니다.

"기사님, 제가 물러난다고 해도 언짢아하지 마세요. 제 침실로 가서 자겠습니다. 그게 더 편하실 것 같아요. 제가 신경을 쓰는 것도, 저하고 같이 있는 것도 별로 내키지 않으신 것처럼 보여서요. 제 생각을 솔직히 말씀드린 걸 무례하다고 여기지 마십시오. 오늘 밤 편히 쉬십시오. 약속을 아주 성실히 지키셨으니 더 요구할 권리가 제게는 없습니다. 기사님을 하느님께 맡기고 갑니다."

그러고는 침대를 빠져나갑니다. 기사는 그게 싫지 않습니다. 다른 애인에게 푹 빠져 있는 사람처럼 그는 기꺼이 그녀가 떠나가도록 내버려둡니다. 아씨도 이걸 충분히 깨달아 잘 알고 있습니다. 침실에 들어가 속옷을 벗고 알몸으로 침대에 누워 혼잣말을 합니다.*

'한 기사를 처음으로 알게 된 뒤로 그 기사 말고는 어느 누구도 3분의 1 앙주 드니에의 가치도 없는 것 같다.** 추측하건대 어떤 기사도 감히

---

* 중세에는 일반적으로 알몸으로 잠을 잤다. 랜슬롯과 함께 잘 때는 그를 유혹할 수 없음을 알고 속옷을 입고 있던 아씨가 자기 방으로 가서는 속옷을 벗고 알몸으로 잔 것이다.

** 앙주Anjou는 프랑스 서부의 지명으로 당시는 잉글랜드의 지배를 받고 있었다. 드니에 denier는 잉글랜드의 페니penny에 해당하는 것으로 성인 남성 농업 노동의 일당이 15 드니에, 성인 여성 방직 노동 일당이 5드니에 정도였다. 따라서 "3분의 1 앙주 드니에"란 표현은 '아주 사소한'이란 뜻으로 쓰였다.

시도하지 않았던 그토록 위험하고 고통스럽고 위대한 일을 그는 하고 싶어 한다. 하느님께서 그가 목표를 이룰 수 있도록 도와주시기를!'

그러고는 눈을 감았습니다. 동틀 녘까지 잠을 잤습니다.

***

동이 트자 아씨는 잠에서 깨어 일어납니다. 기사도 눈을 뜨자마자 옷을 차려입고, 다른 사람의 도움을 기다리지 않고 혼자 무장을 합니다. 그때 안주인이 와서, 이미 무장을 한 그를 봅니다.

"좋은 하루를 보내시길!"이라고 그녀는 인사를 합니다.

"아씨도요!"라고 기사는 답례 인사를 하고는 늦었다며 마구간에서 말을 가져다 달라고 부탁합니다.

그녀는 하인을 시켜 말을 가져다주라고 하면서 이렇게 말합니다.

"기사님, 예부터 전해진 로그르 왕국*의 관습에 따라 저를 곁에서 호위하며 데려가줄 의사가 있으시면 이 먼 여행길을 동행하고 싶어요."

그 시절 관습에 따르면 길에서 혼자 가는 아씨나 아가씨를 만나는 기사는 누구나 자신의 평판을 지키고 싶으면 최선을 다해 그녀를 정중히 대우해야 하며 그러지 못할 경우에는 스스로 목을 베는 편을 택했습니다. 반면에 길에서 만난 여성을 범하면 기사는 그 때문에 모든 궁정에서 추방되어 멸시를 받게 됩니다. 그러나 어떤 여성에게 곁에서 호위해줄 기사가 있다면 어떻게 될까요. 누구라도 그녀를 차지하기 위한 결투를 벌여 무력으로 그녀를 정복한다면, 멸시도 비난도 받지 않고 그녀를 차

---

* Logres: 아서 왕국의 공식 명칭이다.

지할 수 있었습니다. 그렇기 때문에 아씨는 관습에 따라 누가 자신을 해하지 않도록 그가 호위해줄 의사가 있다면 동행하겠다고 말한 것입니다. 그가 대답합니다.

"내가 먼저 당해 죽지 않는 한, 아무도 당신을 해코지하지 못하도록 하겠습니다."

"그럼 같이 가겠어요." 그녀가 말합니다.

그녀는 자기 의장마에 안장을 얹어 가져오라고 명령합니다. 말하기가 무섭게 명령이 수행되었습니다. 아씨의 말과 기사의 말이 대령되었습니다. 시동의 도움도 받지 않고 이들은 각자 말에 올라탑니다. 재빨리 말을 몹니다.

그녀는 대화를 이어가려고 노력합니다. 그는 그녀의 재잘거림에 개의치 않고 입을 닫고 있었습니다. 그는 생각에 빠져 있어서 말하는 것이 귀찮습니다. 사랑의 상처가 다시 도지곤 합니다. 그는 상처를 돌보거나 치료하겠다는 희망으로 연고를 바른 적도 없었습니다. 사랑의 상처를 입은 자는 상처가 악화되지 않는 한 약으로 치료하려고 하지 않기 때문입니다. 그가 오히려 추구하려고 한 것은 사랑의 상처입니다. 이들은 큰길이건 오솔길이건 지름길을 따라 달린 끝에 초원 한가운데 있는 한 샘으로 다가가고 있었습니다. 샘터 계단 바위 위에, 누가 잊고 간 것인지 알 수 없지만 금박 상아 머리빗이 놓여 있었습니다. 거인 이조레 시대 이래로* 현명한 사람이든 바보스런 사람이든 어느 누구도 그처럼 아름다운 머리

---

* 이조레Ysoré는 12세기 무훈시 『모니아주 기욤Moniage Guillaume』에 등장하는 인물이다. 그는 주인공 기욤이 9세기 초 루도비쿠스(루이) 경건 황제의 보루인 파리를 구출하기 위해 죽였던 작센 출신의 이교도이다. 여기서 "이조레 시대 이래로"란 구절은 '오랜 옛날부터'란 뜻으로 쓰인 것이다.

빗을 본 적이 없습니다. 그걸 사용한 어떤 여성이 그 빗살에 남겨놓은 머리칼이 줄잡아 반 움큼은 되었습니다.

아씨는 샘과 바위를 보고는 그걸 기사에게 보여주고 싶지 않습니다. 그래서 다른 길로 접어듭니다. 기사는 여전히 생각의 달콤함을 즐기고 있었습니다. 그래서 처음에는 자신이 오던 길을 벗어나고 있다는 사실을 깨닫지 못합니다. 그러나 결국 알아차리고는 자신이 속고 있는 건 아닌지 걱정하면서도 그녀가 어떤 위험을 피하기 위해 에움길을 택했다고 생각합니다.

"멈추시오, 아씨!" 하며 기사가 말합니다. "길을 잘못 들었습니다. 이리 오세요! 이 길 말고는 좋은 길이 없는 것 같습니다."

"기사님" 하고 아씨가 말합니다. "이게 더 좋은 길입니다. 제가 이 길을 잘 압니다."

기사가 대답합니다.

"아씨, 아씨가 무슨 꿍꿍이속인지 모르겠지만, 이 길이 잘 다져진 지름길이라는 걸 알게 될 겁니다. 저는 이런 길을 많이 달려본 경험이 있기 때문에 다른 길로는 가지 않을 겁니다. 그러니 이리 오시지요. 저는 이 길로 계속 가겠습니다."

그러고 나서 그들은 같은 길을 계속 달립니다. 곧바로 바위 가까이에 도달합니다. 머리빗이 그들 눈 바로 아래 있습니다.

"정말이지" 하며 기사가 말합니다. "제 기억으로는 이렇게 아름다운 빗을 본 적이 없습니다."

"제게 선물하시지요." 아씨가 말합니다.

"기꺼이 그러겠습니다, 아씨." 기사가 말합니다.

기사는 허리를 구부려 빗을 집어 듭니다. 빗을 잡고 찬찬히 바라보고는 빗살에 끼어 있는 머리카락을 한참 동안 응시합니다. 그러자 아씨가 그 모습을 보고 웃으며 즐거워합니다. 그는 아씨가 왜 웃는지 말해달라고 간청합니다. 그녀가 말합니다.

"다그치지 마세요! 당장은 그 이유를 말해줄 수 없어요."

"왜요?"

"그럴 마음이 없을 뿐이에요."

그러자 그는 진정한 연인 사이에는 조금도 자기 생각을 숨기지 않는 법이라고 그녀에게 확신에 찬 어조로 항의합니다.

"아씨, 아씨가 어떤 이에게 정말로 사랑에 빠져 있다면 나는 그 사랑의 이름으로 간청합니다. 더는 그 이유를 숨기지 말아주십시오."

"그토록 진지하게 간청하시니 제가 졌습니다." 그녀는 말합니다. "거짓 하나 보태지 않고 모두 말씀드리겠습니다. 제가 알기로 그 빗은 왕비의 것이 확실합니다. 제 말을 믿으세요. 빗살에 끼어 있는 그렇게 반들반들 빛나고 아름다운 머리칼은 분명 왕비의 것입니다. 그런 머리칼은 다른 사람에게서는 나올 수 없습니다."

기사가 말합니다.

"하지만 세상에 하고많은 왕비와 왕이 있는데 그게 누구의 머리칼이란 말입니까?"

그녀가 대답합니다.

"기사님, 그건 분명 아서 왕비의 머리칼입니다."

이 말을 듣고 기사는 갑자기 힘이 확 빠져 몸을 가눌 수가 없었습니다. 그는 몸을 낮춰 안장 머리에 의지할 수밖에 없었습니다. 아씨는 기절한 듯한 그의 모습을 보고 자기 눈을 의심합니다. 그가 말에서 떨어지지 않을까 걱정됩니다. 그런 걱정을 했다고 그녀를 비난해선 안 됩니다. 그가 졸도했다고 생각했으니까요. 그건 사실이었습니다. 그래서 그토록 걱정했던 겁니다. 그는 고통으로 심장이 멎은 듯 한참 동안 안색이 창백한 채 아무 말이 없었습니다.

아씨는 말에서 뛰어내렸습니다. 재빨리 달려가 그를 잡고 부축합니다. 그가 말에서 떨어지는 꼴을 보고 싶지 않아서였습니다. 그러한 그녀를 보고 그는 부끄러워하며 말했습니다.

"무슨 연유로 제 앞에 와 계신지요?"

아씨가 기사에게 그가 난처해하는 이유를 실토할 것이라고 생각하지 마십시오. 그렇게 되면 그는 얼마나 수치와 고통에 시달리겠습니까. 그녀는 진실을 숨기며 재치 있게 대답했습니다.

"기사님, 이 빗을 가지러 말에서 내렸습니다. 빗이 너무 탐나서 서둘렀던 겁니다."

약속한 대로 그는 그녀에게 빗을 선물로 줍니다. 그러나 그는 한 올이라도 끊어질까 봐 사뭇 부드러운 손길로 빗에서 머리카락을 빼냅니다. 세상에 그토록 소중한 것이 또 어디 있겠습니까. 머리카락에 대한 숭배가 시작됩니다. 머리카락을 눈에다 입에다 이마에다 볼에다 천 번이고 만 번이고 수도 없이 가져다 댑니다. 그럴 때마다 환희를 느낍니다. 그것에 그의 행복이 있고 그것에 그의 부가 있지 않겠습니까. 그는 그것을 가슴에, 속옷과 살 사이의 심장 가까이에 품습니다. 에메랄드나 석류석을 한 마차 가득 준다고 해도 그것과 바꾸고 싶지 않습니다. 갖은 전염병과 갖가지 병이 자신을 뒤덮는다 해도 두렵지 않습니다. 진주를 섞은 연약(煉藥)도, 최고의 해독제인 늑막염 진통제도 필요 없습니다. 성인 마르탱과 야고보도 마다합니다. 머리칼을 그토록 믿었기에 이들의 도움이 더는 필요 없었던 겁니다. 그렇다면 이 머리칼에는 어떤 특별한 힘이 있었던 걸까요? 제가 머리칼에 대한 진실을 말한다면 사람들은 저를 거짓말쟁이나 바보로 취급할 겁니다. 그가 진열대마다 상품으로 넘쳐날 만큼 한창 번성하던 시절의 랑디 정기시장*에 갔다고 가정해봅시다. 그가 거기서 이 머리칼을 구하지 못했다면 모든 상품을 거저 준다고 해도 거절했을 것임을 분명히 아셔야 합니다. 여러분은 아무것도 숨기지 말라고 제게 다그치고 계시지요. 그러면 금과 머리칼을 나란히 놓고 한번 바라보십시오. 골백번 불에 녹여 정제한 순금조차도 화창한 여름날 대낮의 밝은 빛과 대조되는 한밤의 칠흑처럼 어두워 보일 겁니다. 그러니 제 얘기를 더 늘어놔봤자 무슨 소용이 있겠습니까?

***

아씨는 빗을 가지고 재빨리 말에 올라탑니다. 기사는 가슴에 품은 머리카락에서 행복과 기쁨을 느낍니다. 들판을 지나 숲으로 들어섭니다. 따라가던 지름길 폭이 좁아집니다. 그래서 부득이 앞뒤로 서서 갑니다. 말 두 필이 나란히 가는 게 불가능해서였습니다. 아씨는 앞장서서 지름길을 곧장 내달립니다. 더 좁아진 길을 가고 있을 때 맞은편에서 한 기사가 다가오는 것이 보입니다. 아씨는 멀리서 그를 알아보고는 동행자에게 말했습니다.

"기사님, 완전무장을 하고 싸울 태세로 우리한테 오고 있는 저 기사가 보이시지요? 그는 막무가내로 지금 저를 납치할 생각입니다. 저는 그의 생각을 잘 압니다. 그가 저한테 홀딱 반해 있기 때문입니다. 직접적으

---

* 랑디Lendit는 파리 인근 생드니에 있다.

로든 심부름꾼을 통해서든 그가 제게 구애한 것이 어제오늘의 일이 아닙니다. 그러나 제 마음은 내키지 않습니다. 무슨 일이 있어도 그를 사랑할 수 없습니다. 하느님께 맹세코 그의 소원을 조금이라도 들어주느니 차라리 죽는 편을 택하겠습니다! 그는 지금 저를 완전히 차지하기라도 한 양 행복해하며 기뻐 어쩔 줄 모르고 있을 겁니다. 이제 당신이 어떻게 처신할지, 정말로 용맹스런 사람인지 두고 보겠습니다. 당신이 저를 보호해줄 수 있는지 입증할 때가 되었습니다! 저를 보호해줄 수 있다면 당신은 이 세상에서 가장 용맹스런 분이라고 거짓말 하나 보태지 않고 말하겠습니다."

그가 대답합니다.

"아니, 이봐요!"

이 말은 "당신이 뭐라 하든 난 상관없다. 당신은 괜한 걱정을 하고 있다"는 뜻입니다.

이런 말이 오가는 동안 저쪽에서 기사가 혼자 전속력으로 달려왔습니다. 그는 서두르는 게 좋겠다고 판단하고 있었습니다. 그렇게 하는 게 헛수고는 아니라는 생각에서였습니다. 세상에서 가장 사랑하는 여인이 바로 눈앞에 있는 걸 보고 자신은 큰 행운을 잡았다고 생각하고 있었습니다. 아씨 곁에 이르자 그 기사의 입은 속내를 드러냅니다.

"나한테 기쁨은 조금밖에 안 주고 고통만 많이 주는 사랑하는 내 아름다운 여인이여, 어디를 가든 환영받도록 해주소서!"

그녀는 가만있는 것은 옳지 않다고 생각해서 그에게 건성으로 인사를 합니다. 그러나 그는 그녀가 별 생각 없이 예의상 베푼 그런 단순한 호의에도 큰 가치를 부여합니다. 그는 그때 마상창시합에서 승리의 영예를 얻었다고 해도 그 정도로 자랑스럽지 못했을 것이며, 그만큼의 명예와 영광도 얻지 못했을 것이라고 생각합니다. 그는 이에 기고만장합니다. 잽싸게 그녀의 말고삐를 잡습니다.

"지금 당신을 데려가겠습니다." 그가 말합니다. "오늘은 순풍이 불어서 별일 없이 안전한 항구에 도달했습니다. 이젠 내 역경도 끝입니다. 위험을 벗어나 항구에 다다른 겁니다. 슬픔 뒤에 기쁨이 오듯 지독한 고통 끝에 완전히 건강을 되찾았습니다. 이젠 내가 원하던 걸 모두 갖게 되었습니다. 이러한 호기에 당신을 만나 추잡한 짓 하지 않고도 당장 데려갈 수 있게 되었기 때문입니다!"

"당신은 헛물켜고 있습니다." 그녀가 말합니다. "여기 계신 기사가 나를 호위하고 있다고요."

"분명히 말하건대, 그자는 형편없는 보호자입니다." 그가 말합니다. "당신을 당장 데려가겠습니다. 그자는 나한테서 당신을 떼어놓기 전에 쓰디쓴 맛을 보게 될 것입니다. 당신을 차지하는 일이라면 누구한테도 질 생각이 전혀 없습니다. 때마침 당신을 발견했으니 당신의 보호자가 괴롭고 기분 상하더라도 그가 보는 앞에서 당신을 데려가겠습니다. 어떤 수단을 강구하든 그건 그의 자유입니다."

호위 기사는 그러한 오만한 말을 듣고도 잠잠히 있습니다. 드디어 도전에 응했지만 신랄하게 비꼬지도 바보처럼 허세를 부리지도 않습니다.

호위 기사가 말합니다.

"경, 참을성이 없으시군요. 말을 함부로 내뱉지 마시오. 좀 신중히 생각하고 말씀하시지요. 당신이 그녀를 위해 대가를 치른 뒤라면 당신의 권리를 존중해줄 겁니다. 지금은 아씨가 나의 보호 아래 여행하고 있다는 사실을 명심하십시오. 당신이 꽉 붙잡고 있는 그녀를 풀어주시지요. 지금 그녀는 당신을 두려워할 까닭이 전혀 없습니다."

상대 기사는 방해꾼 때문에 그녀를 데려가지 못하느니 차라리 장작불에 뛰어들어 스스로 목숨을 끊겠다고 맹세합니다.

호위 기사가 대답합니다.

"당신이 그녀를 데려가도록 내버려둔다면 그건 비겁한 짓이오. 우리끼리 한판 붙어보자는 말이오. 하지만 우리가 정식으로 결투하려고 해도 이처럼 좁은 길에서는 아무래도 어렵소. 대로나 초원, 아니면 들판으로 갑시다."

상대 기사는 이보다 더 좋은 해결 방법이 없다고 대답하면서 덧붙입니다.

"물론, 나도 같은 생각이오. 그 점에 대해서는 당신의 판단이 옳소. 하지만 이 길은 너무 좁소. 이런 길에서는 내 말이 자유로이 움직이지 못하오. 말 머리를 돌리기도 전에 말 다리가 부러질까 걱정이오."

말 머리를 돌리는 것이 쉬운 일은 아니었지만, 그 기사는 자기 말에 상처 하나 입히지 않고 곤경을 벗어납니다. 그가 말합니다.

"관중이 있는 넓은 들판에서 결투를 하지 못하는 것이 매우 유감이오. 우리 둘 중 누가 더 잘 싸우는지 지켜볼 관중이 있으면 좋을 텐데. 멀지 않은 곳에 확 트인 들판과 넓은 공터가 있을지 모르니 같이 찾아봅시다."

그들은 즉시 초원으로 달려갑니다. 그곳은 놀기에 안성맞춤이라 아가씨들이며 기사들이며 아씨들이 여러 가지 놀이를 즐기고 있었습니다. 그들이 하는 놀이는 단순한 장난이 아니었습니다. 대부분은 여기저기 흩어져서 장기와 다양한 종류의 주사위 놀이를 하고 있었습니다. 일부는 어린 시절로 돌아간 듯 태평스럽게 발레와 윤무를 하고 갖은 춤을 추고 노래도 하고 재주넘기도 하고 깡충깡충 뛰기도 했습니다. 또한 레슬

링에 푹 빠져 있는 이도 있었습니다.

들판 한쪽 끝에는 늙은 기사가 에스파냐산 황갈색 말에 앉아 있었습니다. 말안장과 고삐는 금으로 장식되었고 그의 머리는 희끗희끗했습니다. 온화한 날씨를 즐기려는 듯 셔츠 차림으로 태연자약하게 손을 옆구리에 받치고 있었습니다. 회색 다람쥐 모피로 속을 댄 진홍색 망토를 어깨에 걸치고, 눈은 놀이와 춤을 따라가고 있었습니다. 건너편 오솔길 옆에는 스물서너 명쯤 되는 기사가 갑옷을 입고 아일랜드산 말에 앉아 있었습니다.

세 명의 불청객이 나타나자 놀이가 중단되고 여기저기서 외치는 소리가 터져 나왔습니다.

"보세요, 죄수 마차를 탔던 기사가 왔습니다! 그가 여기 있는 동안 놀이를 즉각 멈추세요. 그가 여기 있는 동안 놀이를 하고 싶은 사람, 이에 동조하는 사람은 저주를 받을 겁니다!"

그러는 사이, 늙은 기사의 아들이 나타났습니다. 오래전부터 아씨를 사랑했고 지금은 그녀를 자기 것이라고 주장하는 아들이 말입니다. 그가 아버지에게 말했습니다.

"아버님, 저는 기분이 매우 좋습니다. 제 말을 들으시고 나면 그 이유를 알게 되실 겁니다. 하느님께서는 제가 오랫동안 무척 갖고 싶어 하던 선물을 주셨습니다. 하느님께서 왕관을 주셨다고 해도 제겐 그만한 선물은 되지 못합니다. 저는 그만한 고마움도 느끼지 못할 것이고 그만한 이득도 얻지 못할 것입니다. 제가 데려온 여자가 참으로 아름답고 예쁘기 때문입니다."

"그녀가 지금 네 여자가 되었는지 난 모르겠다."

늙은 기사가 아들에게 말합니다.

아들은 즉각 응수합니다.

"그걸 모르시겠다고요? 보시고도 모르시겠습니까? 아버님, 보시다시피 그녀가 제 여자라는 걸 조금도 의심하지 마십시오. 제가 방금 빠져나온 저 숲속에서 길 가던 그녀를 만났습니다. 하느님께서 그녀를 제게 인도해주셨다고 믿습니다. 제게 오기로 된 선물을 얻었을 뿐입니다."

"네 뒤를 따라온 기사의 동의를 얻었는지 모르겠다. 내 생각에는 그가 그녀에 대한 권리를 요구할 것 같구나."

부자가 이런 말들을 주고받는 사이, 춤은 끝났습니다. 죄수 마차를 탔던 기사를 보고 경멸과 증오를 퍼붓느라 놀이와 기쁨도 중단된 상태였습니다. 그러나 죄수 마차를 탔던 기사는 조금도 망설이지 않고 아씨 곁으로 갔습니다.

"그녀를 놔주시지요." 그가 말합니다. "기사 나리, 당신은 그녀에 대한 권리가 없습니다. 당신이 자꾸 무모하게 굴면 당장 내가 그녀를 당신으로부터 떼어내 지켜주겠습니다."

그때 늙은 기사가 말합니다.

"그것 봐라. 내가 잘못 짚었느냐? 사랑하는 아들아, 그녀를 더는 붙들고 있지 마라. 그녀를 호위 기사에게 돌려주어라."

이러한 충고가 그녀를 사랑한다는 이의 심사를 뒤틀리게 했습니다. 그는 그녀의 머리칼 한 올도 넘겨주지 않겠다고 다짐합니다.

"제가 그녀를 넘겨주는 순간 하느님은 제게 기쁨을 주시지 않을 겁니다! 저는 주군으로서 그녀를 소유할 겁니다. 제 방패걸이 끈과 손잡이 끈이 끊어지고, 저 자신과 갑옷과 칼과 창에 대한 믿음을 완전히 버리기 전에는 제 여자를 넘겨주진 않을 겁니다."

아버지가 대꾸합니다.

"무슨 말을 하든 네가 싸우게 놔둘 수는 없다. 네 용맹을 과신하고 있구나. 내 말을 듣거라."

그러나 아들은 오만불손하게 아버지의 뜻을 거역합니다.

"뭐라고요? 제가 두려움에 떨어야 하는 어린애란 말입니까? 자신하건대 이 세상 모든 기사 중에서 그만이 제가 그녀를 양보해야 할 만큼 용맹스런 기사는 아닙니다. 무턱대고 그녀를 넘겨줄 순 없습니다."

아버지가 말합니다.

"그래 맞다, 사랑하는 아들아, 그게 네 생각이다. 용맹을 과신하고 있구나. 그러나 오늘 네가 저 기사와 겨루는 걸 난 원치 않는다."

아들이 대답합니다.

"제가 아버님 말씀을 따른다면 그게 제겐 얼마나 큰 치욕입니까. 아버님 말씀을 믿고 따라 싸우는 걸 비겁하게 포기하는 자는 저주받을 겁니다! 그러나 일가친척과의 거래에서 비싼 대가를 치르고 얻은 교훈이 하나 있습니다. 아버님은 저를 속일 방법을 찾고 계시므로 저는 다른 나라에서 차라리 낯선 사람과 거래하는 것이 더 이득이 된다고 확신합니다. 아버님은 저를 제대로 인정하지 않으시지만, 저를 모르는 사람은 제 뜻을 막지는 않을 겁니다. 아버님이 저를 비난할수록 저도 그만큼 괴롭습니다. 잘 아시다시피 사람들이 자기 욕심에 남자든 여자든 어떤 사람의 계획을 비난하면 그 사람은 화가 나서 더 열정적으로 그걸 추구하게 마련입니다. 하지만 만에 하나 아버님 뜻에 따른다면 하느님은 제게서 모든 기쁨을 영원히 앗아갈 겁니다. 이건 아니 됩니다. 저는 아버님이 반대하셔도 싸우겠습니다."

"사도 베드로 성인께 간절히 빌어도 부질없다는 걸 알게 되었다." 아버지가 말합니다. "너를 아무리 꾸짖어도 소용없구나. 괜히 시간만 낭비했다. 그러나 네가 내 말에 복종하게 할 방안을 곧 보여주겠다. 무슨 수를 써도 내 뜻을 꺾지는 못할 거다."

아버지는 오솔길 옆에서 대기하고 있던 기사들을 불러 모읍니다. 이치를 따져서는 아들을 설득할 수 없기 때문에 무력으로라도 제압하라고 그들을 부른 겁니다. 그가 말합니다.

"내 아들을 결투하게 내버려두기보다는 포박하는 것이 좋겠소. 여기 모인 경들은 모두 내 충신들이니 나한테 사랑과 충성을 바쳐야 하오. 경들은 나한테서 봉을 받은 만큼 내 명령을 잘 듣고 내 뜻에 따르시오. 내 아들은 이성을 잃은 것 같소. 내 뜻을 거역하고 오만불손하게 행동했소이다."

기사들은 반역자를 포박할 준비가 되어 있다고 대답합니다. 그들이 그를 단단히 포박하면 그는 싸울 마음을 접고 울며 겨자 먹기로 아씨를 되돌려주어야 할 겁니다. 그들은 일제히 그의 팔과 목을 잡아 제압합니다.

"그거 봐라" 하고 아버지가 아들에게 말합니다. "이젠 네가 바보짓을 한 걸 깨달았느냐? 더는 싸울 수단도 힘도 없게 된 현실을 직시하여라. 아무리 고통스럽고 화가 치밀어도 소용없다. 그러니 네가 분별력을 보이고 싶으면 내 뜻을 따르거라. 내 생각이 무엇인지 아느냐? 네 비통한 마음을 달래기 위해 우리 둘은 오늘과 내일 각자 측대보*로 말을 몰아 들판과 숲을 가로질러 이 기사의 뒤를 따라갈 것이다. 그의 행동과 태도에서 네가 그와 겨뤄도 되겠다 싶은 무언가가 드러나면 나는 네 마

* 말의 걸음걸이에는 구보·속보·완보·측대보가 있다. 구보galop는 앞발 두 개를 연달아, 그런 다음 뒷발 두 개를 연달아 떼어가며 질주하는 걸음걸이다. 속보trot는 앞발 하나와 대각선의 뒷발 하나를 연달아 떼어가며 이동하는 빠른 걸음걸이다. 완보pas는 속보와 흡사하지만 그보다 더 느린 걸음걸이다. 측대보(側對步)amble는 측면 두 발을 동시에, 그런 다음 반대쪽 두 발을 동시에 떼어가는 경쾌한 옆걸음걸이다.

음대로 그와 결투하는 걸 허락하겠다."

아들은 매우 불만스럽지만 부득이 아버지의 제안을 받아들일 수밖에 없었습니다. 더 좋은 방안이 없다고 생각한 그는 둘이 함께 그 기사를 뒤따라간다면 참으며 기회를 엿보겠다고 말했습니다.

이처럼 예기치 않게 결말이 나자, 들판 여기저기 흩어져 있던 사람들이 일제히 소리칩니다.

"보셨지요? 죄수 마차를 탄 적이 있는 기사가 오늘은 대단한 영예를 얻게 되었습니다. 이 기사는 우리 주군의 아무런 반대도 없이 그 아드님의 애인을 데려가게 된 것입니다. 사실이지 우리 주군께서 그가 아씨를 데려가도 좋다고 허락한 걸 보면 그에게 어떤 신비한 힘이 있다고 생각하셨음에 틀림없습니다. 이제부터 이 기사 생각하느라 놀이를 하지 않는 사람은 두고두고 저주받을 겁니다! 다시 놀아봅시다."

사람들은 다시 놀이와 윤무와 춤으로 돌아갑니다.

***

기사는 초원에 더 머물 이유가 없었으므로 곧바로 출발합니다. 기사가 데려갈 마음이 없는데도 아씨는 그를 따라갑니다. 두 사람은 말을 재촉합니다. 아들과 아버지는 풀을 베어낸 초원을 가로질러 이들 뒤를 거리를 두고 따라갑니다. 기사와 아씨는 제9시과(오후 3시경)까지 달렸습니다. 그때 기막힐 정도로 아름다운 고장에 이르러 수도원 교회와 그 부근에 담이 둘러진 묘원을 발견합니다. 기사는 상것이나 바보와는 다르게 하느님께 기도드리러 걸어서 교회 안으로 들어갔습니다. 아씨는 기사가 돌아올 때까지 조심스럽게 그의 말고삐를 잡고 있었습니다. 기사가 기도를 마치고 돌아왔을 때 늙은 수도사가 바로 눈앞에 나타납니다. 기사는 담 안에 무엇이 있는지 모르겠다며 수도사에게 정중히 묻습니다. 수도사는 그곳에 묘지가 있다고 대답합니다. 기사가 말했습니다.

"괜찮으시다면 그곳으로 저를 안내해주실 수 있겠습니까?"

"기꺼이 그러지요, 기사님."

수도사가 그를 안내합니다. 기사는 수도사를 따라 묘원 안으로 들어갑니다. 거기에는 여기서부터 동브*와 팜플로나**까지 있는 묘비들 가운데 가장 화려하고 아름다운 묘비들이 있습니다. 각각의 묘비에는 언젠가 매장될 사람의 이름을 표시하는 글씨가 새겨져 있었습니다. 기사는 수도사의 도움을 받지 않고 묘비를 하나하나 읽기 시작합니다. 묘비에는 이런 글이 새겨져 있었습니다.

여기 가웨인이 누울 것이다.
여기 루이가 누울 것이다.
여기 이웨인이 누울 것이다.

이 세 기사 말고도 수많은 기사의 이름이 새겨져 있었습니다. 이들은 이 나라뿐 아니라 다른 나라에서도 가장 용맹스럽다고 알려진 매우 뛰어난 기사들이었습니다. 그는 대리석으로 된 묘를 하나 발견합니다. 다른 모든 묘를 압도할 정도로 화려하고 아름답게 최근에 만든 듯한 묘입니다. 기사는 수도사를 불러 묻습니다.

"여기 있는 묘는 어디에 쓰려는 겁니까?"

---

* Dombes: 프랑스 동남부 리옹 인근에 있는 도시다.
** Pamplona: 에스파냐 북부에 있는 도시다.

수도사가 대답합니다.

"묘비를 보셨지요. 거기에 새겨진 글씨의 뜻을 파악하셨다면 그 묘가 무엇에 쓰일지 아실 겁니다."

"저기 있는 가장 큰 묘는 누구의 묘로 쓰일 것인지요?"

수도사가 대답합니다.

"자세히 말씀드리지요. 이건 석관묘입니다. 이것과 견줄 석관묘는 세상 어디에도 없습니다. 저뿐 아니라 어느 누구도 이처럼 화려하고 완벽한 석관묘를 본 적이 없습니다. 겉도 아름답지만 속은 더 아름답습니다. 하지만 안에 숨겨진 아름다움에는 신경을 쓰지 마십시오. 어떻게 해도 안을 보실 수 없기 때문입니다. 이 석관을 열려면 장정 일곱이 필요합니다. 무거운 석판 뚜껑으로 덮여 있기 때문이죠. 보시다시피 이 뚜껑을 들어 내리려면 우리보다 힘센 남자 일곱이 있어야 합니다. 비명에는 이렇게 새겨져 있습니다."

혼자 힘으로 이 돌을 들어내는 자는, 농노건 귀족이건 이 나라에 갇혀 있는 모든 이방인 남녀 포로들을 해방시킬 것이다. 이 나라에 억류되어 있는 이방인들 가운데 여태까지 자기 나라로 돌아간 사람은 하나도 없다. 반면에 이 나라 백성은 국경을 제 마음대로 드나든다.

기사는 곧장 두 손으로 석관 뚜껑을 움켜잡고 식은 죽 먹듯 들어 올립니다. 장정 열 명이 들어 올린 것처럼 그다지 힘도 들이지 않고 가뿐히 말입니다. 수도사는 너무 놀라 어안이 벙벙해집니다. 이 불가사의한 광경을 보고 쓰러질 뻔했습니다. 자신이 이처럼 위대한 공적의 증인이 되리라곤 평생 상상도 하지 못했기 때문입니다. 그가 말합니다.

"기사님, 성함이 몹시 궁금합니다. 알려주실 수 있겠습니까?"

"아뇨. 절대로 안 됩니다." 기사가 말합니다.

"정말 유감이군요" 하며 수도사가 말합니다. "성함을 말씀해주시면 저를 더 정중하게 대하는 게 될 텐데요. 기사님한테도 큰 도움이 될 거고요. 당신은 누구며 어느 나라 사람입니까?"

"보시다시피 저는 기사입니다. 로그르 왕국에서 태어났습니다. 더는 말씀드릴 수 없습니다. 괜찮으시다면 이 묘에 누울 사람이 누군지 다시 말씀해주시지요?"

"기사님, 이 왕국에 잡혀 있어 탈출할 가망이 전혀 없는 모든 포로를 구해주는 영웅이 이 묘의 주인이 될 것입니다."

수도사는 자신이 알고 있는 사실을 다 말해주었습니다. 기사는 그를 하느님과 모든 성인에게 맡기고 서둘러 아씨한테 돌아갔습니다. 하얀 머리의 늙은 수도사가 교회 안뜰에서 길까지 그를 배웅합니다. 아씨가 말에 오를 때 수도사는 묘원에서 있었던 일을 그녀에게 자세히 얘기해줍니다. 그러고는 기사의 이름을 알고 있으면 가르쳐달라고 간청했습니다. 그녀는 그의 이름을 모른다고 고백할 수밖에 없었습니다. 다만 사방 어디에도 그를 대적할 만한 기사가 없다는 사실 한 가지만 확실하게 공언합니다.

그러고 나서 그녀는 수도사에게 작별 인사를 하고, 기사를 따라잡기 위해 전속력으로 말을 몹니다. 바로 그때 이들 뒤를 따라오던 두 기사가 나타납니다. 이들은 수도사가 교회 앞에 혼자 있는 걸 발견합니다. 여전히 셔츠만 입고 있는 늙은 기사가 수도사에게 물었습니다.

"수도사님, 어떤 아씨를 호위하는 기사를 보셨으면 말씀해주시지요?"

수도사가 대답합니다.

"사실대로 다 얘기하는 게 어려운 일은 아닙니다. 그들은 방금 여기를 떠났습니다. 기사가 묘원을 방문해서 놀랄 만한 일을 했습니다. 혼자서 그다지 힘도 들이지 않고 단번에 큰 대리석 석관 뚜껑을 들어 올렸습니다. 그는 왕비를 구출하러 왔습니다. 분명 왕비와 함께 다른 모든 포로를 구출할 겁니다. 당신도 저처럼 그걸 다 알고 계실 겁니다. 돌에 새겨진 비명을 자주 보셨을 테니까요. 정말 그처럼 대단한 기사는 세상 어디에도 없습니다."

그때 아버지가 아들에게 말합니다.

"애야, 그가 한 일을 어떻게 생각하느냐? 그러니까 그는 그토록 대단한 위업을 이룬 용맹한 기사 아니냐? 이젠 우리 둘 중에 누가 잘못 판단했는지 알겠지. 아미앵*을 위해서라도 네가 그와 겨루지 않았으면 좋겠다. 그렇지만 결투를 포기하기 전까지 넌 옹고집을 부렸다. 이젠 집으로 돌아가자. 그들을 계속 따라가는 건 미친 짓이니까."

아들이 대답합니다.

"저도 같은 생각입니다. 사실 그들을 따라가봤자 무슨 소용이 있겠습니까. 아버님도 그렇게 생각하시니 돌아가지요."

이들이 돌아가기로 한 것은 현명한 판단이었습니다.

그사이 아씨는 기사의 시선을 끌려고 바짝 옆에 붙어서 갑니다. 그의 입으로 그의 이름을 듣고 싶었던 겁니다. 이름을 알려달라고 거듭 다그치며 애원합니다. 그는 끝내 짜증을 내며 대꾸합니다.

---

* 프랑스 북부에 있는 아미앵Amiens은 4세기 기병 장교 시절에 성문 앞에 있는 헐벗은 거지에게 자신의 망토를 벗어준 성인 마르탱 전설이 깃들어 있는 거룩한 도시이자, 12세기 프랑스 왕이 왕국에 통합하고 싶어 했던 '좋은 도시'였다.

"아서 왕의 나라에서 태어났다고 하지 않았습니까? 전능하신 하느님께 맹세코 이름을 알려줄 수 없습니다."

그녀가 기사에게 작별 허락을 요청합니다. 이젠 집으로 돌아가고 싶었던 겁니다. 그는 그녀의 작별 요청을 흔쾌히 허락했습니다.

***

아씨가 떠난 뒤 기사는 혼자 늦게까지 말을 달렸습니다. 그는 만도 시간(오후 6시경)을 지나 종과기도 시간(오후 9시경)까지 쉬지 않고 말을 달린 끝에, 한 기사가 사냥을 마치고 숲을 빠져나오는 걸 목격했습니다. 그는 끈으로 투구를 동여맨 채, 그날 하느님이 주신 포획물을 실은 회색 사냥 말을 타고 다가오고 있었습니다. 이 하급 기사*는 부랴부랴 기사 앞으로 달려와 그를 재워주겠다고 제안합니다.

"기사님" 하고 그가 말합니다. "곧 밤이 되니 숙소를 정할 때가 되었습니다. 그렇게 하시는 게 좋겠습니다. 멀지 않은 곳에 저의 집이 있습니다. 제 집으로 모시겠습니다. 제 집보다 더 정중한 대접을 해주는 집은 없을 겁니다. 정성껏 모시겠습니다. 제 호의를 받아주시면 기쁘겠습니다."

"기꺼이 그러겠습니다." 기사가 대답합니다.

하급 기사는 손님의 잠자리와 음식을 서둘러 마련하도록 아들을 먼저 집으로 보냅니다. 아들은 기꺼운 마음으로 지체 없이 부친의 당부를 수행합니다. 아들을 먼저 보냈으니 아버지는 손님과 함께 집으로 가는

---

* vavasor(vavasseur)는 주종 관계의 위계 서열에서 하층에 있는 기사를 일컫는다. 흔히 배신(陪臣, 봉신의 봉신)이라고 번역하지만, 한국의 일반 독자들이 알기 쉽게 하급 귀족 또는 하급 기사로 옮겼다.

길을 서두르지 않았습니다. 그의 집에는 아내와 아들 다섯과 두 딸이 있었습니다. 아내는 교양 있는 귀부인이었고, 애지중지하는 아들 다섯 중 둘은 이미 기사였고 셋은 기사 수련을 받고 있었으며, 혼기에 찬 두 딸은 우아하고 아름다웠습니다. 그러나 이 나라에서 태어나지 않은 이들은 오래전부터 이곳에 포로로 갇혀 살고 있었습니다. 이들의 조국은 로그르 왕국이었습니다.

드디어 하급 기사가 기사와 함께 집 마당에 도착했습니다. 부인이 달려와 이들을 맞습니다. 아들과 딸 들도 달려와 경쟁하듯 손님을 받듭니다. 인사를 하고 나서 그가 말에서 내리는 걸 도와줍니다. 아들 다섯도 두 딸도 집주인에게는 별로 신경을 쓰지 않습니다. 아버지도 그러길 바라고 있음을 잘 알고 있기 때문입니다. 손님에게는 아낌없는 존경과 환대를 바칩니다. 그의 무장을 풀어주고 난 뒤, 한 딸이 손수 짜서 입고 있던 망토를 벗어 기사에게 입혀주었습니다. 융숭한 저녁 식사 대접에 대해서는 굳이 언급할 필요가 있겠습니까. 식사를 마치고 나서 화제를 찾는 데 아무런 어려움이 없었다는 걸 아셔야 합니다. 주인은 무엇보다도 손님이 누구이며 어느 나라에서 태어났는지 알려고 했습니다. 그러나 이름은 묻지 않았습니다. 곧장 손님이 대답합니다.

"저는 로그르 왕국 출신입니다. 이 나라에는 처음 왔습니다."

이 말에 주인과 그의 부인, 자녀들은 소스라치게 놀랍니다. 모두 가슴이 미어질 것 같습니다. 이들은 손님에게 말하기 시작합니다.

"기사님께서 이곳에 오시다니 참으로 불행한 일입니다! 너무나 가여운 운명이군요! 이제부터는 저희들처럼 이곳에 갇혀 노예처럼 살아야 합니다."

"그럼, 여러분은 어느 나라 출신입니까?" 기사가 말합니다.

"기사님, 저희도 같은 나라 출신입니다. 로그르 왕국 출신의 많은 귀족이 이 나라에서 노예처럼 살고 있습니다. 이런 못된 관습과 그걸 지지하는 자들은 저주받아 마땅합니다! 이 나라에 들어온 모든 이방인은 억지로 이곳에 갇혀 있어야 합니다. 이 나라는 감옥과 다를 게 없습니다. 입국은 자유지만 출국은 금지되어 있습니다. 기사님처럼 지체 높으신 분도 그렇습니다. 기사님도 이 나라에서 벗어날 길이 없다고 생각합니다."

"그렇지만 저는 떠나겠습니다." 기사가 말합니다. "가능하다면 말입니다."

주인이 대꾸합니다.

"어떻게요? 그럴 가망이 있다고 생각하십니까?"

"그럼요. 그게 하느님의 뜻이라면 말예요. 그러기 위해 최선을 다할 겁니다. 그렇게 되면 다른 포로들도 더는 두려워할 것 없이 자유로이 고국으로 돌아갈 수 있을 겁니다. 우리 포로 중 한 기사가 결투에서 당당하게 싸워 이겨 이 포로 상태에서 벗어난다면, 모든 포로도 아무런 훼방을 받지 않고 고향으로 돌아갈 수 있으리라 확신합니다."

그 순간 주인은 최근에 들은 소문이 불현듯 떠올랐습니다. 매우 용맹스러운 기사가 현재 멜리아건트 왕자의 손아귀에 있는 왕비를 구하러 어렵사리 이 나라에 들어왔다는 소문입니다. 그는 혼잣말로 중얼거렸습니다.

'맞아. 이 기사가 바로 그 사람이야. 그에 관해 물어봐야겠어.'

그러고는 이렇게 추궁합니다.

"기사님, 숨기지 말고 임무를 말씀해주시지요. 그 대가로 최선을 다해 조언해드릴 것을 약속합니다. 기사님이 하시는 일이 성공하면 저한테도 도움이 되고요. 우리 모두에게 이익이 되니 사실대로 말씀하시지요.

기사님은 왕비를 구하기 위해 사라센 사람들보다 훨씬 더 사악하고 기만적인 사람들의 한복판으로 오셨다고 저는 생각합니다."

기사가 대답합니다.

"그것 말고 다른 이유가 있겠습니까. 왕비께서 어디에 억류돼 계신지 모르겠지만 왕비를 구하는 일에 제 모든 걸 바칠 작정입니다. 조언이 절실히 필요합니다. 아시는 대로 도와주십시오."

주인이 말합니다.

"기사님, 기사님이 오신 길은 칼 다리로 가는 지름길이지만 매우 험합니다. 제 조언을 잘 들으십시오. 제 생각을 믿으신다면 더 안전한 길로 칼 다리에 이를 수 있습니다. 안내인을 붙여드리겠습니다."

그러나 기사는 가장 빠른 지름길만 찾고 있었습니다. 그가 묻습니다.

"이 길도 제가 온 길만큼 지름길입니까?"

"아닙니다" 하고 주인이 말합니다. "그러나 더 길긴 해도 더 안전합니다."

기사가 대답합니다.

"그럼, 필요 없습니다. 지름길만 알려주십시오. 그 길로 가겠습니다."

"기사님, 정말이지 그 길은 득이 될 게 없을 겁니다. 그 길로 가면 내일 곧바로 큰 장애물을 만날 겁니다. 그곳을 '바위 고갯길'이라 부릅니다. 이 고갯길이 얼마나 고약한지 알고 싶으십니까? 말 하나 지나가기도 힘들 만큼 좁습니다. 두 사람이 나란히 통과할 수는 없습니다. 게다가 경비대가 단단히 지키고 있습니다. 그 길에 접근하는 것만으로 다가 아닙니다. 칼과 창의 공격을 수없이 받을 겁니다. 고갯길을 넘기도 전에 많은 대가를 치러야 할 겁니다."

그의 말이 끝나자 주인의 아들이 다가와 말합니다.

"아버님, 괜찮으시다면 제가 이 기사님과 동행하겠습니다."

이를 보고 또 다른 어린 아들이 나섭니다.

"저도 가겠습니다."

아버지는 두 아들의 동행을 흔쾌히 허락합니다. 이리하여 기사는 홀로 출발하지 않게 되었습니다. 그는 두 젊은이에게 감사를 표합니다. 이들과 같이 가고 싶기 때문입니다.

이렇게 담소를 마치고 기사를 잠자리로 안내합니다. 기사는 마음껏 푹 잘 수 있었습니다.

***

그는 동틀 무렵 일찍 일어났습니다. 동행하기로 한 두 젊은이도 그가 깨어난 걸 보고 곧바로 일어났습니다. 이 세 사람은 무장을 챙기고 작별 인사를 합니다. 어린 아들이 앞장선 가운데 세 사람은 정확히 제1시과(오전 6시경)에 바위 샛길에 이릅니다. 망루가 샛길 한가운데를 가로막고, 그 위에 보초가 경비를 서고 있었습니다. 이들이 멀리서 접근해오고 있는 걸 보고 망루에 있던 보초가 큰 소리로 외칩니다.

"적이 온다! 적이 온다!"

그때 새 갑옷으로 무장한 기사가 말을 타고 망루 밑에 나타납니다. 예리한 도끼를 갖춘 기사 조수들을 양옆에 대동하고 있었습니다. 그는 접근하는 적을 아래위로 훑어보고는 죄수 마차를 탔던 기사에게 모욕적인 말을 퍼붓습니다.

"기사, 네가 얼마나 무모한 짓거리를 하고 있는지 아느냐. 주제넘게 이 나라에 들어오려고 하는 걸 보니 골이 비었구나. 죄수 마차를 탄 적이 있는 자는 이 나라에 들어올 수 없게 되어 있다. 네가 한 짓 때문에 하느님은 너한테 행운을 주시지 않느니라!"

그러고 나서 양측의 기사가 전속력으로 서로에게 돌진합니다. 샛길을 지키던 기사의 창이 금방 두 동강 납니다. 그의 손에는 창 동강이 하나 남아 있지 않습니다. 그러나 모욕을 당한 우리의 기사는 방패 상단 바로 위로 드러난 적의 목 한가운데를 공격하여 샛길 바위로 고꾸라뜨립니다. 도끼를 든 기사 조수들이 앞으로 뛰쳐나왔지만, 일부러 기사와 그의 말을 빗나가게 공격합니다. 그들에게 해를 입힐 마음이 없기 때문입니다. 기사는 그들이 자신을 조금도 해칠 의도가 없다는 걸 알아채고는 칼을 뽑지 않습니다. 그리하여 그는 동료들을 데리고 쉽사리 샛길을 통과합니다. 동생이 형에게 이처럼 용맹스러운 기사는 본 적이 없으며 그와 견줄 기사가 없다고 말합니다.

"혼자 힘으로 이 샛길을 돌파하다니 정말 불가사의한 일 아닌가요?"

"아우, 제발 부탁한다." 형이 동생에게 말합니다. "빨리 아버님한테 가서 이 기적 같은 무훈담을 다 보고드려라."

그러나 동생은 그 이야기를 전하러 집으로 돌아가지 않겠다고 딱 잘라 거절합니다. 그 기사한테 기사 서임을 받기 전에는 그와 떨어져 있고 싶지 않았습니다. 무훈담을 알리고 싶으면 형이 직접 가서 전하지 않으면 안 되었습니다.

세 사람은 길을 재촉했습니다. 이미 제9시과(오후 3시경)가 지난 즈음 이들 앞에 어떤 사람이 나타나 누구냐고 묻습니다. 이들은 대답합니다.

"기사들입니다. 임무를 수행하러 가는 중입니다."

그는 기사에게 말합니다.

"나리, 제가 기사님과 동행인들에게 오늘 밤 숙소를 제공하고 싶습니다."

그는 일행 중 우두머리로 보이는 우리의 기사에게 말을 건 겁니다. 기사가 대꾸합니다.

"이 시간에 밤에 묵을 숙소를 잡다니 말도 안 되오. 큰 임무를 띤 자가 길을 재촉하지 않고 휴식과 안락만 찾는 건 비겁한 짓이오. 내 해야 할 일이 중차대하니 지금 숙박하고 싶은 생각은 없소."

그가 다시 제안합니다.

"제 집은 이 근처에 있지 않습니다. 한참 더 가야 합니다. 원하는 때에 다른 숙소를 잡을 필요 없이 그곳에 도착할 겁니다. 그때쯤이면 날이 저물 겁니다."

기사가 대답합니다.

"그럼, 그렇게 하지요."

그는 즉시 앞장서서 일행을 큰길로 안내합니다. 한참 말을 달렸을 때 한 시동이 이들을 맞으러 오는 게 보입니다. 그는 사과처럼 통통하게 살진 말을 타고 줄달음쳐 온 터였습니다. 시동은 그 사람에게 소리칩니다.

"주인님, 주인님, 서두르십시오. 로그르 사람들이 무장하고 들고일어 났습니다. 그들은 벌써 전쟁을 일으켰습니다. 그것은 반란이자 전쟁입니다. 그들 말로는 한 기사가 우리나라에 들어왔답니다. 그는 여러 곳에서 용맹을 입증했고, 그가 가는 길을 아무도 막을 수 없으며, 그를 제압할 수 있는 기사가 전혀 없다고 합니다. 이 나라에 잡혀 있는 모든 포로가 하는 말에 따르면, 그가 자신들을 반드시 해방시킬 것이며 우리나라 사람들을 정복할 것이랍니다. 제 말씀대로 서두르십시오!"

그는 이런 전갈을 듣고 말을 재촉합니다. 세 일행은 기쁨이 용솟음 칩니다. 이런 소식을 듣고 동포들을 돕고 싶어졌기 때문입니다.

하급 기사의 아들이 말합니다.

"기사님, 저 시동의 말을 들으셨지요. 적들과 싸우고 있는 동포들을 구하러 갑시다."

숙소를 제공하겠다던 그 사람은 이들을 버리고 도망치듯 달아납니다. 그는 언덕에 솟아 있는 성채를 향해 전속력으로 달립니다. 드디어 성문에 들어섰습니다. 일행은 말에 박차를 가하며 그 뒤를 가까이 따라갑니다. 성은 온통 높은 성곽과 해자로 둘러싸여 있었습니다. 그들이 성문 안으로 들어서자마자 적들은 그들의 퇴로를 차단하기 위해 성문을 내렸습니다. 일행은 말합니다.

"여기는 우리가 머물 데가 아니니 더 가봅시다!"

기사 일행은 그 사람 뒤를 따라 줄달음쳐 출구까지 갑니다. 거기에는 일행을 막는 사람이 없었습니다. 그러나 그 사람이 출구에 들어서자마자 미닫이문이 닫혔습니다. 일행은 자신들이 성안에 갇혔음을 알아채고는 난감해합니다. 마법의 주문에 걸렸다고 생각합니다. 하지만 우리의 영웅은 손가락에 반지를 끼고 있었습니다. 반지에 박힌 보석은 기사가 그걸 바라보는 순간 그를 마법에서 보호해주는 힘을 갖고 있었습니다. 기사는 반지를 쳐들어 거기에 박힌 보석을 찬찬히 바라보며 말합니다.

"아주머니, 아주머니, 제발 저를 도와주세요. 지금 당신의 도움이 절실히 필요합니다."

이 아주머니는 요정이었습니다. 기사에게 반지를 선물하고, 어린 시절 그를 키워준 분이었습니다. 그는 그녀를 전적으로 신뢰하고 있었으며, 그녀가 어디에 있든 언제나 자기를 도와주리라 확신하고 있었습니다. 그렇지만 기사는 자신의 간구와 반지를 통해 마법의 주문이 없었다는 걸 확인합니다. 자신들이 그저 성안에 갇혀 있을 뿐이라는 사실을 확실하게 깨닫습니다.

세 일행은 비밀문을 찾아갑니다. 빗장을 걸어 출입을 금지시킨 좁고 낮은 문이었습니다. 그들 셋이 동시에 칼을 뽑아 세차게 내려칩니다. 곧바로 빗장이 부서지고 문이 열립니다. 성을 벗어나자 들판 빽빽이 치열한 전투가 벌어지고 있었습니다. 농민 보병을 빼고도 양 진영의 기사가 줄잡아 천은 넘어 보였습니다.

기사 일행이 들판에 도착했을 때 하급 기사의 아들이 매우 현명한 의견을 냈습니다.

"기사님, 전쟁터로 가기 전에 어느 쪽이 우리 동포인지 알아보고 오는 게 좋을 것 같습니다. 허락하신다면 제가 알아보고 오겠습니다."

"그래요" 하고 기사가 말합니다. "빨리 다녀오시오."

그는 가자마자 금방 돌아와 보고합니다.

"우리가 정말 운이 좋은 것 같습니다. 제가 분명하게 확인한 바로는 이쪽이 우리 편입니다."

기사는 즉시 박차를 가해 곧장 전쟁터로 말을 몰았습니다. 상대편 기사 하나가 다가오는 걸 발견합니다. 그는 결투에 돌입합니다. 상대의 눈을 세차게 공격합니다. 적은 쓰러져 죽습니다. 형제 일행 가운데 동생이 말에서 내려 죽은 적군 기사의 말과 무기를 거둡니다. 행동이 의젓해 보입니다. 그러고선 즉시 말에 올라 방패와 창을 움켜잡습니다. 창은 크고 단단했으며 목재 부분이 예쁘게 색칠되어 있었습니다. 옆구리에 칼을 찼습니다. 아주 예리하고 반짝반짝 빛나는 칼을.

그는 형과 함께 자신이 주군으로 섬기는 기사를 따라 전장 한가운데로 돌진했습니다. 주군은 한창 전투를 하고 있었습니다. 적의 방패며 투구며 쇠사슬 갑옷을 부수고 쪼개고 자르면서 한참 동안 용맹스럽게 싸우고 있었습니다. 그의 세찬 공격에는 나무붙이도 쇠붙이도 상대를 보호해주지 못했습니다. 맞붙은 적들은 부상을 당하거나 말에서 떨어져 죽었습니다. 그는 혼자의 무용으로 상대 적들을 모두 무찌르고 있었습니다. 두 형제 역시 제법 잘 싸우고 있었습니다.

로그르 출신 포로들은 이런 광경을 보고 놀랍니다. 그런 기사는 처음 보기 때문입니다. 그들은 나지막한 목소리로 하급 기사의 아들들에게 묻습니다. 이들은 이렇게 대답했습니다.

"나리들, 오랜 포로 생활과 쓰디쓴 불행으로부터 우리를 해방시킬 사람은 바로 그분입니다. 우리를 구하기 위해 수많은 난관을 넘기셨고 앞으로도 그러하실 그분께 최고의 경의를 바쳐야 합니다. 그분은 이미 많은 공을 세웠습니다만 앞으로 해야 할 일이 많습니다."

이런 소식이 입소문을 타고 퍼지자 포로들은 기뻐 어쩔 줄 모릅니다. 만나면 이 얘기뿐입니다. 이 소식을 모르는 이는 하나도 없습니다. 기쁨은 힘을 솟구치게 하고 용기백배하게 하여 다수의 적을 쓰러뜨리게 합니다. 적을 치욕스러울 정도로 호되게 몰아칠 수 있었던 건 다른 기사들의 힘을 합친 노력보다는 기사 한 사람의 무용 덕택이 아닌가 생각됩니다. 날이 저물지만 않았더라면 적을 완전히 괴멸시킬 수 있었을 것입니다. 그렇지만 어둠이 깔려 부득이 전투를 중단해야만 했습니다.

전장을 떠나면서 포로들이 모두 앞다투어 기사를 둘러쌉니다. 사방에서 기사의 말고삐를 잡고 그에게 외치기 시작합니다.

"나리, 환영합니다!"

모두 같은 말을 덧붙입니다.

"나리, 부디 제가 모시도록 해주십시오! 나리, 하느님의 이름으로 부탁드리니 제 집 말고 다른 집에 묵지 마십시오!"

한 사람이 한 말을 다른 사람이 되풀이합니다. 젊건 늙건 모두가 그를 자기 집에 모시고 싶어 합니다. 모두가 하나같이 간청합니다.

"다른 집보다는 저의 집에서 묵는 것이 더 좋으실 겁니다."

각자가 자기 집에 모시고 싶은 마음에서 이렇게 말하고는 이웃에게서 그를 낚아채 갑니다. 서로 주먹다짐을 할 지경까지 이릅니다. 그는 이들에게 그런 싸움은 시간 낭비와 바보짓에 불과하다고 설득합니다.

"그만하시오" 하며 기사가 말합니다. "저에게도 여러분에게도 도움이 되지 않습니다. 우리끼리 서로 도와야 할 판에 저를 재워줄 권리를 놓고 여러분끼리 싸워서는 안 됩니다. 대신 제가 가야 할 지름길 인근에서 제가 묵을 곳을 찾아보도록 하십시오. 그게 여러분 모두를 위해 좋겠습니다."

그렇지만 그들은 각자 주장합니다.

"저의 집요!"

"아닙니다. 저의 집요!"

"상식을 무시하고 또 그렇게 말씀하십니다." 기사가 말합니다. "이런 문제로 다투는 걸 보니 여러분 가운데 가장 현명하신 분도 아직 정신을 차리지 못했다는 생각이 듭니다. 제 여정을 재촉할 수 있도록 도와주셔야 합니다. 여러분은 제가 여정을 우회하도록 강요하십니다. 만약 여러분이 한 사람이 받기에는 분에 넘치는 경의와 보살핌을 여러분의 바람처럼 한 분씩 순서대로 저에게 베푸신다면, 로마에서 간구하는 모든 성인의 이름으로 맹세컨대 저는 여러분의 후한 대접을 실제로 받는 것보다는 소박한 그 마음씨에 더 고마움을 느낄 것입니다. 여러분 각자의 마음씨가 마치 여러분이 실제로 저한테 많은 경의와 큰 친절을 베푼 거나 진배없는 것처럼 저를 기쁘게 합니다. 그러면 하느님께서 제게 기쁨과 건강을 주실 겁니다. 행위보다는 마음씨가 더 중요하지 않습니까."

기사는 이런 말로 모두를 설득하여 진정시킵니다. 이들은 그의 여로에 있는 부유한 기사의 집으로 안내하여 묵게 합니다. 모두가 정성껏 그의 시중을 듭니다. 취침할 때까지 저녁 내내 그에게 크나큰 기쁨을 표시하고 대단한 존경을 아낌없이 바쳤습니다. 그는 모든 이의 마음에 소중한 존재였기 때문입니다. 이튿날 아침 그가 출발하려고 하자 모두가 몸과 마음을 바치겠다며 그와 동행하고 싶어 했습니다. 그러나 그는 자신이 데려온 두 사람을 제외하고는 아무도 동행시키고 싶지 않았습니다. 두 사람만 데리고 갑니다.

***

그날 일행은 아침부터 저녁때까지 말을 달렸습니다. 도중에 아무 일도 없었습니다. 빨리 달렸지만 날이 저물어서야 숲을 빠져나옵니다. 숲기슭에서 멀지 않은 곳에 한 기사의 저택이 보였습니다. 상냥한 귀부인으로 보이는 그 기사의 아내가 문 앞에 앉아 있었습니다. 그녀는 일행을 보고 벌떡 일어나 다가와서는 해맑은 미소로 인사를 하며 말합니다.

"잘 오셨습니다! 제 집에 모시고 싶습니다. 숙소로 안내하겠으니 말에서 내리십시오!"

"부인, 감사합니다. 분부대로 오늘 밤 여기서 묵도록 하겠습니다."

그들은 말에서 내립니다. 그녀는 즉각 말을 돌보게 합니다. 그녀 집은 본데 있는 집안이기 때문입니다. 자녀들을 부릅니다. 싹싹하고 정중한 청년들, 기사들, 아름다운 아가씨들이 달려옵니다. 부인은 아들들에게 안장을 벗기고 말을 글겅이질해주라고 당부합니다. 아무도 거절하지 않습니다. 모두가 기꺼이 따릅니다. 기사들의 무장도 풀어주라고 합니다. 딸들이 달려와서 해줍니다. 무장을 풀어주고 세 사람에게 각각 짧은 망토를 입혀줍니다. 그러고는 아름다운 집 안으로 안내합니다. 아버지는 두 아들을 데리고 숲속에서 사냥하고 있었기 때문에 집에 없었습니다. 그러나 얼마 지나지 않아 그가 도착했습니다. 본데 있게 자란 자녀들이 달려가 문 앞에서 아버지를 맞습니다. 아이들은 그가 잡아온 사냥물을 받아 챙깁니다. 모두가 그에게 소리칩니다.

"아버님, 아버님, 아버님은 모르고 계셨겠지만 세 기사분이 우리 집에 손님으로 오셨습니다."

"하느님, 감사합니다!" 아버지가 대답합니다.

주인은 두 아들과 함께 손님들을 반갑게 맞이합니다. 식구들은 가만있지 않았습니다. 가장 어린 자식까지 당장 해야 할 일을 각자 맡아 하고 싶어 합니다. 부지런히 식사 준비 시중을 들기도 하고, 재빨리 촛대에 불을 붙이기도 합니다. 수건과 대야와 손 씻을 물을 준비합니다. 아주 기꺼운 마음으로 말입니다. 모두가 손을 씻고 식탁에 앉습니다. 이 집에서 불쾌한 기분이나 역겨운 생각이 들게 하는 것은 하나도 없습니다.

그들이 첫 요리를 먹고 있을 때 한 기사가 문밖에 나타났습니다. 오만하기로 유명한 동물인 황소보다 더 교만한 기사였습니다. 그는 머리부터 발끝까지 무장하고 말 위에 거만하게 앉아 있었습니다. 우아하게 보이려는 듯, 한 발은 등자에 놓고 다른 발은 쭉 펴서 말갈기 위에 얹어놓고 말입니다. 그가 이런 자세로 도착했지만 이들에게 다가와 말을 걸기 전까지는 아무도 알아차리지 못했습니다.

"너희들 가운데 이 나라에 들어와 칼 다리를 건너겠다고 덤벼들 만큼 무모한 바보 같은 놈이 누구냐? 여기까지 오느라 애만 많이 썼다. 헛걸음만 한 거다."

이렇게 모욕당한 기사는 조금도 냉정함을 잃지 않고 담담하게 대꾸합니다.

"그 다리를 건너려고 하는 사람이 바로 나요."

"뭐라고! 네까짓 게! 어떻게 감히 그런 생각까지 하였느냐? 그런 모험을 시도하기 전에 그게 어떻게 끝날지 깊이 생각했어야 했다. 죄수 마차를 탄 사실에 일말의 부끄러움을 느꼈는지 모르겠다만, 상식이 있는 사람이라면 그런 수모를 당한 뒤에는 그처럼 무모한 짓은 하지 않을 거다."

이처럼 모욕적인 말을 듣고도 기사는 한마디도 대꾸하지 않습니다. 그러나 집주인과 부인, 아이들은 이 말에 크게 놀랍니다.

'오! 하느님! 얼마나 큰 불행입니까!' 하고 각자 혼잣말을 합니다. '죄수 마차를 맨 처음 만든 시대는 저주받아 마땅합니다. 치욕스럽고 천박한 물건이기 때문입니다. 오! 하느님! 무슨 이유로 그 기사를 비난합니까? 그가 무슨 죄를 지었기에 죄수 마차를 탔단 말입니까? 사람들은 영원히 그의 면전에서 그런 비난을 퍼부을 것입니다. 그가 그런 치욕으로부터 벗어난다면 세상 어디에도 그에게 대적할 용맹한 기사는 없을 것입니다. 사실 모든 용맹한 기사를 다 그러모아도 그보다 더 멋지고 고결한 기사는 찾기 힘들 겁니다.'

이건 그들의 공통된 생각이었습니다. 그러나 오만에 도취된 기사는 또 퉁명스럽게 말합니다.

"네가 칼 다리를 건널 생각이면 내 말 좀 들어봐라. 네가 원하면 다치지 않고 쉽게 강을 건널 수 있다. 내가 배에 태워 신속히 강을 건너게 해주겠다. 그러나 강을 건너게 해주고 나서 통행료로 네 머리를 요구할 수도 있고 그렇지 않을 수도 있다. 아무튼 네 운명은 내 맘에 달렸다."

기사는 그러한 불행을 선택하지 않겠다고 대답합니다. 다리를 건너는 과정에서 혹독한 대가를 치르는 한이 있더라도 이처럼 자신의 머리를 걸 생각은 없습니다.

불손한 기사가 새로운 제안을 합니다.

"네가 내 제안을 수용할 마음이 없으니 밖으로 나가 나와 한판 붙어보자. 너든 나든 둘 중 하나는 치욕과 저주를 받을 거다."

기사는 그를 농락하기 위해 이렇게 대답합니다.

"거부할 방도가 있다면 결투는 어떻게든 피하고 싶소. 하지만 최악의 내기에 나 자신을 맡기고 싶지 않으니 결투를 택하는 수밖에 없구려."

그는 식사 자리에서 일어나기 전에 시중드는 수련 기사에게 빨리 말에 안장을 씌우고 무기를 가져다 달라고 부탁합니다. 이들은 숨 가쁘게 그의 당부를 수행합니다. 한 젊은이는 열심히 갑옷을 입혀주고 다른 젊은이는 말을 끌고 옵니다. 머리부터 발끝까지 무장하고 말에 올라 방패를 움켜잡았을 때 그는 세상에서 가장 멋지고 용맹스런 기사처럼 보였음을 아셔야 합니다. 그가 탄 말과 손에 꽉 잡은 방패는 그의 것인 양 완벽하게 조화를 이뤘습니다. 끈으로 고정시킨 투구는 그의 머리에 딱 맞아 빌린 것처럼 보이지 않았습니다. 그는 그러한 무기에 맞춰 태어나 양육된 것처럼 무기와 완벽한 일체를 이루었습니다. 여러분은 제가 말씀드린 대로 믿으셨으면 좋겠습니다.

결투를 제안했던 기사는 들판으로 나가 기다리고 있었습니다. 서로를 발견한 두 기사는 전속력으로 말을 몰아 상대에게 돌진합니다. 어찌나 맹렬한 타격을 주고받았는지 창이 활처럼 휘어져 두 동강 난 조각이 공중으로 흩날립니다. 칼로 공격하여 방패와 투구와 쇠사슬 갑옷을 잘 게 자릅니다. 부러진 나무 파편과 쇠붙이 파편을 맞아 상처가 많이 납니다. 계약 조건을 충실히 이행하는 거래처럼 타격을 받으면 반드시 갚습니다. 그러나 때로는 칼의 공격이 빗나가 말의 엉덩이에 맞기도 합니다. 말의 허리가 칼을 맞아 피로 범벅이 되고 결국 양편 말이 다 쓰러져 죽고 맙니다.

땅에 떨어진 기사들은 걸어서 상대에게 접근합니다. 서로 죽도록 증오했기 때문에 치고받는 칼의 공격이 이보다 더 잔인할 수가 없습니다. 주사위 노름꾼이 돈을 잃을 때마다 판돈을 배로 늘리듯이 이들은 더 많은 공격을 비 오듯 퍼붓습니다. 하지만 이들이 하는 게임은 주사위 노름하고는 전혀 다릅니다. 빗나간 타격이 아니라 치명적인 타격이요, 인정사정도 없는 잔인한 결투였던 겁니다.

주인과 부인, 그들의 아들과 딸 등 모든 사람이 집 밖으로 나왔습니다. 식구건 아니건 집에 남아 있는 사람은 아무도 없었습니다. 이들은 나란히 서서 들판 한가운데서 벌어지는 결투를 구경하고 있었습니다. 죄수 마차를 탔던 기사는 주인과 기타 모든 관중이 자신에게 시선을 고정하고 바라보고 있는 걸 알아채고는 자신의 무기력함을 책망합니다. 이미 오래전에 상대를 제압했어야 했다고 생각하니 분통이 터져 부들부들 떱니다. 칼로 상대의 투구를 세차게 공격해 머리에 찰과상을 입힙니다. 돌풍처럼 덮칩니다. 쉴 새 없이 밀어붙이고 압박하여 뒤로 주춤하게 합니다. 이처럼 유리한 고지에서 상대를 무방비 상태로 숨넘어갈 지경까지 이르게 합니다. 그 순간 그는 상대가 죄수 마차를 탔다고 자신에게 모욕을 퍼부은 사실을 떠올립니다. 상대를 타격해 속수무책으로 만듭니다. 쇠사슬 갑옷의 목끈을 모조리 잘라버리고, 투구를 벗겨 코 보호대를 땅에 팽개칩니다. 기진맥진하여 더 이상 버틸 수 없게 된 상대 기사는 자비를 구할 수밖에 없습니다. 더 높고 빠르게 나는 황조롱이를 피해 달아나다 힘이 빠져 궁지에 몰린 종달새처럼 말입니다. 패자는 사뭇 수치스런 일이지만 기사에게 자비를 요청하기 시작합니다. 달리 더 좋은 수가 없기 때문입니다. 자비를 간청하는 소리를 들은 승자는 공격을 중단하고 그에게 묻습니다.

"자비를 원하느냐?"

"맵시 있게 말할 줄 모르는 걸 보니 바보 천치 같구나" 하고 상대가 말합니다. "지금은 자비 말고 바라는 게 없다."

기사가 대답합니다.

"그럼 넌 죄수 마차를 타야 한다. 나한테 그토록 비열하게 모욕을 퍼부었으니 죄수 마차를 타지 않는다면 네가 하는 어떠한 말도 아무 소용없다."

상대 기사가 대답합니다.

"하느님께서는 내가 죄수 마차를 타는 걸 원치 않으신다!"

"타지 않겠다고?" 기사가 말합니다. "그럼 넌 곧 죽게 될 거다."

"기사, 분명 나를 죽일 수 있겠지. 그러나 하느님의 이름으로 자비를 요청하오. 죄수 마차만은 타지 않겠소. 그것만 빼고 어떠한 가혹한 처분도 달게 받겠소. 치욕스럽게 사느니 차라리 죽음을 택하겠소. 나를 용서해준다면 그 대가로 다른 어떠한 가혹한 처벌도 감수하겠소."

그가 자비를 요청하는 동안 한 아가씨*가 황갈색 노새를 타고 측대보로 들판을 가로질러 옵니다. 망토도 베일도 걸치지 않았습니다. 노새

---

* 이 아가씨는 랜슬롯의 감금 부분에서 고르 왕국의 왕 배드마구의 딸이자 멜리아건트의 여동생으로 드러난다.

에 세차게 채찍을 가합니다. 사실을 말하자면 큰 보폭으로 빠르게 구보하는 말도 측대보로 달리는 이 노새만큼 빠르지는 않을 겁니다. 아가씨는 죄수 마차를 탔던 기사에게 인사를 했습니다.

"기사님, 당신을 가장 즐겁게 하는 대상에서 오는 완벽한 행복으로 충만하시길 하느님의 이름으로 기원합니다!"

이런 인사말에 매료되어 그는 이렇게 대답합니다.

"아가씨, 하느님께서 당신에게 복을 내려주시고 행복과 건강을 주시길!"

그러자 그녀는 속내를 드러냈습니다.

"기사님" 하고 그녀는 말합니다. "저는 기사님한테 도움을 청하러 멀리서 허겁지겁 달려왔습니다. 호의를 베풀어주시면 제 능력껏 충분한 보답을 해드리겠습니다. 기사님도 제 도움이 필요할 때가 오리라고 봅니다."

기사가 대답합니다.

"원하는 걸 말씀해보시오. 별거 아니면 당장 도와드리지요."

그녀가 말합니다.

"기사님이 굴복시켰으나 아직 죽이지 않으신 저 기사의 머리를 제게 주십시오. 사실 저 기사처럼 배반을 일삼는 자는 없습니다. 제게 그의 머리를 주신다면 그것은 잘못이 아니라 오히려 선행을 베푼 셈이 됩니다. 그자처럼 불충한 기사는 지금껏 없었고 앞으로도 없을 것이기 때문입니다."

패배한 기사는 아가씨가 자신의 머리를 요구하는 소리를 듣고 외칩니다.

"그녀를 믿지 마시오. 그녀는 나를 증오하고 있습니다. 나에게 자비를 베풀어주시오. 아비인 동시에 아들이요, 딸이자 하녀인 여성을 어미로 주신 하느님의 이름으로 간청합니다."*

"아! 기사님" 하며 아가씨가 말합니다. "저 배반자의 말을 믿지 마십시오! 하느님께서 당신의 소원을 들어주시어 당신께 영광과 행복을 베풀어주시고, 당신의 위대한 모험에 찬란한 성공의 은총이 있기를 기원합니다!"

기사는 입장이 아주 난처하여 한동안 생각에 잠깁니다. 머리를 베어달라고 요구하는 아가씨에게 머리를 주어야 할지, 아니면 패자에게 관대한 마음으로 자비를 베풀어야 할지 곰곰이 생각합니다. 그는 두 요구를 다 들어주고 싶습니다. 후덕과 자비심이 두 요구를 만족시키라고 그에게 명령합니다. 그는 이 두 가지 덕을 다 가지고 있기 때문입니다. 아가씨가 머리를 가져가게 하면 자비심이 지게 되고, 아가씨가 머리를 가져가지 못하게 되면 후덕이 무너지게 됩니다. 그는 자신이 이러한 이중적 제약에 갇혀 있음을 느낍니다. 이 두 가지가 그를 괴롭히고 그의 가슴을 후빕니다. 아가씨는 머리를 선물로 받고 싶어 하는 반면, 패자는 자비의 이름으로 자유를 간청합니다. 후자가 자비를 요청하고 있는데 그가 이를 거부할까요? 아닙니다! 전혀 그렇지 않습니다. 그는 첫 결투에서 패한 자가 아무리 사악한 적일지라도 자비를 요청하면 그걸 거부하지 않지만, 두번째 결투에서 패하면 결코 용서하지 않기 때문입니다. 그래서 그는 자신이 해오던 대로 자비를 간청하는 자를 용서합니다. 하지만 머리를 요구하는 아가씨는 그걸 선물로 받을 수 있을까요? 물론 그렇게 될 겁니다.

"기사" 하며 그가 말합니다. "네 머리를 지킬 마음이 있다면 나하고 한 번 더 싸워야 한다. 그래서 너한테 큰 호의를 베풀겠다. 너의 투구를

---

* 성부·성자·마리아로 이뤄진 신적 친족은 성령으로 맺어진 관계이기 때문에 성교를 통해 맺어진 속세의 육신적 친족에서와 같은 세대 관계나 촌수 관계가 없다.

보수하고 새로 완전무장할 충분한 여유를 주겠다. 그러나 두번째 결투에서도 내가 이긴다면 너는 죽음을 면치 못할 것임을 명심하라."

패자가 대답합니다.

"내가 바라는 건 그것뿐이오. 다른 호의는 필요 없소."

"너한테 아주 유리한 조건 하나를 주겠다." 기사가 말합니다. "결투하는 동안 나는 내가 서 있는 곳에서 한 발짝도 움직이지 않을 거다."

상대 기사는 새로 무장을 하고 결투에 돌입합니다. 치열한 결투가 재개됩니다. 그러나 한 번 승리한 적이 있는 기사는 첫 결투보다 더 쉽게 우위를 점합니다. 그때 아가씨가 외칩니다.

"기사님, 그가 뭐라 간청하든 그자를 다시는 살려주지 마세요! 만일 당신이 패배하기라도 한다면 그자는 결코 당신을 살려두지 않을 겁니다. 그리고 그자가 당신을 또다시 곤경에 빠뜨릴 것임을 잊지 마세요. 고귀한 기사님, 어느 제국이나 왕국에서도 누구 못지않게 비열한 그자의 머리를 베어 저한테 주세요. 그러셔도 후회하지 않을 겁니다. 언젠가 저한테 충분한 보상을 받을 거니까요. 하지만 그자는 기회만 있으면 배신을 일삼는 혀로 당신을 또 속이려고 할 겁니다."

패자는 자신의 죽음이 다가오고 있음을 느낍니다. 크게 외쳐 자비를 간청합니다. 그러나 외침과 간청도 아무 소용없습니다. 승자는 적의 투구를 벗기고 투구 끈과 코 보호대와 반짝이는 투구 두건을 잘라버립니다. 가련한 자는 다급하게 자비를 재차 간청합니다.

"하느님의 이름으로 자비를! 기사님, 자비를 베풀어주십시오!"

하지만 기사는 이렇게 대답합니다.

"정말로 더는 동정할 마음이 없다. 이미 살려준 적이 있지 않느냐."

"아!" 하며 상대 기사가 말합니다. "나를 증오하는 저 여자 말을 들고 나를 이처럼 가차 없이 죽이면 죄를 짓는 셈이 됩니다."

하지만 그가 죽기를 고대하는 아가씨는 더 이상 그의 말을 믿지 말고 당장 목을 베라고 다그칩니다. 기사가 그를 세차게 공격합니다. 머리가 들판 한가운데로 날아가고 몸뚱이는 땅에 나뒹굽니다. 아가씨가 흡족해합니다. 기사가 그의 머리칼을 잡아 그녀에게 머리를 건네줍니다. 그녀는 기뻐 어쩔 줄 모르며 감사의 말을 합니다.

"이 순간 제가 가장 증오하던 대상에서 행복을 느끼듯이 당신도 간절히 바라는 대상에서 행복을 얻을 수 있기를 바랍니다! 그가 그토록 오랫동안 살아 있다는 것 말고는 그동안 저를 슬프게 하는 것은 아무것도 없었습니다. 저의 보상이 당신을 기다리고 있습니다. 적절한 때 보답할 겁니다. 저에게 베풀어주신 호의를 꼭 보상받으리라고 확신합니다. 이제 저는 떠나려고 합니다. 모든 위험으로부터 당신을 지켜주시길 하느님께 간구합니다."

각자 하느님께 자신을 맡기면서 아가씨는 떠나갑니다. 그러나 들판에서 결투를 지켜본 관중은 모두 기쁨이 용솟음치는 것을 느꼈습니다. 환희에 젖어 즉각 기사의 무장을 풀어주고 그에게 최고의 경의를 표합니다. 그러고는 손을 씻고 다시 식탁에 앉습니다. 어느 식사 자리보다 훨씬 더 기분이 좋습니다. 즐거운 식사가 이어집니다. 느긋하게 식사를 즐기는 동안 주인이 바로 옆자리에 앉은 손님에게 말했습니다.

"기사님, 우리가 태어난 로그르 왕국을 떠나 이곳으로 온 지도 꽤 되었습니다. 우리가 억류되어 있는 이 나라에서 기사님께 영광과 행복과 기쁨이 있기를 기원합니다. 가시고자 하는 숭고한 모험의 길에 행운과 영광이 함께한다면 우리는 물론 다른 모든 동포 포로도 덕을 보게 될 것입니다."

기사가 대답합니다.

"예, 잘 알고 있습니다."

주인이 잠자코 있자, 아들이 이런 제안을 합니다.

"기사님, 저희가 갖고 있는 모든 수단을 이용하도록 하시지요. 단순한 언약보다는 실제 도움을 드리고 싶습니다. 임무 수행 과정에서 저희의 도움이 꼭 필요하실 겁니다. 기사님이 요구하기 전에 도움을 드리고 싶습니다. 기사님, 말이 죽은 걸 걱정하지 마십시오. 우리 집에 제법 좋은 말들이 있으니까요. 우리가 갖고 있는 것 중에서 필요한 건 모두 드리고 싶습니다. 가장 좋은 말을 가져가십시오. 말 없이는 아무것도 할 수 없습니다."

그가 대답합니다.

"기꺼이 그러겠습니다."

그러고는 모두 침대에 들어 잠에 빠집니다. 이튿날 아침 세 일행은 일찍 일어나 떠날 채비를 합니다. 떠날 준비가 끝났을 때 기사는 예의범절에 맞게 안주인과 주인, 식구 모두에게 작별 인사를 합니다. 그러나 저는 이 모험담에서 사소한 것 하나라도 그냥 넘어가서는 안 되겠기에 한마디 덧붙이고자 합니다. 그는 문 앞에서 자신을 기다리는 주인의 말에 타고 싶지 않았습니다. 오히려 일행의 말을 타고 싶어 했습니다. 결국 일행의 말을 타기로 했습니다. 세 일행은 정성껏 자신들을 돌봐준 친절한 주인과 작별 인사를 하고 말에 올라 길을 떠납니다. 날이 저물 때까지 곧은길을 계속 달립니다. 제9시과(오후 3시경)를 훨씬 넘겨 만도 시간(오후 6시경) 무렵 칼 다리에 도착합니다.

끔찍한 다리 입구에 이르러 말에서 내렸습니다. 인간의 접근을 거부
하기라도 하듯 검은 물결을 일으키며 세차게 소용돌이치는 물줄기를 바
라봅니다. 흙탕물처럼 지저분한 급류는 지옥의 강물인 양 공포를 자아
냈습니다. 이처럼 깊고 위험한 급류에 빠진 사람은 짠 소금물로 된 바다
에 희생된 것처럼 모두 죽음을 맞게 될 겁니다. 급류 위에 가로놓여 있는
다리는 보통 다리와는 전혀 달랐습니다. 사실을 말하자면 이보다 더 무
시무시하고 고약한 다리는 지금껏 존재하지 않았고 앞으로도 그럴 겁니
다. 섬광처럼 번쩍이는 반들반들한 칼 하나로 되어 있고 그 아래로 찬물
이 흐르고 있었습니다. 그러나 그 칼은 강하고 단단했습니다. 창 두 개
길이였습니다.* 양쪽 둑에 있는 큰 통나무에 단단하게 고정되어 있었습
니다. 다리가 끊어지거나 휘어져 추락하지 않을까 염려할 필요는 없습니
다. 큰 무게를 견뎌낼 수 있을 만큼 아주 세심하게 만들었기 때문입니다.
기사를 따라온 두 일행은 다리 건너편에 사자인지 표범인지 맹수 두 마
리가 푯돌에 매여 있는 듯한 모습을 보고 절망에 빠집니다. 급류, 칼 다
리, 사자가 너무나 끔찍스럽고 무서워 두 동행인은 몸을 부들부들 떱니
다. 이들은 기사에게 간청합니다.

"기사님, 기사님의 눈이 주는 조언을 따르십시오. 그걸 꼭 받아들이
셔야 합니다. 다리의 생김새와 시공 기법, 골조 공사가 얼마나 고약합니
까. 돌다리도 두들겨보고 건너라고 했습니다. 당장 생각을 바꿔 돌아가
지 않는다면 나중에 크게 후회하실 겁니다. 다리를 건너는 건 불가능합

---

* 창의 길이는 1200년경에는 약 3미터에서 14~15세기에는 약 5미터까지 길어졌다.

니다. 바람이 부는 걸 막을 수 없고, 새들이 노래하는 걸 말릴 수 없고, 사람이 어머니 배 속으로 들어가 다시 태어날 수 없고, 바다를 마르게 할 수 없듯이 그건 불가능합니다. 그럼에도 설령 다리를 건너갔다고 칩시다. 다리 건너편에 매여 있는 포악한 사자 두 마리가 나리를 죽여 피를 빨고 살을 먹고 뼈를 씹지 않으리라고 어떻게 확신할 수 있겠습니까? 저희는 감히 사자를 바라보는 것만도 너무 무모하다고 느낍니다. 주의하지 않으면 사자는 틀림없이 기사님을 죽여 순식간에 몸통과 사지를 사정없이 산산조각 내고 갈기갈기 찢을 겁니다. 그러니 자신을 가엾게 여기고 저희와 함께 돌아가시지요! 죽을 줄 뻔히 알면서 위험에 뛰어드는 건 자신을 저버리는 셈이 됩니다."

그러나 그는 미소를 머금고 대답합니다.

"경들, 그토록 염려해주시니 감사할 뿐입니다. 여러분의 우려는 숭고한 우정에서 나온 것입니다. 어떻게든 내가 불행에 빠지지 않기를 바라는 여러분의 충정을 잘 알고 있습니다. 그러나 나는 내가 믿는 하느님께 나 자신을 맡깁니다. 어디서든 나를 지켜주실 겁니다. 이 다리도 이 급류도 내가 딛고 있는 이 딱딱한 땅보다 더 두렵지는 않습니다. 이 다리를 건너는 모험을 하고 싶습니다. 각오가 되어 있습니다. 물러서느니 차라리 죽는 편을 택하겠습니다."

논리가 바닥난 두 일행은 그의 주장을 받아들일 수밖에 없습니다. 그러나 하도 딱하여 한숨을 쉬며 눈물을 흘립니다. 그는 다리를 건너기 위해 만반의 준비를 합니다. 낯설고 놀라운 조치를 취합니다. 양발과 양팔에서 무장을 전부 제거한 것입니다. 강을 건넜을 때 피해와 상처가 없지 않을 것입니다. 낫보다 더 예리한 칼날 위를 꼿꼿하게 건넜습니다. 신발도 양말도 없이 맨발과 맨손으로 말입니다. 손발에 상처를 입는 것에 별로 신경을 쓰지 않았습니다. 다리 아래로 떨어져 물속에서 헤쳐 나오지 못하는 것보다 불구가 되는 걸 택했습니다. 각오한 대로 큰 고통 속에서 끔찍한 건너기를 수행합니다. 손발과 무릎에 피가 흐릅니다. 그러나 그를 이끌고 안내하는 사랑이 그를 위로해주고 치료해줍니다. 그래서 고통이 그에게는 희열로 느껴졌습니다. 손과 발과 무릎을 이용해 드디어 다리를 건너는 데 성공합니다.

그때 건너편에서 본 듯한 사자 두 마리가 생각납니다. 주변을 둘러봅니다. 아무것도 없습니다. 도마뱀 한 마리조차 없습니다. 두려워할 만한 것은 하나도 없습니다. 눈앞으로 손을 쳐올려 반지를 봅니다. 두 사자가 없는 걸 확인합니다.* 주변에 살아 있는 물체가 전혀 없는 것으로 미뤄 자신이 마법에 속았음을 깨닫습니다.

건너편에서 그가 다리를 건너는 모습을 바라보고 있던 일행 두 사람은 기뻐 어쩔 줄 몰랐을 겁니다. 그렇지만 그 대가로 그가 얼마나 큰 상처를 입었는지는 알지 못합니다. 그러나 기사는 더 심한 부상을 당하지 않은 걸 천만다행으로 여깁니다. 상처에서 흐르는 피를 셔츠로 닦아내는 동안, 바로 눈앞에 거대한 성이 있는 게 보입니다. 여태까지 보아온 어떤 성보다 더 견고합니다. 이보다 더 빼어난 성탑은 상상할 수 없습니다.

바로 그곳에서 국왕 배드마구가 팔꿈치를 괴고 창밖을 내다보고 있었습니다. 그의 섬세하고 날카로운 영혼은 명예와 덕을 늘 중시했습니다. 어떤 경우든 공정함에 충실하고 싶어 했습니다. 그 옆에 아들이 창문에 기대어 있었습니다. 그는 모든 일에서 아버지와는 정반대로 처신합니다.

---

* 여기서 사자는 주인공이 용맹을 입증해 보이면 사라지는 장애물로 등장한다. 반면에 크레티앵의 또 다른 로망인 『사자와 함께한 기사』에서는 사자가 주인공 이웨인의 용맹한 도움에 감복하여 그를 따라다니며 돕는다.

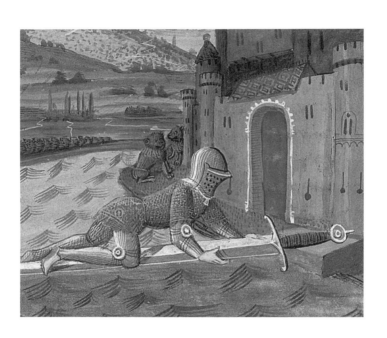

불공정에서 매력을 느끼기 때문입니다. 비열함, 배반, 잔혹함에 물릴 줄을 모릅니다. 창가에서 두 사람은 기사가 중상을 입어가며 온힘을 다해 다리를 건너는 모습을 내려다보고 있었습니다. 왕자 멜리아건트는 이에 화가 치밀어 안색이 변했습니다. 이제 왕비를 두고 경쟁할 자가 나타난 걸 알게 된 겁니다. 그렇지만 그는 아무리 힘세고 포악한 상대라도 두려워할 기사가 아니었습니다. 배신과 불충을 저지르지 않았다면 세상에서 가장 훌륭한 기사였을 겁니다. 하지만 부드러움과 동정심이라곤 눈곱만큼도 없는 목석같은 사람이었습니다.

아버지를 기쁘게 한 광경이 아들을 매우 우울하게 만들었습니다. 국왕은 저 다리를 정복한 이를 견줄 자가 이 세상에 없다는 걸 잘 알고 있었습니다. 선을 중시하는 용맹이 아니라 측근을 수치스럽게 하는 비겁한 마음을 가지고 감히 그러한 모험을 하는 자가 있겠습니까. 용맹은 비겁과 무기력에 비해 이룰 수 있는 일이 적습니다. 선을 행하는 것은 악을 저지르는 것보다 더 어렵기 때문입니다. 이 점을 꼭 아셔야 합니다. 저는 이 두 덕목에 대해 더 자세하게 논할 수 있습니다만, 이 문제로 너무 지체해서는 안 되겠기에 그만하려고 합니다. 대신에 방향을 돌려 우리의 이야기로 돌아갑니다. 국왕이 아들에게 어떤 말로 충고하는지 들어봅시다.

"애야" 하고 그가 말합니다. "나와 네가 우연히 창가에 와서 팔꿈치를 괴고 있었지만, 우리는 충분한 보상을 받았다. 여태껏 상상해본 적도 없는 용맹스러운 광경을 우리는 똑똑히 보았다. 그처럼 경이로운 일을 수행한 주인공에게 적개심을 품어서는 안 됨을 명심하여라. 그러니 그와 화해하고 왕비를 무조건 돌려주어라! 그와 싸워봐야 밑지는 장사다. 네가 현명하고 정중한 사람임을 주저 없이 보여주어라. 그가 네 앞에 나타나기 전에 왕비를 돌려주어라. 그가 찾으러 온 사람을 요구하기 전에 되돌려주는 것이 이 나라의 법도이니라. 너무 늦게 알게 되었다만 그가 찾으러 온 사람이 다름 아닌 귀네비어 왕비이기 때문이다. 고집 세고 몰상식하고 교만하다는 평을 듣지 않도록 하여라! 그가 단신으로 이 나라에 왔다면 그를 위로해주어야 한다. 신사는 신사를 알아보고 정중하고 따뜻하게 예우해야 한다. 그와 사이가 틀어져서는 안 된다. 남을 존중함으로써 스스로 존중받게 되는 법이다. 세상에서 가장 훌륭한 기사임을 유감없이 입증해 보인 사람을 공경하고 받드는 것은 다 너를 위한 일이다. 이걸 명심해야 한다."

아들이 대답합니다.

"만일 그보다 더 훌륭하거나 그와 견줄 기사가 없다면 저에게 천벌을 내려주십시오!"

아버지는 자식을 잘못 알고 너무 무시했습니다. 아들은 자신을 하찮게 여기지 않기 때문입니다.

아들이 말을 잇습니다.

"제가 손발을 조아리고 그의 봉신이 되어 제 땅을 그의 봉토로 받들란 말씀 아닙니까? 하느님께 맹세코 그의 봉신이 되는 한이 있더라도 왕비는 돌려주지 않겠습니다! 〔하느님께서는 제가 이런 식으로 왕비를 그에게 넘겨주는 것을 금하십니다.〕* 왕비는 절대 돌려주지 않을 겁니다! 무모하게 그녀를 찾으러 온 얼간이 같은 놈들하고 싸워서라도 그녀를 지키겠습니다."

---

* 대괄호 안에 있는 구절(La reïne et Dex m'en desfende/ Qu'en tel guise je la li rende 하느님께서는 금하십니다./ 제가 이런 식으로 왕비를 그에게 넘겨주는 것을)은 C 사본에 없는 것을 T 사본에서 보완한 것이다.

국왕은 다시 한 번 더 충고합니다.

"애야, 옹고집 그만 피우고 정중함을 보여주어야 한다. 제발 진정하거라. 내 간곡한 충고다. 네가 분명히 알아야 할 게 있다. 너와의 결투에서 승리하여 왕비를 데려간다면 그 기사가 영광을 모두 가져갈 것이다. 그는 관대한 행위의 혜택을 입는 것보다는 손에 무기를 들고 싸워 그녀를 구해내는 걸 분명히 더 좋아할 거다. 그의 승리는 그의 명성을 높여 줄 것이기 때문이다. 그러므로 내가 보기에 그는 평화적인 방법으로 그녀를 돌려받으려고 하지 않을 것이다. 오히려 너와 싸워서 그녀를 빼앗아가고 싶어 할 거다. 그러니 그에게 결투 기회를 주지 않도록 현명한 선택을 해야 한다. 네가 잘못된 길을 선택할까 봐 걱정이구나. 내 충고를 무시하고 네가 지금 궁지에 몰리는 건 중요치 않다. 앞으로 네게 큰 불행이 들이닥칠 것임을 알아야 한다. 그 기사가 두려워할 구석이 있는 상대는 오직 너뿐이기 때문이다. 나 자신과 내 모든 신하의 이름을 걸고 그에게 휴전 약속을 보장하겠다. 난 약속을 어긴 적도 배신한 적도 없었다. 너나 그 어느 누구도 배신하지 않을 것이다. 미끼로 너를 속일 생각도 없다. 난 그 기사에게 무기와 말 등 필요한 것을 모두 제공할 생각이다. 그는 용감하게도 여기까지 먼 길을 왔기 때문이다. 그가 내 보호 아래 있는 한, 너만 제외하고 세상 모든 사람과 결투하는 걸 허용할 방침이다. 마지막으로 너에게 하고 싶은 말이 있다. 결투를 한다면 그가 두려워할 상대는 오직 너뿐이다."

"지금까지 아버님 말씀을 묵묵히 들었습니다." 멜리아건트가 말합니다. "하고 싶은 말씀을 다 하신 것 같습니다. 그렇지만 아버님의 긴 충고에 저는 동의할 수 없습니다. 저는 연민과 자비심으로 가득한 성인 같은 영혼을 갖고 있지 않습니다. 가장 사랑하는 그녀를 그에게 양보할 만큼 체면을 중시하지도 않습니다. 아버님과 그자가 생각하듯 일이 금방 쉽게 해결되지 않을 겁니다. 아마 정반대로 돌아갈 겁니다. 아버님이 저의 적을 우군으로 대하신다면 제 마음이 어찌 씁쓸하지 않겠습니까. 아버님의 보호 아래 그가 아버님과 신하들하고 평화롭게 지낸다니 그게 저한테 무슨 소용입니까? 제 마음은 여전히 변함없습니다. 하느님이 저를 지켜주실 겁니다. 그가 두려워할 상대가 저 말고는 아무도 없다는 게 오히려 더 기쁩니다. 약속 불이행이나 배신의 의혹을 살 수 있는 행위를 호의로 베풀어달라고 아버님께 간청하지도 않겠습니다. 아버님은 원하시는 대로 신사가 되십시오. 저는 그냥 냉혹한 사람으로 내버려두십시오."

"뭐라고? 그와 결투할 생각을 버리지 않겠다고?"

"그렇습니다." 아들이 말합니다.

"그럼 더 이상 할 말이 없다. 네 멋대로 최선을 다해 싸워보아라. 난 기사한테 가서 얘기해보겠다. 그에게 도움과 조언을 아낌없이 줄 생각이다. 그의 대의명분에 전적으로 동의하기 때문이다."

그러고 나서 국왕은 궁정 뜰로 내려갔습니다. 말에 안장을 씌워 가져오라고 명령합니다. 큰 군마가 대령됩니다. 등자에 발을 딛고 말에 올라탑니다. 세 기사와 두 시동만 대동하고 칼 다리까지 둑을 따라 내려갑니다. 여전히 상처에서 흐르는 피를 지혈하며 닦아내고 있는 기사가 보입니다. 국왕은 부상에서 회복될 때까지 한동안 그를 손님으로 돌봐줄 생각을 하고 있었습니다. 하지만 그런 생각은 바닷물을 다 말리겠다는 헛된 기대와 다를 바 없을 겁니다.

국왕은 칼 다리까지 잽싸게 달려가 말에서 내립니다. 부상당한 기사는 그를 보고 일어섰습니다. 하지만 그가 누군지 알아보지는 못합니다.

손발에 입은 상처의 고통이 컸지만 아무런 티를 내지 않았습니다. 국왕은 그가 온힘을 다해 참고 있는 것을 알아챘습니다. 잰걸음으로 다가가 인사말을 합니다.

"경, 이렇게 불쑥 우리나라 이곳까지 오다니 깜짝 놀랐소. 아무튼 잘 오셨소이다. 그런 모험을 시도하는 자는 과거에도 없었고 앞으로도 없을 것이오. 그토록 큰 위험에 자신을 내던지는 용맹스런 사람은 결코 없을 것이오. 그대는 다른 누구도 감히 꿈꿀 수 없는 일을 해냈으니 정말 대단하오. 그대는 내가 관대하고 신의 있고 정중한 사람이라는 걸 곧 알게 될 것이오. 나는 이 나라의 왕이올시다. 그대가 원하는 대로 도움과 조언을 아낌없이 제공하겠소. 그대가 무얼 하러 왔는지 차츰 짐작하게 되었소. 왕비를 구출하러 온 걸로 알고 있소만."

"폐하" 하며 기사가 말합니다. "바로 맞히셨습니다. 다른 일로 온 게 아닙니다."

"이보시게" 하고 왕이 말합니다. "그 일을 이루려면 고생깨나 해야 할 것이오. 지금은 부상이 심한 상태가 아니오. 상처에서 피가 흐르는군요. 왕비를 이곳으로 데려온 자는 결투를 통하지 않고 그녀를 그냥 넘겨줄 만큼 관대한 위인이 결코 아니올시다. 먼저 휴식을 취하면서 완전히 회복될 때까지 치료를 해야 하오. 무엇보다도 부상에서 회복하여 건강을 되찾는 것이 급선무이므로 세 마리아의 진통제 향료*와 고급 연고가 있는지 알아보고 주겠소. 왕비는 감금된 상태에서 잘 있소이다. 아무도, 심지어 그녀를 이곳으로 데려온 내 아들조차도 그녀에게 치근덕거리지 못하도록 해놨소. 내 아들은 이 때문에 불만이 많소이다. 그놈처럼 걸핏

---

* 「마가복음」(XVI-1)에 따르면 세 마리아, 즉 막달라 마리아, 야고보의 어머니 마리아, 마리아 살로메는 십자가 수난을 당한 예수의 몸에 진통제 향료를 발라주었다.

하면 화를 내고 흥분하는 자는 없다오. 그러나 나는 그대에게 좋은 감정을 갖고 있소이다. 필요한 건 모두 기꺼이 제공하겠소. 비록 좋은 무기로 무장한 내 아들이 알면 나한테 서운한 감정이 들겠지만, 내 아들의 무기 못지않은 무기와 그대가 필요로 하는 말을 제공하겠소이다. 뿐만 아니라 그대를 안전하게 보호해주겠소. 이를 탐탁지 않게 여기는 자가 있더라도 말이오. 이곳으로 왕비를 강제로 데려온 자를 제외하고 아무도 그대를 멸시하지 않을 것이외다. 나는 그놈을 협박할 만큼 했소. 왕비를 그대에게 되돌려주라는 내 충고를 거부하는 것에 화가 나 그놈을 이 나라에서 추방할 생각까지 했소이다. 그놈이 내 아들이긴 하지만 괘념치 마시오. 그놈이 그대와 싸워 이기지 못하는 경우에도, 내 뜻을 거스르며 그대에게 조그마한 해코지도 하지 못하게 할 것이외다."

"폐하" 하며 기사가 말합니다. "성은이 망극합니다! 하지만 이곳에서 너무 지체했습니다. 시간을 낭비하고, 때를 놓치고 싶지도 않습니다. 소신은 아무런 불만이 없으며 어떤 상처에도 불편을 느끼지 않습니다. 즉각 그자에게 데려다주십시오. 달리 무장할 필요도 없이 당장 결투할 준비가 되어 있습니다."

"이보시게, 부상에서 회복될 때까지 보름이나 3주는 기다리는 것이 좋겠소. 휴식이 적어도 보름은 필요하오. 무슨 일이 있어도 그런 몰골과 무기로 내 안전에서 싸우게 할 수는 없소이다. 그런 꼴은 차마 보고 싶지 않소."

그가 대답합니다.

"괜찮으시다면 다른 무기는 필요 없습니다. 제 무기를 들고 당장 싸우고 싶습니다. 한순간의 휴식도 취하고 싶지 않습니다. 하오나 폐하의 호의를 고려하여 내일까지 기다릴 수는 있습니다. 이것 말고 다른 제안은 받들 수 없습니다. 더 이상은 지체할 수 없기 때문입니다."

국왕은 그의 뜻대로 해주겠다고 약조하고 그를 숙소로 안내합니다. 하인들에게 정성껏 손님을 모시고 보살펴주라고 당부합니다. 각자 군소리 하나 없이 즉각 국왕의 당부를 따릅니다.

가능하다면 평화를 회복시키고 싶은 간절한 마음에 국왕은 아들한테 가서 화해를 종용했습니다.

"얘야, 그 기사와 화해하고 결투는 하지 마라! 그가 이곳에 온 목적은 기분 전환을 하거나 사냥을 하거나 활을 쏘려는 게 아니다. 영광을 좇아 자신의 가치와 명성을 높이려는 것이다. 하지만 내가 확인한 바로는 그에겐 절대적으로 휴식이 필요하다. 내 충고를 따른다면 그는 애타게 기다리는 결투를 한두 달 연기할 게다. 네가 그에게 왕비를 돌려주면 혹시 멸시받지 않을까 염려하는 것이냐? 그런 염려는 전혀 할 필요가 없다. 그렇게 해도 비난받지 않을 것이다. 오히려 소유할 이유도 권리도 없는 걸 잡아두는 게 죄다. 그는 손발의 부상이 끔찍한 상태에서 생살이 찢기는 한이 있더라도 정말 당장 싸울 태세더라."

"쓸데없는 걱정을 하십니다." 멜리아건트가 아버지에게 말합니다. "베드로 성인께 맹세코 이 문제에 대해서는 아버님 말씀을 절대 따르지 않겠습니다. 만에 하나라도 제가 아버님 말씀을 따르는 일이 생긴다면 저는 제 육신을 말 두 필에 매어 능지처참하도록 하겠습니다. 그가 명예를 좇는다면 저도 그렇습니다. 그가 선을 좇는다면 저도 마찬가집니다. 그가 어떻게든 싸우고 싶다면 저도 그렇습니다. 아니 백배는 더요."

"정말 아둔하구나." 왕이 말합니다. "외통수만 찾고 있으니 말이다. 그 기사하고 겨루고 싶은 게 네 뜻이라니, 그럼 내일 해보거라."

"다시는 이보다 더 실망스런 일이 없기를 바랍니다!" 멜리아건트가 말합니다. "내일까지 기다릴 것도 없이 오늘 당장 싸우고 싶습니다. 평소보다 더 침울한 제 얼굴을 보십시오. 흐릿한 제 눈과 일그러진 제 표정을 말입니다. 싸움을 시작하기 전까지는 한순간도 기쁨과 행복을 느끼지 못할 겁니다. 모든 게 짜증날 뿐입니다."

이 말을 듣고 국왕은 충고와 간청을 더 해봤자 아무 소용이 없다는 걸 깨닫습니다. 언짢은 심기를 삭이며 아들 곁을 떠나 용맹한 말과 좋은 무기를 고르러 갑니다. 그러고는 이런 걸 받아 마땅한 자에게 주라며 보냅니다. 뿐만 아니라 독실한 가톨릭 신자로 세상에서 가장 충직한 노인을 함께 보냅니다. 그는 모든 몽펠리에 의사들*보다 부상 치료에 더 능합니다. 국왕의 분부대로 그는 밤새 정성을 다해 기사를 치료해줍니다.

***

주변 지역에 사는 기사들, 아가씨들, 귀부인들과 대영주들은 이 소식을 들어 이미 잘 알고 있었습니다. 왕국에 사는 백성들은 물론이고 이 방인들까지 사방에서 꼬박 하룻길을 달려왔습니다. 그들은 동틀 무렵까지 밤새 말을 세차게 몰았습니다. 새벽부터 성탑 앞에는 발길을 되돌릴 수 없을 정도로 많은 군중으로 가득 차 있었습니다.

국왕은 일찍 기침했습니다. 아들이 결투를 한다는 생각에 속이 쓰려서였습니다. 다시 아들에게 갔습니다. 멜리아건트는 벌써 머리에 푸아티에산** 투구를 쓰고 있었습니다. 어떻게 하면 결투를 막고 화해시킬 수

---

* 프랑스 중남부에 있는 몽펠리에Montpellier는 중세 때 유럽 최대의 약재 거래지 가운데 하나였으며 13세기부터는 몽펠리에 대학 의학부가 명성을 떨쳤다.
** Poitiers: 프랑스 중서부에 있는 도시다.

있을까. 국왕은 아들을 거듭 설득했지만 전혀 성공하지 못했습니다.

국왕의 뜻에 따라 군중이 모여 있는 성탑 앞 광장 한가운데서 결투를 벌이기로 되어 있었습니다. 국왕은 즉각 광장으로 이방인 기사를 데려오라고 했습니다. 광장은 로그르 왕국 사람들로 가득했습니다. 성령강림절이나 성탄절 같은 대축일이 돌아올 때마다 매년 신자들 모두가 관습에 따라 교회로 가서 오르간 음악을 듣곤 했듯이 그들은 한 사람도 빠짐없이 이곳에 모였습니다. 아서 왕국 출신의 포로 아가씨들은 사흘 동안 금식을 하고 난 뒤 고행복을 입고 맨발로 걸어왔습니다. 하느님께서 자신들을 구출하기 위해 적과 싸우는 기사에게 불굴의 힘을 주시길 바라는 마음에서였습니다. 그녀들은 그 기사에게 승리의 영광을 안겨주시라고 하느님께 기도했습니다.

이른 아침, 제1시과(오전 6시경)를 알리는 종이 울리기 전에 두 결투 기사가 광장 한가운데로 나왔습니다. 머리부터 발끝까지 완전무장하고 말에는 쇠로 된 마갑이 씌워 있었습니다. 멜리아건트는 위풍당당했습니다. 건장하고 균형 잡힌 몸매, 쇠사슬 갑옷과 투구, 목에 걸친 방패는 사람들 시선을 끌기에 충분했습니다. 그러나 관중은 모두 다른 기사에게만 눈길을 주고 있었습니다. 내심 그가 패배하기를 바라는 사람들까지도 말입니다. 멜리아건트는 상대 기사와 비교가 되지 않을 정도로 초라하다고 다들 생각하고 있었습니다.

두 기사가 결투할 채비를 마치자 국왕이 나타납니다. 그는 가급적 결투를 막고 화해시키려고 안간힘을 씁니다. 그러나 아들을 꺾지는 못합니다. 결국 국왕은 뜻을 접고 두 결투 기사에게 이렇게 말합니다.

"내가 성탑으로 올라가기 전까지는 말고삐를 당기지 말라. 그게 터무니없는 호의 요청이 아니라면 잠시 기다리도록 하라."

그러고 나서 그는 불안한 마음으로 광장을 떠나 왕비의 처소로 곧장 갑니다. 전날 밤 그녀가 자기 눈으로 직접 결투를 관람할 수 있는 자리를 마련해달라고 요청했기 때문입니다. 그는 그러한 호의 요청을 수락했던 터라 몸소 왕비를 안내하러 갔습니다. 실제로 정성을 다해 그녀를 받들고 보살폈습니다. 그녀를 창가에 앉히고, 자신은 그녀 옆 오른쪽 창가에 앉았습니다. 광장에는 양측 사람들이 숱하게 모여 있었습니다. 기사들, 우아한 귀부인들, 이 나라에서 태어난 아가씨들뿐 아니라 기도에 열중하고 있는 포로 아가씨들도 많이 있었습니다. 이 남녀 포로들은 모두 자신들의 기사를 위해 기도하고 있었습니다. 자신들의 구원과 해방을 위해 하느님과 그 기사에게 기대를 걸고 있었기 때문입니다.

두 기사는 곧바로 결투에 들어갔습니다. 군중을 광장 가장자리로 물러나게 했습니다. 방패를 팔꿈치로 밀어 앞세우고 방패 손잡이 끈을 잡았습니다. 상대를 향해 전속력으로 말을 몰았습니다. 창으로 상대의 방패를 맹렬하게 공격하여 두 팔 길이 정도를 꿰뚫었습니다. 창이 부러져 가느다란 나무처럼 산산조각 났습니다. 전속력으로 달린 말들의 머리와 가슴이 정면으로 충돌했습니다. 방패와 투구 역시 치고받았습니다. 부딪치는 소리가 얼마나 컸던지 진짜 천둥 치는 소리 같았습니다. 말의 가슴 띠와 뱃대끈, 등자와 고삐 등 모든 마구가 끊어지고 부서졌습니다. 견고한 안장 앞 테마저 산산조각이 났습니다. 두 기사는 마구가 감당하지 못해 자신들이 땅에 나둥그러진 걸 전혀 부끄럽게 생각하지 않았을 것입니다.

두 기사는 모두 벌떡 일어섭니다. 쓸데없는 위협의 허풍을 떨지 않고 멧돼지보다 더 포악하게 상대한테 대듭니다. 위협이 무슨 소용이겠습니까. 원한을 갚으려는 듯 강철 검으로 상대방에게 끔찍한 타격을 가합니다. 투구와 반짝이는 쇠사슬 갑옷을 여러 번 난폭하게 공격하여 상처를 입힙니다. 그때마다 피가 솟구칩니다. 난폭하고 잔인한 타격으로 서로를 호되게 밀어붙이는 치열한 접전이 계속되었습니다. 두 기사는 한참 동안 팽팽한 한판 승부를 벌이고 있었습니다. 구경꾼들은 한순간도 이들의 우열을 가릴 수 없었습니다. 그러나 불가피한 일입니다만, 칼 다리를 건너는 데 성공한 기사는 결국 부상당한 손에 힘이 확 빠지는 걸 느꼈습니다. 그를 지지했던 사람들은 불안해졌습니다. 그의 공격이 느슨해진 걸 보고 그가 패배할지 모른다고 걱정했습니다. 이미 그가 패하고 멜리아건트가 이기고 있는 것처럼 보였습니다. 그들 사이에 웅성거리는 소리가 끊이지 않았습니다.

그러나 성탑 창가에서 총명한 한 아가씨가 이 광경을 내려다보고 있었습니다. 그녀는 곰곰이 생각하고는 혼잣말을 합니다. 저 기사는 비천한 애인이나 상것들을 위해 이런 결투를 하겠다고 서약하지는 않았을 게 분명해. 그래, 왕비를 위한 것이 아니라면 그는 이런 결투를 시도조차 하지 않았을 거야. 왕비가 성탑 창가에서 자신을 바라보고 있다는 걸 안다면 그는 다시 힘과 용기를 낼 거야. 아가씨는 이렇게 생각하고 있었습니다. 그럼 기사의 이름을 어떻게 알아내지. 그에게 주변을 좀 돌아보라고 소리쳤으면 얼마나 좋을까. 아가씨는 왕비에게 다가가 말합니다.

"왕비마마, 마마와 저희들을 위하여 간곡히 요청드리옵니다. 저 기사의 이름을 알고 계시면 알려주시옵소서. 저 기사를 도울 목적 외에 다른 뜻은 없사옵니다."

"아가씨" 하고 왕비가 대답합니다. "아가씨의 요청은 속임수나 악의 티 하나 없이 매우 순수해 보여요. 기사의 이름은 랜슬롯이 아닌가 생각됩니다만."

"오! 하느님, 그 이름을 들으니 얼마나 기쁜지 모르겠습니다! 제 심장이 방망이질하듯 두근거립니다!" 아가씨가 말합니다.

그녀는 벌떡 일어나 창밖으로 몸을 내밀어 모든 사람이 들을 수 있도록 큰 소리로 외칩니다.

"랜슬롯, 뒤돌아보거라. 너를 뚫어져라 쳐다보고 있는 사람이 있다!"

랜슬롯은 자기 이름 부르는 소리를 듣고 즉각 뒤돌아보았습니다. 세상에서 가장 보고 싶어 하던 여인이 저 위 성탑 창가에 앉아 있는 게 아닌가. 그녀가 거기에 있다는 걸 알아챈 순간부터 그는 얼굴과 시선을 딴 데로 돌릴 수가 없었습니다. 적을 등진 자세로 꼼짝 않고 있었습니다. 그러자 멜리아건트는 상대가 이젠 더 이상 저항할 수 없다는 생각에 미칠 정도로 기뻐하며 쉴 새 없이 악착스럽게 공격했습니다. 고르 왕국 백성들은 기뻐 어쩔 줄 모릅니다. 그러나 이방인 포로들은 너무나 비통해 서 있을 힘조차 없음을 느낍니다. 낙담하여 쓰러지는 사람들이 많았습니다. 무릎을 꿇는 이도 있고 드러눕는 이도 있었습니다. 이처럼 기쁨과 슬픔이 교차하고 있었습니다.

창가에 있던 아가씨가 다시 소리칩니다.

"아이고! 랜슬롯! 어찌 그렇게 멍청한 짓을 하고 있느냐? 얼마 전까지만 해도 너는 용맹과 완벽의 화신이었다. 정말로 하느님은 무용과 명성에서 너를 필적할 기사를 만드시지 않았다고 난 생각했다. 그런데 [지금은 등을 돌린 채 뒤로 공격만 하고 있으니]* 그토록 궁지에 몰리는 것 아니냐! 네가 바라보기만 해도 아주 감미로울 이 성탑 쪽을 향한 자세

---

* 대괄호 안에 있는 구절(Qu'arriere main giestes tes cos/ Si te combaz derriers ton dos 뒤로 공격만 하고 있으니/ 등을 뒤로 돌린 채)는 C 사본에 없는 것을 T 사본에서 보완한 것이다.

로 싸워라."

랜슬롯은 이 말을 듣고 스스로가 원망스러울 정도로 치욕을 느낍니다. 누구나 다 알고 있듯이 그가 이런 결투에서 이처럼 오랫동안 궁지에 몰린 적이 없었기 때문입니다. 그는 몸을 휙 돌려 멜리아건트를 성탑 쪽으로 밀어붙입니다. 멜리아건트는 반대쪽으로 돌아가려고 사력을 다합니다. 그러나 랜슬롯은 그에게 달려들어 방패로 가차 없이 밀어붙입니다. 그러자 멜리아건트는 방향을 바꾸려고 두세 번 시도했으나 뜻대로 되지 않습니다. 랜슬롯은 힘과 용기가 솟구칩니다. 사랑이 그에게 큰 격려가 된 겁니다. 지금 대결하고 있는 상대에 대한 증오감은 과거 어느 누구에게서도 느낀 적이 없을 정도로 큽니다. 예전에는 함께할 수 없었던 사랑과 이글거리는 증오가 이제는 한통속이 되어 그를 그토록 사납고 용맹스럽게 만들었기에 멜리아건트는 그의 공격이 결코 장난이 아니라고 생각합니다. 이제 공포가 그자를 엄습합니다. 그는 자신을 그토록 궁지로 몰아넣을 만큼 대담무쌍한 기사를 주변에서 본 적이 없기 때문입니다. 그래서 선선히 물러섭니다. 그의 접근을 피해 후퇴를 선택합니다. 그의 공격에 절레절레 고개를 흔들며 뒤로 물러납니다. 랜슬롯은 위협으로 그치지 않고 거듭된 세찬 공격으로 왕비가 창가에 기대어 있는 성탑 쪽으로 상대를 밀어붙입니다. 그는 당연한 의무처럼, 한 발짝만 더 가면 정작 그녀를 알아볼 수 없을 만큼 최대한 그녀 가까이 접근하곤 하여 그녀를 떠받들었습니다. 이런 식으로 랜슬롯은 원하는 대로 멜리아건트를 앞뒤로 끌어당겼다가 밀어붙이기를 반복하면서 결국 사모하는 여인 왕비의 눈 밑에 정지시키곤 했습니다. 그녀는 그의 심장에 불을 질러 자신을 그토록 계속 보고 싶어 하도록 충동질했습니다. 그런 불꽃이 멜리아건트에 대한 그의 반감을 훨훨 타오르게 했기 때문에 그는 마음대로 자기가 원하는 곳으로 상대를 밀어붙일 수 있었습니다. 상대는 싫은 내색을 해봐야 속수무책 끌려다니는 장님과 절름발이 같았습니다.

국왕은 아들이 기진맥진하여 더 이상은 방어가 불가능하다고 판단합니다. 속이 쓰리도록 아픕니다. 가능하다면 그러한 불행을 끝낼 처방책을 주고 싶습니다. 그러나 올바른 처방을 내려주려면 왕비에게 간청하는 수밖에 없습니다. 그래서 왕비에게 이렇게 말합니다.

"왕비, 당신이 내 권한 아래 있게 된 뒤로 난 당신을 받들고 공경하면서 우의의 표시에 인색한 적이 없었소. 당신을 내 능력껏 전력을 다해 모셨소. 이젠 당신이 내 호의를 갚을 때가 왔소이다! 그러나 순수한 우정에서 나온 것이 아니라면 내 청을 거절해도 됩니다. 이 결투에서 내 아들이 분명히 졌소이다. 내 아들이 진 게 아쉬워서 당신에게 부탁을 하는 건 아닙니다. 내 바람은 그저 지금 생사여탈권을 쥐고 있는 랜슬롯이 내 아들을 죽이지 않았으면 하는 것이오. 당신도 내 아들이 죽는 걸 원치 않을 것이오. 물론 그놈이 당신과 랜슬롯에게 못된 짓을 했소만, 나에게 호의를 베푸는 셈 치고 랜슬롯에게 공격을 중지해달라고 부탁해주면 고맙겠소. 만약 당신이 이에 동의한다면 당신에게 베푼 내 호의를 갚은 것이 될 것이외다."

"폐하, 폐하의 청이 그런 거라면 기꺼이 따르겠습니다." 왕비가 말합니다. "비록 폐하의 아들을 죽이고 싶을 만큼 증오하고 혐오하지만, 폐하께서 그동안 저를 그토록 관후하게 대해주셨으니 폐하 뜻대로 랜슬롯이 공격을 멈추도록 하겠습니다."

왕비의 대답 소리가 작지 않았기 때문에 랜슬롯과 멜리아건트도 이 말을 들었습니다. 그녀를 사랑하는 랜슬롯은 즉각 순종합니다. 사랑에 홀딱 빠진 그는 기다렸다는 듯 연인이 원하는 대로 즉각 행동합니다. 이

세상에서 가장 숭고한 연인 피라무스*보다 더한 사랑에 빠진 랜슬롯이 달리 어찌할 수 있었겠습니까. 랜슬롯은 왕비의 대답을 들었던 겁니다. "폐하께서 랜슬롯이 공격을 중단해주기를 바라시니 저도 기꺼이 따르겠습니다"란 말이 왕비의 입에서 흘러나오는 순간부터 그는 적한테 죽임을 당하는 한이 있더라도 무작정 적에게 손도 대지 않고 미동도 하지 않습니다. 공격을 중단하고 가만있습니다. 이와는 반대로 멜리아건트는 온힘을 다해 그를 공격합니다. 그는 왕이 구원 요청을 해야만 할 정도로 자신이 열세였다는 말을 듣고는 분노와 증오심에 미쳐버립니다. 그때 왕은 그를 설득하기 위해 성탑에서 내려갔습니다. 결투장에 이르러 아들에게 호통을 칩니다.

"뭣하는 짓이야? 가만있는 그를 공격하는 게 올바른 결투냐? 넌 지금 난폭한 짐승 같은 짓을 한 게야. 지금은 만용을 부릴 때가 아니야. 똑똑히 보았는데 그가 이겼어."

치욕감에 제정신을 잃은 멜리아건트가 대꾸합니다.

"아버님은 장님이 되신 모양입니다. 진상을 제대로 보시지 못한 것 같습니다. 눈이 멀지 않고는 제 승리를 의심할 수 없습니다."

"그럼 네 말을 곧이곧대로 믿을 사람을 찾아보아라." 왕이 말합니다. "네 말이 진실인지 거짓인지는 이곳에 있는 사람들 모두가 잘 알고 있다. 진상을 잘 알고 있단 말이다."

그때 왕은 신하들을 시켜 아들을 떼어놓으라고 명령합니다. 이들은 왕의 명령을 지체 없이 수행합니다. 이렇게 해서 멜리아건트가 제압되었습니다. 하지만 랜슬롯을 만류하는 데는 비상수단을 쓸 필요가 없었습

---

* 피라무스Pyramus는 오비디우스의 『변신』에 등장하는 인물로 애인 티스베Thisbe를 열렬히 사랑했으나 애인이 죽은 줄 알고 자살한다.

니다. 이렇게 떼어 말리지 않았다면 멜리아건트는 랜슬롯이 응수하기도 전에 마구 공격하고 있었을 겁니다.

왕이 아들에게 말했습니다.

"이젠 제발 화해하고 왕비를 되돌려주어라. 모든 걸 내려놓고 포기해 야 한다."

"무슨 얼토당토않은 말씀을 하십니까! 더 얘기해봤자 아무 소용없 습니다! 아버님은 빠져주십시오! 제가 싸우도록 내버려두세요. 그러니 이 일에 더 이상은 개입하지 마십시오!"

왕이 대답합니다.

"내가 참견해야겠다. 너를 싸우게 놔두면 그가 너를 죽일 게 분명하 기 때문이다."

"그가 저를 죽인다고요? 천만의 말씀입니다. 아버님이 개입하여 훼 방만 놓지 않으신다면 제가 금방 이길 겁니다."

왕이 말합니다.

"제발이다. 말 같지 않은 소리 하지 마라."

"왜요?" 아들이 말합니다.

"내 생각은 다르다. 난 너의 광기와 오만을 믿지 않는다. 그 때문에 네가 죽을 것이기 때문이다. 너처럼 뭣도 모르고 스스로 죽음을 재촉하 는 자는 미친놈이야. 내가 너의 파멸을 막기 원한다는 이유로 네가 나를 미워하는 걸 잘 알고 있다. 내가 보기에 하느님은 내 눈으로 네가 죽는 꼴을 보게 하지 않으셨다. 그걸 생각만 해도 가슴이 미어질 것 같구나."

결국 훈계를 거듭한 끝에 화해가 이뤄졌습니다. 합의 내용은 이렇습 니다. 멜리아건트는 언제든 자신이 랜슬롯에게 결투를 신청하는 날로부 터 일 년이 지난 뒤 즉각 그와 재대결한다는 조건으로 왕비를 풀어주는 데 동의합니다. 랜슬롯도 이러한 조건을 거부할 이유가 전혀 없습니다. 군중도 일제히 이러한 조건에 동의합니다. 그리고 결투는 브리튼과 콘월의 지배자이신 아서 왕의 궁정에서 벌이기로 합니다. 그곳에서 열리는 건 당연합니다. 그렇지만 만약 멜리아건트가 승리한다면 그가 왕비를 다시 데려가도 아무도 이를 방해하지 않는다는 것을 왕비가 허락하고 랜슬롯이 보증해야 합니다. 왕비가 동의했고 랜슬롯도 약속했습니다. 이렇게 합의가 이루어지자 두 기사를 떼어놓고 무장을 풀어주었습니다.

***

고르 왕국에서는 포로 가운데 하나가 이곳을 떠나면 나머지 모든 포로도 풀려나는 관습이 있었습니다. 모든 포로가 랜슬롯을 찬양했습니다. 여러분은 그때 해방의 기쁨이 하늘을 찌르고 있었다는 걸 능히 짐작하실 수 있을 겁니다. 사실이 그러했음을 의심하지 마십시오. 모두 모여 랜슬롯에게 환희를 표시했습니다. 그가 들을 수 있도록 일제히 소리쳤습니다.

"그렇습니다. 나리, 나리의 이름을 듣는 순간 기쁨으로 설레었습니다. 우리 모두가 곧 해방되리라고 확신했기 때문입니다."

이러한 환희를 표시하기 위해 많은 군중이 모여들었습니다. 모두가 영웅을 만지려고 야단이었습니다. 그에게 가장 가까이 접근하는 데 성공한 이는 그 기쁨을 무슨 말로 표현할지 모를 정도였습니다. 그날 환희가 넘쳐나는 가운데 슬픔도 없지 않았습니다. 포로 상태에서 해방된 사람들은 마냥 행복에 취해 있었지만, 멜리아건트와 그 측근들은 자신들이 바라는 걸 전혀 이루지 못했던 겁니다. 그들은 말을 잃은 채 의기소침해 있었습니다.

왕은 랜슬롯을 데리고 자리를 뜹니다. 랜슬롯은 왕에게 왕비한테 데려다달라고 간청합니다.

"그 청을 거부할 이유가 없습니다." 왕이 대답합니다. "당연히 왕비를 만나야지요. 원한다면 집사 케이도 만나게 해주겠소."

랜슬롯은 하마터면 쓰러질 뻔합니다. 기쁨이 그만큼 컸던 겁니다. 왕은 곧장 왕비가 기다리는 접견실로 랜슬롯을 안내했습니다. 왕이 랜슬롯의 손을 잡고 나타나자 왕비는 벌떡 일어섰지만 언짢은 표정을 보입니다. 왕비는 고개를 숙인 채 잠자코 있었습니다.

"왕비" 하고 왕이 말합니다. "여기 랜슬롯이 뵙고자 왔습니다. 당연히 무척 기쁘시겠지요."

"제가 기쁘다고요, 폐하? 전혀 그렇지 않습니다. 그의 방문에 전혀 관심이 없습니다."

"뭐라고요! 왕비," 온후하고 정중한 왕이 대꾸합니다. "어찌하여 이처럼 언짢아하십니까? 그토록 충실히 당신을 섬겼던 사람에게 할 짓이 아닙니다. 그는 당신을 찾는 동안 죽음의 위험을 무릅쓰고 무슨 일에든 뛰어들지 않았습니까? 당신 심기를 불편하게 만들었던 내 아들 멜리아건트와 결투를 하면서까지 당신을 구출하지 않았습니까?"

"폐하, 서슴없이 단언하건대 그는 괜히 시간만 낭비했습니다. 저는 그가 한 일에 전혀 고마움을 느끼지 않습니다."

랜슬롯은 곰곰이 생각한 뒤 정신을 가다듬고는 완벽한 연인처럼 자못 부드러운 어조로 대답합니다.

"왕비마마, 사실 제 마음이 몹시 괴롭습니다. 매정하게 대하시는 이유를 여쭙지 않겠습니다."

랜슬롯은 왕비가 자기 말에 귀를 기울여주었다면 불만을 솔직하게 털어놨을 겁니다. 그러나 왕비는 그를 더 당혹스럽게 만들기 위해 한마디 대꾸도 해주지 않습니다. 곧바로 침실로 돌아갑니다. 랜슬롯은 눈과 마음으로 그녀를 침실 입구까지 따라갑니다. 그러나 눈의 여정은 짧았습니다. 침실이 너무 가까이 있었기 때문입니다. 눈은 가능하다면 그녀를 더 따라가고 싶었습니다. 마음은 더 큰 권력을 휘두르는 대영주처럼 문지방을 넘어 왕비의 발걸음을 따라 들어갔습니다. 눈은 눈물을 글썽이며 몸과 함께 문밖에 머물러 있었습니다.

왕은 단호한 어조로 말했습니다.

"랜슬롯, 참 어이가 없습니다. 어찌하여 왕비가 당신에게 눈길 한번 안 주고 말 한마디 하지 않는지 의아스럽습니다. 만일 왕비가 당신과 담소를 나눈 적이 있다면, 그녀를 위해 궂은일을 마다하지 않은 당신과의 대화와 회동을 오늘처럼 거절하지는 않았을 겁니다. 무슨 이유로, 무슨 잘못을 했기에 그녀가 당신을 쌀쌀맞게 대했는지 알고 있으면 말해주시오."

"폐하, 저도 이런 대접은 전혀 예상하지 못했습니다. 그러나 확실하게 말할 수 있는 건 왕비가 저를 쳐다보는 것도 제 말을 듣는 것도 싫어했다는 겁니다. 그게 괴롭고 서글픕니다."

"사실은 왕비가 잘못한 겁니다." 왕이 말합니다. "당신은 그녀를 위해 죽음의 위험도 마다하지 않고 자신을 내던지지 않았소. 저런, 가엾은 친구, 집사한테 가서 이야기나 나눕시다."

"그게 좋겠습니다." 랜슬롯이 말합니다.

그들은 집사한테 갑니다. 랜슬롯이 나타나자 케이가 대뜸 쏘아붙였습니다.

"너 때문에 내가 온통 창피스럽게 되었어!"

"저 때문이라뇨? 무슨 말을 하는 거예요?" 랜슬롯이 대꾸합니다. "어째서 제가 경을 창피스럽게 했다는 거죠? 말해보시죠."

"네가 나를 너무나 굴욕스럽게 만들었어. 내가 못 이룬 일을 너는 성공적으로 수행했잖아. 내가 하지 못한 일을 넌 해냈어."

왕은 이 두 기사만 남겨두고 혼자 돌아갑니다. 랜슬롯은 집사에게 그동안 얼마나 고생했는지 물어봅니다.

"그래, 이게 다가 아니야." 집사가 대답합니다. "이렇게 심하게 아파 본 적은 처음이야. 방금 돌아간 왕이 없었더라면 난 이미 죽었을 거야. 그는 나를 측은히 여기고 사뭇 따뜻한 우의를 베풀어주었어. 내가 부상 당했다는 걸 알고는 내게 필요한 건 단 한 번도 거절한 적이 없었어. 내가 원하는 즉시 처방을 다 해주었지. 그러나 그가 이렇게 호의를 베풀고 있는 동안, 못된 짓이라면 누구에게도 뒤지지 않는 그의 아들 멜리아건 트는 음흉하게도 내 상처에 독이 든 고약을 바르라고 의사들에게 시켰어. 그러니까 난 친부와 계부를 동시에 갖고 있었던 셈이지. 왕이 나를 빨리 회복시키고 싶은 간절한 마음에서 내 상처에 특효 고약을 바르게 해주면, 흉악한 그의 아들은 즉각 나를 죽일 일념으로 그걸 독성 고약 으로 바꿔치우라고 명령했어. 왕은 그런 사실을 전혀 몰랐을 거야. 그가 알고 있었다면 그토록 음흉한 범죄를 절대 용납하지 않았을 테니까. 더 군다나 그가 왕비마마께 얼마나 잘해주었는지 자네는 모를 거야. 노아의 방주 이래로 어떤 국경 경비대도 왕비를 지켜주기 위해 이처럼 철통같은 경비를 한 적이 없었을 거야. 이에 크게 상심한 아들에게는 군중 앞에서 나 왕의 안전에서가 아니면 왕비를 만나는 것조차 허락하지 않았어. 고 매한 품격을 지닌 왕은 고맙게도 여태껏 왕비를 정중하게 모셔오고 있어. 왕비마마께서도 그에 걸맞은 존경심을 자아내도록 처신하실 줄 아셨지. 그리고 왕비마마 스스로가 정한 규칙대로 생활하시도록 놔뒀어. 왕비마마의 마음이 얼마나 올곧은지 알고는 더 높이 받들었지. 그런데 왕비마마께서는 딴 사람들이 있는 데서 자네한테 말 한마디 하지 않을 정도로 진노하셨다고 하던데 그게 사실인가?"

"사실 그대롭니다." 랜슬롯이 말합니다. "그런데 말이죠, 왕비마마께서 왜 저를 매정하게 대하시는지 말씀해주실 수 없어요?"

케이는 전혀 모르겠다면서 그게 참 이상하다고 대답합니다.

"왕비마마 뜻대로 하시라지." 랜슬롯은 체념하듯이 덧붙입니다. "이젠 가봐야겠습니다. 가웨인 경을 맞으러 가야 되니까요. 그도 이 나라에 와 있습니다. 잠수교 쪽 지름길로 오기로 했거든요."

그러고 나서 그는 방을 나와 왕을 만나러 갑니다. 가웨인 경을 찾으러 가는 걸 허락받기 위해서입니다. 왕은 흔쾌히 허락합니다. 랜슬롯이 포로 상태에서 해방시킨 사람들이 그에게 자신들이 할 일이 무엇인지 물어봅니다. 그는 이렇게 대답합니다.

"나와 함께 가고 싶은 분들은 모두 같이 갑시다. 왕비마마 곁에 남아 있고 싶은 분들은 그렇게 하십시오. 나와 동행할 의무는 전혀 없습니다."

많은 사람이 그 어느 때보다 더 행복해하며 랜슬롯을 뒤따랐습니다. 귀부인들과 아가씨들 그리고 많은 기사도 기뻐하며 왕비 곁에 남았습니다. 모두가 포로 생활을 끝내고 빨리 고국으로 돌아가고 싶었습니다. 그러나 왕비는 즉각 귀국하는 것에 반대합니다. 가웨인 경이 아직 오고 있는 중이기 때문입니다. 왕비는 가웨인 경 소식을 듣기 전에는 떠나지 않겠다고 선언합니다.

왕비가 풀려나면 다른 포로들도 모두 석방된다는 소문이 방방곡곡으로 퍼집니다. 물론 그들은 언제든 원하는 대로 떠날 수 있습니다. 그게 사실이냐고 서로들 묻습니다. 포로들이 모이면 다른 주제는 꺼내지 않습니다. 그러나 험한 지름길이 모두 파괴됐다는 게 꺼림칙합니다. 하지만 이젠 원하는 대로 오갈 수 있게 되었으니 모든 게 예전하고는 다릅니다.

랜슬롯이 포로들을 해방시켰다는 소문이 돌자, 결투를 직접 목격하지 않은 고르 왕국 백성들은 그가 돌아가리라 예상되는 길로 갑니다. 그들은 포로들의 영웅 랜슬롯을 잡아가면 왕이 크게 기뻐할 것이라고 생각합니다. 랜슬롯과 그의 동료들은 무장을 하지 않았습니다. 그런 만큼 그들은 무장하고 온 고르 왕국 사람들의 먹이가 되었습니다. 이들이 무장하지 않은 랜슬롯을 사로잡는다고 해도 전혀 놀랍지 않습니다. 이들은 랜슬롯을 사로잡아 두 다리를 말의 배에 매달아 돌아옵니다.

포로들은 항의합니다.

"나리들, 부당한 짓을 한 것이오. 사실 우리는 왕의 보호를 받고 있소. 모두 왕의 통행 허가를 받았소이다."

포획자들이 대꾸합니다.

"우린 전혀 모르는 사실이오. 당신들은 포로 처지로 궁정까지 가야 하오."

백성들이 랜슬롯을 붙잡아 죽였다는 소문이 곧바로 왕의 귀에 들어갑니다. 이 소문을 듣고 그는 괴로워하며 진노합니다. 살인자들을 죽이겠다고 굳게 다짐합니다. 그런 흉악한 짓은 결코 용서할 수 없습니다. 그들을 잡는다면 교수형이나 화형, 익사형을 시킬 생각입니다. 그들이 자신들이 한 짓을 부정하려고 해도 왕은 절대로 그들을 믿지 않을 겁니다. 왕의 마음을 너무나 슬프고 수치스럽게 만들었기 때문에 그들에게 복수하지 않는다면 왕은 비난을 면치 못할 겁니다. 그가 복수하리라는 걸 누구도 의심치 않습니다.

이 소문이 돌고 돌아 식사 중인 왕비의 귀에 들어갑니다. 랜슬롯 소식을 듣고는 스스로 목숨을 끊을 생각까지 합니다. 랜슬롯이 죽었다는 건 헛소문이었지만 그녀는 그걸 사실로 믿고 있었습니다. 말 한마디 할 힘도 없을 만큼 고통이 컸습니다. 드디어 주변 사람들에게 큰 소리로 고통을 털어놓습니다.

"사실 그의 죽음으로 내 가슴이 미어질 것 같다. 그건 당연하다. 그는 나를 위해 이 나라에 왔다. 그러니 내 마음이 어찌 아프지 않겠는가."

그러고는 누가 들을까 봐 나지막이 혼잣말을 합니다. 자신의 생명과 다를 바 없는 그가 죽은 게 사실이라면 식음을 전폐하겠다고. 슬픔에 젖은 그녀는 즉각 식탁에서 일어나 아무도 듣지 못하는 곳으로 가서 탄식을 합니다. 미친 사람처럼 손으로 목을 졸라 자살할 생각을 몇 번이고 합니다. 그러기 전에 먼저 혼자 고해하는 시간을 갖습니다. 자신의 잘못을 후회합니다. 자신을 심하게 나무랍니다. 그녀가 잘 알고 있듯이 언제나 자신의 남자였고, 만약 살아 있다면 앞으로도 그럴 그에게 저지른 과오에 대해 심하게 자책합니다. 그런 그를 잔인하게 대한 데 대해 쓰라린 후회를 합니다. 이로 인해 그녀는 아름다움을 많이 잃었습니다. 쓰디쓴 회한으로 잠도 못 자고 먹지도 못해 얼굴에 윤기가 사라진 겁니다. 그녀는 이 모든 과오의 총계를 합산해보고 하나하나 다시 떠올리고 되씹습니다. 어느 것 하나도 잊지 못합니다. 그녀는 몇 번이고 이렇게 말합니다.

"아아! 사랑하는 사람이 내 앞에 왔을 때 그를 반갑게 맞지 않고 한

마디도 들으려고 하지 않다니 내가 정신을 어디에 팔았던 거야? 쳐다보지도 말을 걸지도 않다니 내가 미쳤던 거 아냐? 미쳤다고? 아이고, 아냐, 내가 잔인하리만큼 짓궂게 굴었던 거야. 난 그저 장난으로 한 건데 그는 그걸 전혀 눈치채지 못했어. 날 용서하지 않았을 거야. 누구한테 치명적인 충격을 받기는 나한테서가 처음일 거야. 내가 자기를 보고 기뻐하며 뜨겁게 반길 거라는 생각에 환한 미소를 머금고 내 앞에 나타났을 때 한 번도 쳐다봐주지 않아 그는 얼마나 큰 충격을 받았을까? 내가 한마디 말조차 해주지 않은 게 그의 마음을 갈기갈기 찢어놓고 삶의 의욕을 앗아버린 거야. 이 두 큰 충격이 그를 죽였어. 이것 말고 다른 어떤 용병이 죽인 게 아니야. 오! 하느님! 이런 살인의 죄과를 제가 어떻게 갚을 수 있겠습니까? 천만의 말씀. 모든 시내와 바닷물이 다 말라버리기 전에는 내 죄를 다 씻을 수 없을 거야. 아아! 그가 죽기 전에 한 번만이라도 껴안아주었더라면 내가 덜 서운하고 덜 미안할 텐데! 그랬으면 어쨌다고? 아니, 둘 다 발가벗고 알몸을 맞대주었더라면 더 좋았을 텐데. 그가 더 이상 이 세상에 없는 마당에 내 목숨을 부지하려는 것은 비굴할 뿐이야. 그건 당연해. 사랑하는 이가 죽은 뒤 고통을 당하는 것 말고 어디에서도 기쁨을 찾을 수 없는 마당에 내가 살아남는다면 그를 모독하는 것이 아닐까? 그가 죽어 없는 마당에, 그의 생전에 내 마음이 지금처럼 아팠다면 얼마나 좋았을까. 사랑하는 이를 위해 고통을 감수하기보다 죽음을 택하는 건 비굴한 짓이야. 그래, 무거운 고통의 짐을 오랫동안 이렇게 짊어지고 가는 게 훨씬 낫겠어. 죽어서 안식을 찾느니 살아서 가혹한 고통을 당하는 거야."

비탄에 잠긴 왕비는 이틀 동안 식음을 전폐하고 있었습니다. 그래서 사람들은 그녀가 죽었다고 생각했습니다. 소문 퍼뜨리기를 좋아하는 사람은 언제나 있게 마련입니다. 궂은 소문은 더 빨리 퍼져나가곤 합니다. 랜슬롯은 자신이 흠모하는 귀부인이자 연인이었던 그녀가 죽었다는 소문을 접합니다. 고통의 심연에 빠집니다. 그걸 의심하는 이는 아무도 없습니다. 그의 슬픔이 얼마나 큰지는 능히 짐작할 수 있습니다. 여러분이 그의 심정을 알고 싶으시다면 그가 절망에 빠져 살맛을 잃고 당장 죽고 싶었음을 아셔야 합니다. 하지만 죽기 전에 탄식을 토해냅니다. 허리띠 한쪽 끝에 매듭을 만들고 나서 눈물을 머금고 혼잣말을 합니다.

'아아! 죽음아! 네가 나에게 올가미를 씌우니, 활력으로 넘쳤던 내가 이젠 힘이 빠지는 걸 느끼겠구나! 이젠 완전히 녹초가 되었지만 가슴이 미어지는 슬픔 말고는 아무 고통도 없다. 슬픔도 질병처럼 나를 죽이고 있다. 슬픔이 하도 크기에, 만약 하느님이 원한다면 그것으로 죽고 싶다. 뭐라고? 만약 하느님이 내게 슬픔의 죽음을 허락하지 않는다면 다른 방법으로는 죽을 수 없을까? 물론 누가 방해만 하지 않는다면 목에 매듭을 걸어서 죽는 방법도 있어. 이리하여 죽음으로 하여금 내 목숨을 앗아가게 할 수 있는 희망이 있어. 죽음은 그걸 원하지 않는 사람들만 골라 죽이기 때문에 여기에 오길 거부하겠지만, 지금은 허리띠에 잡혀 있기 때문에 나한테까지 올 거야. 죽음은 내 손안에 있는 이상 내 소원을 들어줄 거야. 그렇지만 죽음은 오더라도 아주 천천히 올 거야. 그런 만큼 내 뜻대로 빨리 죽을 수 있었으면 좋으련만."

그러고는 지체 없이 올가미에 머리를 넣고 목에 고정시킵니다. 확실하게 질식할 수 있도록 하기 위해 아무도 모르게 허리띠의 다른 쪽 끝을 안장 머리에 단단히 매어놓습니다. 그런 다음 땅에다 몸을 누입니다. 말에 질질 끌려 숨을 거두길 기다립니다. 한시도 더 살고 싶지 않습니다. 옆에서 말을 타고 가던 사람들은 그가 땅에 떨어진 걸 보고 처음에는 기절한 것으로 생각했습니다. 아무도 목에 매듭이 걸려 있는 걸 보지 못했기 때문입니다. 그들은 즉각 양팔로 그의 허리를 떠받쳐 올립니다. 그때 목에 올가미가 둘려 있는 걸 발견합니다. 최대 방해물이었던 올가미를 즉시 잘라냅니다. 올가미가 목을 너무 세게 죄었던 탓에 그는 한동안 말을 할 수가 없었습니다. 목과 그 언저리에 있는 모든 혈관이 끊어질 뻔했습니다. 몸이 타는 듯 고통스럽습니다. 그러나 고통을 당하도록 내버려두지 않고 옆에서 살려준 게 영 못마땅합니다. 발각되지만 않았다면 흔쾌히 목숨을 끊었을 것이기 때문입니다. 그는 더 이상 자해하는 것이 불가능함을 깨닫고 외칩니다.

"아아, 천하고 패덕한 죽음아! 너는 내가 흠모하는 귀부인 대신에 나를 죽일 권능이 그렇게도 없는 것이냐? 내 소원을 들어주어 좋은 일 하는 게 싫었더냐. 날 살려준 건 배반에 불과하다. 그것 말고 다른 이유가 없다. 터무니없는 호의가 아니냐! 선의의 표시가 그런 거더냐! 그게 최선의 선택이더냐! 이런 도움을 받고 너에게 감사하는 자는 저주를 받으리라! 나에게 찰싹 붙어 있는 삶과 나를 거부하는 죽음 가운데서 어느 것이 나를 더 증오하는지 진짜 모르겠어. 이 둘 다 나를 고통스럽게 하지만, 나는 내 뜻과 달리 정말 살아 있어야 할 필요가 있었어. 내가 흠모하는 왕비께서 내게 쌀쌀맞은 표정을 보이는 즉시 나는 자살했어야 했기 때문이야. 그녀가 무턱대고 그렇게 대한 건 아니야. 그럴 만한 이유가 있어 그랬겠지만 난 그 이유가 뭔지 몰라. 그녀의 영혼이 하느님에게로 가기 전에 내가 그 이유를 알았다면 그녀가 원하는 만큼 분명하게 내 잘못을 사죄할 수 있었을 텐데. 그랬다면 그녀는 나를 용서했을 거야. 도대체 내가 잘못한 게 뭐지? 내가 죄수 마차를 탔던 걸 혹시 알았나. 그것 말고는 비난받을 짓을 하지 않았는데. 나를 파멸시킨 건 바로 죄수 마차야. 그러나 그녀의 증오가 죄수 마차에서 비롯된 거라면, 하느님, 왜 하필 제가 그런 잘못을 저질러 고통을 받아야 합니까? 죄수 마차를 탔다고 나를 비난하는 것은 사랑이 뭔지도 모르고 하는 소리야. 사랑의 명령에 따른 행동은 하나도 비난받을 이유가 없어. 남정네들이 사랑하는 여인에게 바칠 수 있는 건 오로지 사랑과 정중함뿐이야. 그런데 난 애인을 위해 사랑과 정중함을 바쳤다고 해도 되나? 아아! 모르겠어. 내가 '애인'이란 표현을 써야 하나 말아야 하나. 난 왕비에게 이런 이름을 감히 붙이지 못해. 그렇지만 나는 사랑에 대해선 좀 알고 있어. 나를 사랑했다면 그녀는 나를 업신여기지 말았어야 해. 오히려 나를 '진짜 애인'이라고 불렀어야 해. **사랑**이 명령한 거라면 설령 죄수 마차를 타는 일일지라도 뭐든 복종하는 것이 내겐 영광이었으니까. 그녀는 거기서 사랑의 완벽한 증표를 봤어야 해. **사랑**은 그 충실한 수행자를 이런 식으로 시험하면서 알아보거든. 그러나 흠모하는 귀부인에게 내가 바친 헌신이 그녀의 마음에 들지 않았던 거야. 그녀가 나를 대하는 표정에서 그걸 충분히 알 수 있었어. 그녀의 애인은 그녀한테 두고두고 모욕과 비난을 받을 만한 짓을 했어. 내가 사람들한테 비난받아도 싼 도박을 한 거야. 그때는 달콤했던 행복이 이젠 쓰라린 회한이 되었어. 사랑에서 아무것도 듣지 못하고 치욕의 욕조에서 명예를 세탁하는 사람들이 바라는 것처럼 나도 정말 그랬어. 치욕의 욕조는 명예를 세탁하기는커녕 오히려 더럽히고 있어. 또한 속물적 사랑을 하는 사람들도 명예를 경시해. 참된 사랑하고는 담을 쌓은 이런 사람들은 **사랑**의 명령을 두려워하지 않지. 반면에 **사랑**의 명령을 충실히 수행하면 **사랑**의 가치를 크게 증진시키기 때문에 용서받지 못할 게 없어. **사랑**의 명령에 따르지 않는 건 스스로 품격을 떨어뜨리는 거야."

랜슬롯은 이런 말을 하면서 자신을 한탄합니다. 곁에서 그를 지키며 붙잡고 있던 사람들도 가슴이 조이는 듯 아픕니다. 그때 새로운 소식이 당도합니다. 왕비가 죽지 않았다는 겁니다. 랜슬롯은 금방 살맛을 되찾습니다. 전에는 흠모하는 귀부인이 죽었다고 생각하고 절망에 빠져 있었지만, 그녀가 살아 있다는 소식에 기쁨이 용솟음칩니다. 그들이 있던 곳은 국왕 배드마구의 왕궁으로부터 고작 60~70리* 떨어진 곳이었습니다. 왕은 랜슬롯이 살아서 건강하게 돌아오고 있다는 간절한 소식을 듣고 기뻐했습니다. 살갑고 사려 깊은 왕은 즉각 이 사실을 왕비에게 알려주었습니다. 그녀가 대답합니다.

"폐하, 폐하 말씀이니 믿겠습니다. 하지만 그가 죽었다면 전 슬픔으로 나날을 보냈을 겁니다. 그렇습니다. 저를 섬기던 기사가 세상을 떴다면 제 삶에서 기쁨은 영영 사라졌을 겁니다."

그러고 나서 왕은 물러갑니다. 왕비는 자신의 기쁨인 연인이 돌아오는 걸 한시바삐 보고 싶습니다. 그를 책망할 생각은 추호도 없습니다. 그런데 랜슬롯이 그녀를 위해 자살하려 했다는 소문이 수그러들지 않고 방방곡곡을 돌고 돌아 왕비의 귀에까지 들어갑니다. 그녀는 이 소문을 사실로 여기며 흐뭇해합니다. 그러나 만에 하나 그가 그토록 큰 불행한 일을 저질렀다면 그건 절대로 그녀가 원하는 바가 아니었을 겁니다.

그러는 사이 랜슬롯이 서둘러 도착합니다. 왕은 그를 보자마자 달려가 껴안습니다. 그는 자기가 날개를 달았다고 생각합니다. 그만큼 기쁨이 그를 가볍게 했던 겁니다. 그러나 랜슬롯을 잡아 포박했던 사람들을 보자 기쁨이 싹 가십니다. 왕은 그들에게 불행을 면치 못할 것이며 죽음

---

* 리외liue(lieue)는 약 4km가 되는 옛날의 거리 단위로, 우리의 약 10리에 해당한다. 그러므로 원문의 6~7리외는 60~70리가 된다.

은 이미 움직일 수 없는 사실이라고 선언합니다. 그들은 그게 왕의 뜻인 줄 알고 그랬다고 변명할 뿐이었습니다.

"너희들은 선의로 한 짓인지 몰라도 그게 과인한테는 치욕이니라." 왕이 대꾸합니다. "이 일은 랜슬롯하고는 아무 관계 없다. 너희들이 모욕한 사람은 그가 아니라 바로 과인이다. 그는 과인의 통행 허가를 받고 여행하고 있었기 때문이다. 아무튼 치욕스런 건 과인이다. 너희들은 여기서 끌려 나가는 즉시 장난칠 기회가 다시는 없을 줄로 알라."

이 말을 듣고 랜슬롯은 왕의 진노를 달래고 화해시키려고 최선을 다합니다. 그의 노력이 성공을 거둡니다. 그러자 왕은 그를 왕비한테 데려갑니다. 이번에는 왕비가 눈을 내리깔지 않았습니다. 행복한 표정으로 정성을 다해 그를 맞아들이고 자기 곁에 앉혔습니다. 그러고는 한가로이 마음 내키는 대로 이런저런 이야기를 나누었습니다. 이야깃거리를 찾으려고 노력할 필요가 없었습니다. 사랑이 화제를 풍부하게 만들었기 때문입니다. 왕비는 그가 하는 말에 홀딱 빠져 있었습니다. 랜슬롯은 좋은 기회가 왔다고 판단하고 나지막한 소리로 묻습니다.

"마마, 마마께서는 이틀 전 저를 보고 인상을 찌푸리시며 말 한마디 하지 않으셨습니다. 조금 더 심하게 대하셨더라면 저는 스스로 목숨을 끊었을 겁니다. 그때는 지금만큼 용기가 없어 그 이유를 여쭐 생각도 못 했습니다. 마마, 저를 절망에 빠뜨리게 만든 제 과오를 말씀해주시면 고치도록 하겠습니다."

왕비가 솔직하게 대답해줍니다.

"도대체 무슨 짓을 한 거야? 죄수 마차를 타다니, 그게 얼마나 치욕스런 골칫거리가 되리라는 걸 몰랐느냐? 이왕 죄수 마차에 탈 거라면 왜 두 걸음 걸릴 시간 정도를 지체하며 마지못해 올라탔느냐? 이게 바로 내가 말 한마디 해주지도, 한번 쳐다봐주지도 않은 이유였다."

"하느님" 하고 랜슬롯이 말합니다. "제가 다시는 그러한 과오를 범하지 않도록 해주소서! 마마께서 저를 이처럼 푸대접하실 이유가 없다고 하더라도 저한테는 자비를 베풀지 말아주옵소서! 마마, 조만간 저의 사죄를 받아들여주십시오. 하느님의 이름으로 언젠가 용서하신다면 말씀해주십시오!"

"이봐" 하며 왕비가 말합니다. "죄는 다 씻어졌어. 기꺼이 용서할게."

"마마" 하고 그가 말합니다. "감사합니다. 그러나 이 자리에서는 제가 하고 싶은 말씀을 다 드릴 수가 없습니다. 괜찮으시다면 더 한가한 기회에 말씀드렸으면 합니다만."

그때 왕비는 손가락이 아니라 눈짓으로 창문을 가리키며 이렇게 말합니다.

"오늘 밤 이곳 왕궁 사람들이 모두 잠든 시간에 저 창문으로 와서 이야기하자고. 저 과수원을 거쳐서 와. 밤이라 이곳에서 맞을 순 없어. 나는 창문 안에 있고 그대는 창문 밖에 있는 거야. 창문 안으로 들어와선 안 돼. 내 말과 손으로만 접촉할 거야. 괜찮다면 그대의 사랑을 생각해서 날이 샐 때까지 창문에 머물 순 있어. 방으로 들어와 함께 있을 순 없어. 내 침실 안 맞은편 침대에서 집사 케이가 상처투성이로 몸져누워 자고 있을 테니까.* 더군다나 방문을 통해 들어오는 건 꿈도 꾸지 마. 굳게 잠겨 있는 데다 경비가 삼엄하니까. 올 때 누구한테 들키지 않도록 조심해."

---

* 중세의 침실은 프라이버시의 여지가 없었다. 서민층에서는 형제자매가 한 방이나 한 침대에서 같이 잤고, 귀족층과 왕실에서는 하인 또는 하녀가 같은 방에 있는 다른 침대에서 함께 잤다.

"마마" 하며 그가 말합니다. "최선을 다하겠습니다. 엉뚱한 생각이나 흉측한 말이 나돌지 않도록 아무도 모르게 오겠습니다."

그들은 이렇게 밀회를 약속하고 즐거운 마음으로 헤어집니다.

***

왕비의 침실을 나올 때 랜슬롯은 너무나도 행복해 예전의 고통이 싹 가십니다. 그러나 밤이 너무 천천히 오는 것처럼 느껴집니다. 안절부절 밤을 기다리는 그에게 낮 시간이 백날, 아니 일 년같이 깁니다. 밤이 오면 그는 쏜살같이 밀회 장소로 갈 겁니다! 드디어 밤이 낮과의 싸움에서 승리하여 온 세상이 덮개로 덮은 듯 어둠이 두껍게 드리웠습니다.

날이 어두워지자 랜슬롯은 피곤한 척합니다. 어젯밤 잠을 별로 못 잤으니 휴식이 필요하다고 스스로 꾸며댑니다. 여러분 가운데 이 같은 모험을 하신 적이 있는 분은 그가 사람들을 속이기 위해 왜 피곤한 척하며 자기 침실로 가는지 쉽게 이해하실 겁니다. 그러나 그는 침대에 마음이 별로 끌리지 않습니다. 잠자고 싶은 마음은 전혀 없습니다. 잠을 잘 수도 잘 생각도 없습니다.

그는 즉시 살금살금 침대를 빠져나옵니다. 다행스럽게 하늘에는 밝은 달도 반짝이는 별도 없고, 궁정에는 촛대도 램프도 초롱도 밝혀 있지 않았습니다. 누구에게 들키지 않도록 주위를 두리번거리며 앞으로 갑니다. 사람들은 그가 침대에서 아침까지 깊은 잠에 빠져 있을 거라 생각할 겁니다. 그는 동행인도 호위병도 없이 혼자 과수원 쪽으로 서두릅니다. 아무도 마주치지 않았습니다. 그에게 또 다른 행운이 따라주었습니다. 과수원 담벼락 일부가 최근에 무너져버린 겁니다. 재빨리 담벼락 틈새를

통해 과수원 안으로 들어가 드디어 창가에 이릅니다. 기침과 재채기를 꾹
꾹 참으며 잠자코 있었습니다. 이윽고 왕비가 새하얀 속옷 차림으로 나타
났습니다. 블라우스도 원피스도 입지 않고, 진홍색 비단에 다람쥐 털을
덧댄 짧은 망토만 어깨에 걸치고 있었습니다. 랜슬롯은 왕비가 창문 쇠창
살에 이마를 기대고 있는 걸 보고 정중히 인사를 합니다. 그녀도 즉각 답
례 인사를 합니다. 동일한 욕망이 서로를 끌어당기고 있었기 때문입니다.

지루하거나 천박한 화제가 끼어들 여지는 없습니다. 서로 바짝 다가
가 손을 잡습니다. 하지만 더 가까이 갈 수 없는 게 무척 고통스럽습니
다. 고약한 쇠창살 같으니라고. 그러나 랜슬롯은 왕비가 동의하면 침실
로 들어갈 수 있다고, 쇠창살이 자기를 막지는 못할 거라고 장담합니다.
왕비가 대답합니다.

"하지만 보면 모르겠느냐? 너무 강해서 그걸 부술 수는 없어. 손으
로 꽉 잡아 세게 끌어당기는 건 몰라도 창살 하나 제거하기도 힘들어."

"마마" 하고 그가 말합니다. "그런 염려는 마십시오! 쇠창살이 저를
방해한다고 생각하지 않습니다. 세상에서 저를 막을 수 있는 건 오직 마
마의 마음뿐입니다. 제가 들어갈 수 있도록 허락해주신다면 제겐 아무
런 장애도 없습니다. 그렇지만 거부하신다면 그건 제가 도저히 넘을 수
없는 장애입니다."

"그래, 들어와도 좋아." 왕비가 말합니다. "내 방에 들어오는 걸 방
해하는 건 내 마음이 아니야. 하지만 내가 침대에 누울 때까지 잠깐 기
다려. 혹시라도 소리를 내지 않도록 조심해. 이 방에서 자고 있는 집사를
깨우는 일이 벌어지면 우리의 만남도 기쁨도 끝장이야. 난 침대로 돌아
가야 해. 혹시라도 내가 창문 앞에 서 있는 걸 그가 목격하게 되면 이상
하게 생각할 테니까."

"마마, 그만 돌아가시지요." 그가 말합니다. "제가 소리를 낼 염려는 조금도 하지 마십시오. 이 쇠창살은 아주 얌전하게 저한테 굴복할 겁니다. 별 힘 안 들이고 없앨 수 있습니다. 아무도 깨우지 않도록 조심하겠습니다."

이 말을 듣고 왕비는 침대로 돌아갑니다. 랜슬롯은 창문을 정복하는 일에 착수합니다. 쇠창살을 세게 밀고 당기고 비틀고 구부려 드디어 창살을 빼내는 데 성공합니다. 그러나 창살이 너무 날카로워 새끼손가락뼈 신경까지 드러나고 약손가락 첫 마디가 잘려나갑니다. 하지만 피가 방울방울 떨어지는 걸 알아채지 못합니다. 상처가 난 것도 전혀 모릅니다. 정신이 딴 데 팔려 있었기 때문입니다. 창문은 그리 높지 않았습니다. 랜슬롯은 식은 죽 먹듯 날쌔게 넘어갑니다. 케이가 깊은 잠에 빠져 있는 걸 확인합니다. 그러고는 왕비의 침대로 다가갑니다.

그는 그녀 앞에 머리를 숙여 경배합니다. 어떤 성인의 유골에도 이처럼 숭경한 적이 없습니다. 왕비는 손을 뻗어 그를 맞습니다. 그를 얼싸안고 가슴 가까이로 꽉 껴안습니다. 침대 안으로 끌어당깁니다. 극진한 환대를 베풉니다. 그건 심장과 사랑에서 분출한 겁니다. 그녀가 그를 이토록 환대하게 한 것은 사랑입니다. 그러나 랜슬롯에 대한 그녀의 사랑이 열렬했다면 그는 그녀를 십만 배 더 뜨겁게 사랑했습니다. 다른 모든 심장은 사랑한테 버림받았지만 그의 심장은 사랑으로 채워져 있기 때문입니다. 사랑이 다른 모든 심장에서는 시들었지만 그의 심장에서는 생기를 완전히 회복했습니다. 이제 랜슬롯은 바라는 걸 다 이루었습니다. 서로 껴안고 있을 때 왕비가 그와의 교제를 기꺼이 받아들이고 얼마나 흐뭇해하는지 보여주었기 때문입니다.

사랑의 기쁨 속에서 나눈 입맞춤과 포옹의 유희가 너무나도 달콤했기에 그는 정말로 환희의 극치를 체험합니다. 이런 환희의 경험은 다른 사람들한테서 들어보기 힘듭니다. 그러나 저는 그에 대해 더 이상은 언급하지 않을 겁니다. 그런 건 말로 형용할 수 없기 때문입니다. 가장 완벽하고 달콤한 그런 환희는 연애 이야기에서 말로 표현해서는 안 되는 것입니다.

랜슬롯은 밤새 얼마나 큰 환희를 누렸는지 모릅니다. 그러나 날이 밝아오자 연인의 곁을 떠나야 한다는 생각에 우울해집니다. 고문을 받는 순교자 같았습니다. 그녀 곁을 떠난다는 게 그만큼 고통스러웠던 겁니다. 고통을 견뎌냅니다. 마음은 왕비가 머물고 있는 곳으로 자꾸 돌아갑니다. 마음을 다잡고 추스를 수가 없습니다. 왕비와 함께 있는 게 너무나 좋아 그녀 곁을 떠나고 싶은 마음이 없기 때문입니다. 몸은 떠나고 마음은 그대로 머물러 있었습니다.

랜슬롯은 곧장 창문으로 돌아갑니다. 그러나 육신의 흔적을 그곳에 남겨둡니다. 손가락에서 떨어진 피가 침대 시트에 묻어 있었던 겁니다. 눈물을 머금고 한숨을 내쉬며 절망한 낯빛으로 왕비의 처소를 떠납니다. 다시 만날 기약도 하지 않았습니다. 애석하게도 그럴 만한 사정이 아니었습니다. 기쁘게 들어왔던 창문을 마지못해 빠져나갑니다.

손가락 상처가 결코 가볍지 않습니다. 그렇지만 모든 쇠창살을 다시 펴서 제자리에 놓습니다. 전후방과 양 측면, 어느 방향에서 보아도 창살은 당기거나 구부리거나 제거한 흔적이 보이지 않습니다. 떠나기 전에 왕비 침실 쪽을 향해 제단 앞에서처럼 무릎을 꿇습니다. 그러고는 풀이 죽어 그곳을 떠납니다.

아무도 모르게 자기 방으로 돌아옵니다. 옷을 벗고 알몸으로 침대에 눕습니다. 다행스럽게 아무도 깨우지 않았습니다. 그때 손가락의 상처를 알아채고는 깜짝 놀랍니다. 그러나 쇠창살을 제거하다 입은 상처임을 알기에 별로 신경이 쓰이지 않습니다. 후회도 없습니다. 왕비의 침실 안으로 못 들어가느니 차라리 두 팔이라도 희생시키는 편을 택했을 것이기 때문입니다. 그러나 다른 상황에서 이처럼 추하게 상처를 입고 팔을 잃었다면 너무나 고통스럽고 화가 났을 겁니다.

***

아침까지 왕비는 커튼이 쳐진 침실에서 곤히 잠들어 있었습니다. 침대 시트가 핏자국으로 얼룩진 걸 상상도 하지 못하고 있었습니다. 오히려 눈부시게 새하얀 청순함을 유지하고 있다고 믿고 있었을 겁니다. 그때 멜리아건트가 일어나 의관을 갖추자마자 왕비가 잠들어 있는 침실로 왔습니다. 왕비를 깨우게 합니다. 곧바로 침대 시트 곳곳에 묻어 있는 선혈 자국을 발견합니다. 함께 온 동행인들의 옆구리를 툭툭 치며 집사 케이의 침대로 의혹의 시선을 보냅니다. 거기에도 침대 시트에 피가 묻어 있지 않겠습니까. 그건 지난밤 케이의 상처에서 나온 것이었습니다. 멜리아건트가 외칩니다.

"왕비, 내가 원하던 증거를 찾아냈소. 한 여인을 지켜주려고 수고하신 분이 정말로 당혹스럽게 되었습니다. 애쓴 보람도 없이 시간만 낭비했습니다. 당신은 누구보다도 세심하게 신경 써서 당신을 지켜주시던 분을 황당하게 만들었습니다. 사실을 말하자면 부친께서는 나 때문에 당신을 돌봐준 최고의 수호자셨습니다. 내가 넘보지 못하도록 당신을 보호해주신 거라고요. 그런데 케이가 집사인 주제에 어젯밤 시중을 든다면서 당신을 탐했던 겁니다. 그 죄를 손쉽게 입증할 수 있습니다."

"어떻게?" 그녀가 말합니다.

"굳이 말씀드린다면 저기 침대 시트에 묻어 있는 핏자국이 좋은 증거입니다. 그렇습니다. 케이의 상처에서 흐른 피가 당신의 침대 시트와 케이의 침대 시트에 묻어 있는 사실만으로도 증거는 충분합니다. 저 핏자국은 속일 수 없는 증거입니다."

그때 왕비는 침대 시트 곳곳에 핏자국이 묻은 걸 처음 알아차리고는 깜짝 놀랐습니다. 너무나 부끄러워 얼굴이 빨개졌습니다. 그러고는 항변했습니다.

"하느님께 맹세코 내 침대 시트에 있는 저 피는 집사가 묻힌 게 아니야. 어젯밤 내 코에서 피가 흘렀어. 내 코피일 거야."

그녀는 그게 사실일 거라고 생각했습니다.

"내 생각에 당신 주장은 황당합니다." 멜리아건트가 대꾸합니다. "부정이 입증된 마당에 아무리 꾸며대도 소용없습니다. 곧 진실이 입증될 겁니다."

그러고는 침실에 있는 경비병들에게 말합니다.

"경들, 여기서 조금도 움직이지 마시오! 내가 돌아올 때까지 저 침대 시트를 치우지 못하도록 단단히 감시하시오. 폐하께서 직접 저 증거를 보시면 내 판단이 옳다고 하실 거요."

그는 왕한테 찾아가 그의 발치에 엎드려 고합니다.

"폐하, 전혀 예상하지 못한 일이 일어났습니다. 제 눈으로 직접 확인한 겁니다만, 왕비 침실로 가시면 깜짝 놀랄 일을 보시게 될 겁니다. 그러나 현장을 확인하시기 전에 먼저 정의에 대한 저의 정당한 주장을 부정하지 않으시길 간청합니다. 잘 아시겠지만 저는 왕비를 차지하기 위해 많은 모험의 위험을 무릅썼습니다. 그 때문에 제가 아버님 눈 밖에 났습니다. 아버님은 저로부터 왕비를 보호하고 계셨기 때문입니다. 오늘 아침 왕비의 침실에 갔다가 제 눈으로 분명히 확인했습니다만, 케이는 매일 밤 왕비의 침대에서 같이 잤습니다. 폐하, 제가 그 일로 불평을 하고 화를 내더라도 괘념치 말아주십시오. 그녀가 저는 증오하고 경멸하면서 매일 밤 케이와 동침한 걸 생각하면 분통이 터져 죽겠습니다."

"입 닥치거라!" 하고 왕이 말합니다. "네 말을 믿지 못하겠다."

"폐하, 그럼 가서 케이가 침대 시트에 남겨놓은 확실한 증거를 확인하시지요. 아직도 제 말을 못 믿으시고 거짓말이라고 생각하고 계시니, 케이의 상처에서 나온 피로 얼룩진 침대 시트와 이불을 보여드리겠습니다."

"그럼, 가보자." 왕이 말합니다. "내 눈으로 직접 확인해야겠다."

왕은 지체 없이 왕비의 침실로 갑니다. 그녀는 막 잠자리에서 일어나고 있는 중이었습니다. 그는 왕비의 침대 시트와 케이의 침대 시트에서 핏자국을 발견합니다.

왕이 말합니다.

"왕비, 내 아들이 말한 게 사실이라면 매우 심각한 사태입니다."

왕비가 대꾸합니다.

"하느님께 맹세코 저는 그토록 악의적인 거짓말을 꿈에서조차 들어본 적이 없습니다! 집사 케이는 남한테 의심받을 짓은 결코 하지 않을 만큼 바르고 착한 사람입니다. 그리고 저는 제 몸을 시장에 내놓고 헤프게 굴려대는 그런 여자가 아닙니다! 물론 케이는 제게 그토록 무례한 요구를 할 사람이 전혀 아니며, 저 역시 그런 요구에 응할 마음이 추호도 없으며 앞으로도 절대 없을 겁니다."

"폐하" 하며 멜리아건트가 부친에게 말합니다. "왕비를 치욕스럽게 만든 케이가 죗값을 치르게 해주시면 감사하겠습니다. 정의는 아버님 손

안에 있습니다. 그걸 간곡히 요청합니다. 케이는 주군 아서 왕을 배반했습니다. 그토록 믿었던 그에게 세상에서 가장 소중한 아내를 지켜달라고 맡겼던 주군을 말입니다."

"폐하" 하고 케이가 끼어듭니다. "제게 해명하고 결백을 밝힐 기회를 주십시오. 하느님, 제가 만에 하나라도 왕비마마와 동침한 적이 있다면 제가 이 세상을 뜰 때 제 영혼을 용서하지 마시옵소서! 제가 주군께 그토록 추잡한 모욕을 끼칠 일이 있다면 차라리 죽음을 택하겠습니다. 하느님, 제가 조금이라도 그런 생각을 한 적이 있다면 저를 부상에서 회복시키지 말고 당장 죽여주십시오! 제가 보건대 어젯밤 제 상처에서 피가 너무 많이 흘러 제 침대 시트가 피로 얼룩진 것인데 폐하의 아드님은 진상을 제대로 알지도 못하면서 저에게 의혹을 품고 있습니다."

멜리아건트가 대꾸합니다.

"정말로 당신은 악마의 사주를 받아 악령의 덫에 걸려든 겁니다! 어젯밤 과도한 욕정에 사로잡혀 너무 무리하다가 상처가 도진 게 분명합니다. 아무리 부정해도 소용없습니다. 두 침대 시트에 묻어 있는 핏자국이 그 증거입니다. 누가 봐도 부인할 수 없습니다. 증거가 확실하면 죗값을 치르는 게 정의입니다. 품격 높은 기사치고 당신처럼 그런 과오를 저지른 기사는 여태껏 없었습니다. 이제 당신 앞에는 치욕만 있을 뿐입니다."

"폐하, 폐하" 하며 케이는 왕을 보고 말합니다. "폐하 아드님의 비난으로부터 왕비마마와 저 자신을 지키고 싶습니다. 그는 저에게 많은 고통을 안겨주고 있습니다. 그가 저를 괴롭히는 건 가당치 않습니다."

"중상을 입은 상태에서 결투를 해서는 아니 되오." 왕이 말합니다.

"폐하, 윤허해주신다면, 지금 제 몸이 성하지 않더라도 그와 결투를 하겠습니다. 그가 제게 덮어씌우는 허물에서 제가 결백하다는 사실을 입증하고 싶습니다."

그러는 사이 왕비는 남몰래 랜슬롯에게 사람을 보냈습니다. 그러고는 멜리아건트가 치욕스런 비난을 계속한다면 그로부터 집사를 대신 보호해줄 기사가 하나 있음을 왕에게 고합니다.

멜리아건트가 즉각 왕비에게 대꾸합니다.

"왕비의 기사들 가운데 내가 겨루고 싶은 기사를 제외해서는 안 됩니다. 설령 그가 거인 같은 기사일지라도 우리 둘 중 하나가 완전히 굴복할 때까지 끝까지 겨루고 싶습니다."

바로 그때 랜슬롯이 들어왔습니다. 몰려드는 기사들로 침실은 금방 북새통을 이뤘습니다. 랜슬롯이 들어오는 걸 보자 왕비는 젊건 늙건 모든 사람 앞에서 사건의 전모를 설명합니다. 그러고는 랜슬롯에게 이렇게 말합니다.

"랜슬롯, 멜리아건트가 내게 이런 모욕을 뒤집어씌웠어. 그가 자신이 한 말을 취소하지 않는다면 그의 말을 들은 사람들은 모두 나를 의심할 거야. 그의 말로는 어젯밤 케이가 내 침대에서 같이 잤다는 거야. 내 침대 시트와 케이의 침대 시트에 피가 묻은 걸 보고 그렇게 생각한 거야. 케이 자신이 결투로 결백을 입증할 수 없거나 다른 사람이 그를 도와 대신 결투를 하지 않는다면, 케이가 범인이 되는 거지."

"제가 있는 한 구차하게 변명하실 필요 없습니다." 랜슬롯이 말합니다. "하느님께서는 왕비마마와 케이에게 그런 혐의를 두는 걸 원치 않으십니다! 케이가 그런 생각을 품지 않았음을 싸워서 입증할 준비가 되어 있습니다. 있는 힘을 다 바쳐 케이를 보호하겠습니다. 그를 대신해 결투에 나서겠습니다."

멜리아건트가 불쑥 뛰쳐나오며 말합니다.

"하느님께 맹세코 그게 바로 제가 원하는 바입니다. 전 얼마나 기쁜지 모르겠습니다!"

랜슬롯이 말합니다.

"폐하, 소송과 재판에서는 따라야 할 규칙이 있는 걸로 알고 있습니다. 이처럼 큰 의혹을 해소하기 위한 결투를 하려면 먼저 서약을 해야 합니다."

멜리아건트가 서슴없이 대답합니다.

"그럼 서약을 합시다. 성인의 유골을 당장 가져오도록 하겠소. 내 판단이 옳다는 걸 확신하니까!"

랜슬롯은 이렇게 반박합니다.

"하느님을 증인으로 삼아 말하건대, 집사에게 그런 혐의를 두지 말고 오히려 멜리아건트의 말을 의심해야 합니다."

이들은 즉각 말을 요구하고 무기를 가져오라고 명령합니다. 즉각 대령합니다. 수련 기사의 도움을 받으며 갑옷을 입습니다. 성인의 유골이 이미 준비되어 있었습니다. 멜리아건트와 랜슬롯이 나란히 성인의 유골로 다가갑니다. 무릎을 꿇습니다. 멜리아건트가 먼저 성인의 유골에 손을 뻗어 자신에 찬 목소리로 선서를 합니다.

"하느님과 성인을 증인으로 삼아 서약합니다. 집사 케이는 지난밤 왕비를 넘보기 위해 그녀와 잠자리를 같이했습니다. 그녀에게서 모든 쾌락을 맛보았습니다."

이어서 랜슬롯이 선서를 합니다.

"저는 멜리아건트가 거짓 서약자임을 맹세합니다. 또한 케이가 왕비와 잠자리를 같이하지도 정을 통하지도 않았음을 맹세합니다. 거짓말하는 자에게 복수하시고 진실을 입증해주시길 간청합니다. 그리고 서약을 하나 더 해야겠습니다. 오늘 제가 멜리아건트를 이긴다면 그에게 자비를 베풀지 않을 것입니다. 그걸 유감으로 생각하는 이가 있다고 하더라도, 하느님과 여기 유골이 있는 성인에게 도움을 청한 이상 그건 진심입니다."

이러한 서약이 왕에게는 즐거울 리 없습니다. 서약을 마치자 이들 앞에 말이 준비되었습니다. 어느 모로 보나 멋진 말이었습니다. 각자 말에 올라 상대를 향해 질주합니다. 두 기사는 전속력으로 달리며 얼마나 격렬하게 치고받았던지 손에 부러진 창 동강이 외에 아무것도 남아 있지 않습니다. 상대를 땅에 떨어뜨립니다. 그러나 벌떡 일어나 칼집에서 뽑은 날카로운 칼로 상대를 호되게 몰아붙이는 것으로 보아 중상을 입은 것 같지는 않습니다. 칼 공격을 받은 투구의 번쩍이는 섬광이 하늘로 분출합니다. 쉴 새도 없이 격렬한 칼의 공격이 오갑니다. 숨 돌릴 겨를은 꿈도 꾸지 않고 마구 공격을 주고받습니다.

점점 더 초조해진 왕은 성탑 꼭대기 칸막이 좌석에 앉아 관람하고 있는 왕비에게 도움을 청합니다. 창조주 하느님의 이름으로 이들을 떼어 놓는 데 동의해주기를 간청한 것입니다!

"폐하의 뜻에 저도 동의합니다. 반대할 생각이 전혀 없습니다." 왕비는 아주 솔직하게 대답합니다.

랜슬롯은 왕비가 왕의 요청에 동의하는 걸 분명하게 들었습니다. 그때부터 더 이상 싸우고 싶은 생각이 없습니다. 비 오듯 퍼붓던 공격을 즉각 중단합니다. 반면에 멜리아건트는 한층 더 맹렬하게 공격을 퍼붓습니다. 중지하고 싶은 마음이 전혀 없습니다. 왕이 이들 사이로 끼어들어 아들을 말립니다. 그러나 아들은 휴전에 전혀 관심이 없다고 우겨댑니다.

"계속 싸울 겁니다. 휴전할 생각이 없습니다."

"입 닥쳐" 하고 왕이 말합니다. "내 말에 따르거라. 그러는 게 좋을 거다! 내 말을 들으면 치욕도 부상도 당하지 않을 것이다. 현명한 결정을 내려야 한다. 아서 왕의 궁정에서 랜슬롯과 결투하기로 한 약속을 잊었느냐? 네가 거기서 승리한다면 다른 결투에서보다 더 큰 명예를 얻을 것임을 한순간도 잊지 말거라."

왕은 이렇게 말하면서 아들의 마음이 바뀌기를 바랍니다. 그는 결국 아들을 진정시키고 두 기사를 떼어놓는 데 성공합니다.

***

랜슬롯은 가웨인 경을 찾는 것이 시급했습니다. 그래서 왕과 왕비에게 허락을 요청하러 갑니다. 이들의 윤허를 받는 즉시 잠수교로 떠납니다. 많은 기사가 그와 동행합니다. 그러나 다수의 기사는 성에 남아 있기를 원했습니다. 랜슬롯 일행은 드디어 잠수교 인근까지 갑니다. 그러나 아직 10리가 남았습니다. 잠수교가 시야에 들어오기 직전에 한 난쟁이가 큰 사냥 말을 타고 달려옵니다. 손에는 말을 재촉하고 위협하는 데쓰이는 가죽 채찍을 들고 있었습니다. 누구의 지시를 받은 듯 다짜고짜 물었습니다.

"이 중에 누가 랜슬롯입니까? 숨길 것 없어요. 난 당신들 편이에요. 날 믿고 말해도 됩니다. 당신들을 도울 목적으로 묻고 있습니다."

랜슬롯이 직접 나서서 대답합니다.

"네가 찾는 사람이 바로 나다."

"아이고! 고명한 기사 랜슬롯이시군요. 이 사람들은 여기에 남겨두고 나하고 갑시다. 날 믿으십시오. 좋은 곳으로 안내해주겠습니다. 아무도 따라오게 해서는 아니 됩니다. 여기서 기다리라고 하십시오. 우린 곧 돌아올 겁니다."

랜슬롯은 난쟁이의 흑심을 전혀 의심하지 않으면서 동료들을 그곳에 남겨놓았습니다. 난쟁이를 뒤따릅니다. 그렇지만 난쟁이가 그를 속인 겁니다. 동료들은 그가 돌아오기를 한참 동안 기다려야 했습니다. 그를 사로잡아 포로로 잡고 있는 사람들이 그를 되돌려줄 생각이 전혀 없기 때문입니다. 그가 돌아오지 않자 동료들은 걱정하며 어찌할 바를 모릅니다. 난쟁이에게 속았다고 한목소리로 말합니다. 그를 찾을 길이 막막합니다. 괴로운 마음으로 랜슬롯을 찾아 나섭니다. 그러나 그를 어디서 찾으며, 어느 방향으로 찾으러 가야 할지 알 길이 없습니다. 이 문제를 논의하기 위해 모두가 모입니다. 그중 가장 현명한 이가 의견을 내놓습니다. 인근에 있는 잠수교 방향으로 가다가 도중에 가웨인 경을 만나면 그의 안내를 받으면서 랜슬롯을 찾아보자는 겁니다. 모두가 이러한 의견에 동의하고 이의 없이 따르기로 합니다.

그들은 잠수교 쪽으로 향합니다. 그곳에 도착하자마자 가웨인 경을 발견합니다. 그는 다리에서 균형을 잃고 쓰러져 깊은 강물에 빠져 있었습니다. 수면으로 올라왔다 가라앉았다, 보이다 사라지기를 반복했습니다. 그들은 강가로 달려가서 나뭇가지며 장대며 작살을 이용해 그를 낚아 끌어내는 데 성공합니다. 그의 등에는 쇠사슬 갑옷만 남아 있었습니다. 머리에는 투구가 단단하게 매여 있었습니다. 그의 마음속에 다른 장비보다 열 배나 더 소중한 것이었습니다. 넓적다리 철판 갑옷은 땀으로 온통 녹이 슬어 있었습니다. 그동안 헤아릴 수 없는 고초를 겪고, 수많은 위험과 공격을 의연하게 견뎌냈다는 증거입니다. 창이며 방패며 말은 강 건너편 둑에 있었습니다. 그를 강물에서 건져낸 사람들은 그가 살아 있으리라고 기대하지 않았습니다. 그만큼 물을 많이 먹었던 겁니다. 물을 다 토해낼 때까지 그는 말 한마디 할 수 없었습니다.

그러나 평상시 목소리로 돌아오고 다시 숨을 쉬고 말을 알아듣게 되자 그는 쉴 짬도 없이 말하기 시작합니다. 앞에 있는 사람들에게 왕비의 안부를 묻습니다. 그들은 국왕 배드마구가 왕비를 곁에 두고 잘 모시고 있다고 그에게 알려줍니다.

"왕비를 구하러 이 나라에 들어온 사람이 없습니까?" 가웨인 경이 묻습니다.

기사들이 대답합니다.

"있습니다!"

"누군지 아십니까?" 이들은 말을 이어갑니다. "랜슬롯입니다. 그는 칼 다리를 건너왔습니다. 왕비를 구출하고 해방시켰습니다. 우리 모두도요. 그런데 난쟁이가, 우거지상을 한 꼽추 난쟁이가 우리를 속였습니다. 랜슬롯을 납치해가려고 우리에게 몹쓸 장난질을 쳤습니다. 그가 랜슬롯에게 무슨 짓을 저질렀는지 모릅니다."

"그게 언제 일이요?" 가웨인 경이 묻습니다.

"경, 바로 오늘입니다. 이 근처에서요. 랜슬롯은 우리와 함께 당신을 맞으러 오는 중이었습니다."

"그가 이 나라에 들어온 이후로 어떻게 처신했습니까?"

그들은 랜슬롯이 그동안 한 일을 알려주기 시작합니다. 사소한 것 하나 빼놓지 않고 낱낱이 다 이야기해줍니다. 그리고 왕비가 가웨인 경을 눈으로 직접 보거나 그에 대한 확실한 소식을 듣기 전에는 이 나라를 떠나지 않겠다며 기다리고 있다는 사실도 알려줍니다. 가웨인 경이 대답합니다.

"어서 빨리 랜슬롯을 찾으러 갑시다."

그러나 다른 사람들은 이보다는 왕비에게 먼저 알리는 것이 더 좋겠다고 생각합니다. 랜슬롯을 증오했던 그의 아들 멜리아건트가 속임수를 써서 그를 사로잡아 감금시켰다면 왕은 랜슬롯을 찾아내라고 명령할 것이기 때문입니다. 왕은 어디든 그가 감금되어 있는 곳을 알게 되면 그를 풀어주라고 명령할 것입니다. 사정이 그러했기에 다들 그가 돌아오리라고 기대할 수 있었습니다.

모두가 이러한 생각에 따르기로 하고 즉각 길을 떠납니다. 드디어 왕궁에 도착합니다. 왕비도 왕도 집사 케이도 그곳에 있었습니다. 랜슬롯에 대한 걱정으로 끔찍한 고통을 그들에게 안겨준 배반의 원흉도 태연하게 그곳에 있었습니다. 그들은 자신들이 꼼짝없이 속았음을 자인하면서 비통한 심경을 숨기지 않았습니다.

이런 불길한 소식이 왕비에게 슬픔을 안겨주었습니다. 그럼에도 그녀는 슬픔을 꾹꾹 참으려고 최선을 다합니다. 가웨인 경에게 얼마라도 기쁨을 표시해야 했기 때문입니다. 실제로 가웨인을 보자 재회의 기쁨을 감추지 않습니다. 그러나 슬픔은 아무리 숨기려고 해도 그녀의 표정에 역력히 드러납니다. 그녀는 슬픔과 기쁨을 동시에 보여야 했습니다. 마음은 랜슬롯 생각에 빠져 있었지만, 가웨인 경 앞에서는 무척 기쁜 표정을 지어 보입니다.

랜슬롯이 행방불명되었다는 소식에 다들 아연실색합니다. 왕은 가웨인 경이 왔다는 소식을 듣고는 크게 기뻐하며 그를 반갑게 맞았지만, 랜슬롯이 배반의 희생자가 되었다는 걸 알고는 숨이 막힐 만큼 괴로워했습니다. 왕비는 왕에게 즉각 이 나라 방방곡곡을 구석구석까지 수색해야 한다고 간청합니다. 가웨인 경과 케이, 다른 사람들도 한목소리로 즉각 수색에 나서야 한다고 간청합니다.

"그 일은 과인에게 맡겨주시오." 왕이 말합니다. "그에 관해 더 이상 왈가왈부하지 마시오. 과인은 이미 그럴 각오가 되어 있었소이다. 누가 간청하지 않아도 그를 찾아내도록 할 것이오."

모두가 왕에게 몸을 굽혀 경의를 표합니다. 왕은 즉각 전국으로 전령을 보내고, 누구나 인정하는 노련한 병사들을 파견합니다. 이들은 방방곡곡을 돌며 랜슬롯의 행방을 수소문합니다. 다 알아보았지만 확실한 정보는 알 수 없었습니다. 그의 흔적을 찾을 길이 없자 기사들이 기다리는 왕궁으로 돌아옵니다. 가웨인, 케이 그리고 동료들은 다른 사람을 시키지 말고 자신들이 창만 뺀 무장을 하고 직접 수색에 나서야 한다고 주장합니다.

이들은 임무를 수행할 때가 되었으므로 길을 떠날 준비를 해야 했습니다. 어느 날 식사를 마치고 이들이 홀에서 무장을 하고 있을 때 한 청년이 들어왔습니다. 그는 이들 사이를 지나 왕비 앞에 멈춰 섭니다. 왕비의 안색은 핏기를 잃은 상태였습니다. 랜슬롯 소식을 전혀 몰라 너무 상심한 나머지 아름다운 얼굴이 창백해진 겁니다. 청년은 왕비에게 인사하고 나서 옆에 있는 왕에게도 인사를 했습니다. 이어서 케이와 가웨인 경에게 그리고 나머지 모든 사람에게도 인사를 했습니다. 그는 손에 들고 온 편지를 왕에게 건넵니다. 왕은 잽싸게 편지를 받습니다. 글을 잘 읽을 줄 아는 사람을 시켜 큰 소리로 읽게 합니다. 편지를 읽는 사람은 양피지에 쓰인 내용을 그대로 읽어 내려갔습니다. 편지 서두에서 랜슬롯은 왕에게 성군(聖君)이란 표현을 써가면서 안부를 묻습니다. 완전히 자유의 몸이 되어 모든 일을 스스로 처결하는 사람처럼 랜슬롯은 왕이 그동안 베풀어준 모든 친절과 호의에 대해 감사를 표합니다. 이젠 확실하게 그의 소식을 알게 되었습니다. 아서 왕 곁에 몸 건강히 잘 있으니 왕비는 가웨인 경과 케이와 함께 즉각 귀국하라는 겁니다. 편지는 매우 확실한 표식을 담고 있었기 때문에 아무도 의심하지 않았습니다.

랜슬롯 소식에 다들 기뻐 어쩔 줄 모릅니다. 왕궁은 온통 기쁨의 환호로 가득합니다. 이튿날 날이 밝으면 떠날 생각을 합니다. 새벽부터 떠날 채비를 합니다. 곧바로 말을 타고 출발합니다. 왕은 즐거운 축제 분위기 속에서 국경까지 먼 길을 동행하며 이들을 배웅합니다. 국경에 이르러 왕비와 모든 귀환자에게 하나도 빼놓지 않고 작별 인사를 합니다. 왕비는 작별 인사를 하면서 그동안 왕이 정성껏 베풀어준 보살핌에 대해 정중하게 감사를 표시합니다. 왕의 목 언저리에 두 팔을 얹고 남편 아서 왕의 이름으로 양국 간의 화해를 약속합니다. 그녀가 이보다 더 좋은 약속을 할 수 있었겠습니까. 가웨인 경도 주군이자 친구처럼 왕에게 약속을 했습니다. 케이와 다른 모든 귀환자도 똑같은 약속을 합니다. 그러고 나서 이들은 길을 떠납니다. 왕은 이들에게 하느님의 가호가 있기를 빕니다. 왕비와 두 기사에게 그리고 모든 귀환자에게 차례로 마지막 인사를 하고 돌아갑니다.

***

왕비와 그 일행은 꼬박 일주일을 하루도 쉬지 않고 달렸습니다. 드디어 왕비가 곧 도착한다는 소식이 왕궁에 전해지자 아서 왕이 크게 기뻐합니다. 조카 걱정에 졸인 마음이 날아갈 듯이 가벼워집니다. 가웨인의 용맹으로 왕비, 케이와 백성들이 귀국하게 되었다는 걸 의심하지 않습니다. 그러나 실상은 아서 왕이 믿는 것과는 전혀 다릅니다. 도시가 텅텅 비었습니다. 모든 주민이 귀환자들을 맞으러 나간 것입니다. 기사든 농민

이든 모두가 그들을 맞으며 말합니다.

"가웨인 경, 환영합니다. 왕비를 다시 모셔 오고 많은 포로 백성과 부인 들을 해방시켜 데려오셨습니다!"

그러나 가웨인은 이렇게 대답했습니다.

"경들, 그런 칭송은 가당치 않습니다. 더는 그러지 마십시오. 저하고는 아무 관계가 없습니다. 여러분이 저에게 경의를 표하는 것은 저를 치욕스럽게 만들 뿐입니다. 저는 너무 늦게 도착해서 그 일을 할 수가 없었기 때문입니다. 제때 도착한 것은 랜슬롯이었습니다. 그가 이룬 무공은 다른 어떤 기사도 도달할 수 없을 만큼 큰 것이었습니다."

"경, 그런데 지금 귀환 행렬에 랜슬롯이 보이지 않으니 도대체 어디에 있단 말입니까?"

"어디 있다니요?" 가웨인 경은 뜻밖의 소식에 깜짝 놀라며 물었습니다. "국왕 폐하의 궁정에 있지요! 그럼 그가 왕궁에 없단 말입니까?"

"없습니다. 확실합니다. 궁정에도 이 나라 어디에도 없습니다. 왕비마마께서 이곳에서 끌려간 뒤로는 그에 관한 소식을 전혀 듣질 못했습니다."

바로 그때 가웨인 경은 그 편지가 모두를 농락시킨 가짜였음을 깨달았습니다. 그 편지에 다들 속은 겁니다. 모두 다시 고통에 휩싸입니다. 비통한 마음으로 왕궁에 도착합니다. 그러자 왕은 무슨 일이 있었는지 하문합니다. 랜슬롯이 이룬 무공이 무엇인지, 그 덕분에 왕비와 포로 백성들이 어떻게 돌아오게 되었는지, 그가 어떻게 난쟁이에게 속아 뒤에 남게 되었는지 보고를 통해 알게 되었습니다. 왕은 그러한 변고를 듣고 몹시 괴로워합니다. 그러나 왕비를 다시 만난다는 생각에 기쁨이 그의 가슴을 설레게 하고 슬픔을 잠재웁니다. 가장 소중한 이를 다시 찾았으니 다른 사람의 고통이야 대수롭지 않습니다.

***

　왕비가 인질로 끌려가 국내에 없는 사이, 로그르 왕국에서는 도움이 절실했던 부인들과 아가씨들이 모여 회의를 했습니다. 아가씨들은 시급히 결혼하고 싶은 마음을 확인했습니다. 그리하여 이 모임에서 거대한 마상창시합*을 열기로 결정했습니다. 한쪽 진영은 포멜레고이 영주 부인이, 다른 쪽 진영은 노즈 영주 부인이 일을 맡아 처리하기로 했습니다. 이들은 비겁한 기사들에게는 한마디 말도 걸지 않고 가장 용맹한 기사들에게는 사랑을 주기로 했습니다. 마상창시합 경기가 열린다는 소식을 인근 지역은 물론 먼 지역에까지 널리 알렸습니다. 경기 날짜는 더 많은 사람이 참석할 수 있도록 여유 있게 잡았습니다.

　경기가 열리기 전에 왕비가 귀환했습니다. 그녀의 귀환 소식이 알려지자 숱한 여성이 왕궁으로 가기 위해 길을 나섰습니다. 이들은 왕의 안전으로 가서 자신들이 바라는 선물을 달라고 간청합니다. 왕은 이들이 원하는 것이 무엇인지 알아보지도 않고 소원대로 해주겠다고 안심시킵니다. 이들은 왕비가 마상창시합에 참석하는 걸 윤허해달라고 간청합니다. 뭐든 거절하지 못하는 왕은 왕비가 동의한다면 윤허하겠다고 대답합니다. 이들은 이에 흡족해하면서 왕비에게 찾아가 다짜고짜 말합니다.

　"왕비마마, 폐하께서 저희들에게 베풀어주신 호의를 마다하지 말아

* 11세기 후반 두 팀의 기사들이 실전처럼 뒤엉켜 대결하는 '집단 난투estor(mêlée)' 형태로 등장한 마상창시합tornoi(tournois)은 12세기 말부터 두 기사가 일대일로 질서정연하게 붙는 '개별 대결joste(joute)' 형태로 발전하여 16세기 중반까지 존속했던 기사의 스펙터클한 스포츠이자 오락이었다. 마상창시합은 용맹한 기사를 사윗감이나 신랑감으로 삼을 수 있는, 또한 총각 기사가 부유한 귀족의 외동딸을 신붓감으로 삼을 수 있는 일종의 결혼 시장 역할도 했다.

주시옵소서."

왕비가 이들에게 묻습니다.

"그런데 호의라는 게 뭐냐? 숨기지 말고 고하거라!"

이들이 말합니다.

"왕비마마께서 저희들이 여는 마상창시합에 참석하고 싶으시면 폐하께서 막지 않으시겠다고 하옵니다. 왕비마마의 뜻에 반대하지 않으시겠다는 말씀입니다."

왕비는 폐하의 윤허가 있으니 마상창시합에 참석하겠다고 대답합니다. 아가씨들은 즉각 왕국 전역으로 전령을 보내 마상창시합이 열리는 날 왕비를 모셔 오기로 했다고 알립니다. 멀리, 가까이, 여기저기 모든 곳으로 이 소식이 알려집니다. 예전에는 일단 들어가면 돌아올 수 없었으나 이제는 아무런 제재 없이 마음대로 출입할 수 있게 된 고르 왕국에까지 소문이 퍼집니다. 입소문을 타고 고르 왕국 곳곳에 알려지고, 결국에는 지옥의 불이 삼켜버려도 시원치 않을 배신자(!) 멜리아건트의 집사의 집에까지 들어갑니다. 집사는 랜슬롯을 감시하고 있었습니다. 랜슬롯을 죽도록 미워하고 적대했던 멜리아건트가 집사의 집에 그를 감금해 놓았던 겁니다. 랜슬롯은 마상창시합이 열린다는 소문과 날짜를 알고부터는 마냥 눈물을 흘리며 의기소침해 있었습니다. 집사 부인은 그의 이런 모습을 보고 남몰래 그에게 물었습니다.

"나리" 하고 부인은 말합니다. "안색이 왜 그리 안 좋은지 솔직하게 말씀해주세요. 하느님과 당신 영혼을 위해서 말이에요. 식음도 전폐하시고 기쁜 표정이나 웃음기를 전혀 볼 수가 없네요. 근심거리가 있으면 안심하고 말씀해주세요."

"아아, 부인! 제가 슬퍼해도 놀라지 마십시오! 많은 사람이 참석한

가운데 세상에서 가장 멋진 구경을 할 수 있는 마상창시합에 참석할 수 없다고 생각하니 가슴이 미어지는 것 같습니다. 그렇지만 하느님께서 호의를 베푸시어 제가 거기에 갈 수 있도록 허락해주신다면 이 감옥으로 반드시 돌아오겠습니다. 저를 믿어주십시오."

"정말" 하며 그녀가 말합니다. "이 일로 저의 안전과 생명을 잃지 않는다는 보장만 있다면 주저 없이 그리하겠습니다. 그러나 악독한 주군 멜리아건트가 너무 두려워 감히 그럴 수가 없습니다. 그랬다간 제 남편을 죽일 겁니다. 제가 지레 겁먹는다고 놀라지 마십시오. 그가 얼마나 잔인한지 잘 아시지 않습니까."

"부인, 시합이 끝나는 즉시 제가 이 감옥으로 돌아오지 않을까 염려하신다면 제가 부인께 맹세를 하고 반드시 지키도록 하겠습니다. 시합이 끝나는 즉시 무슨 일이 있어도 꼭 이곳으로 돌아와 갇히겠습니다."

"그럼 그리하겠습니다." 그녀가 말합니다. "그러나 조건이 있습니다."

"부인, 무슨 조건요?"

그녀가 대답합니다.

"나리, 꼭 돌아오겠다는 서약뿐만 아니라 저를 사랑하겠다는 약속도 해주세요."

"부인, 알겠습니다. 돌아와서 모든 걸 다 해드리겠습니다."

"저는 이제 모든 걸 다 잃은 거나 마찬가집니다." 부인은 미소를 지으며 말합니다. "제가 알기로 나리는 제가 간청하는 사랑을 딴 여자와 주고받았습니다. 하지만 나리의 조그마한 사랑이라도 마다하지 않겠습니다. 제게 주시는 것에 만족하겠습니다. 그리고 반드시 이 감옥으로 돌아오겠다는 서약을 하셔야 합니다."

랜슬롯은 성인의 유골이 있는 교회로 가서 부인의 바람대로 꼭 돌아오겠다는 서약을 합니다. 그녀는 서둘러 남편의 붉은 갑옷과 방패, 놀라우리만치 힘세고 용맹스런 좋은 말을 그에게 줍니다. 그는 아침 햇살처럼 빛나는 좋은 갑옷을 입고 말에 박차를 가합니다. 드디어 노즈에 도착합니다. 노즈 진영으로 가서 성 밖에 숙소를 정합니다. 그처럼 용맹스런 분의 숙소치고는 이토록 옹색하고 누추한 곳도 없습니다. 그러나 남이 알아보는 곳에서 묵을 생각은 없습니다.

많은 엘리트 기사가 성안에 모여 있었습니다. 그러나 성벽 밖에 있는 사람들이 더 많았습니다. 왕비를 보기 위해 너무나 많이들 몰려들어 다섯에 하나는 거처를 구할 수 없었습니다. 오로지 왕비를 볼 목적으로 온 관람객이 여덟 명 중 일곱 명꼴은 족히 되었습니다. 기사들을 수용할 수 있는 천막과 오두막이 줄잡아 성 주변 50리까지 설치되어 있었습니다. 귀부인과 귀여운 아가씨 들이 모여드는 모습을 보는 것 역시 장관이었습니다.

랜슬롯은 방패를 숙소 문밖에 걸어두었습니다. 휴식을 취하기 위해 갑옷을 벗고 침대에 누워 있었습니다. 침대가 좁은 데다 거친 대마포로 싼 매트리스가 얇아 좀 불편했습니다. 랜슬롯이 무장을 풀고 이처럼 누추한 침대에 누워 있을 때 문장관(紋章官)*이 망나니처럼 속옷만 입고 불쑥 나타납니다. 그는 선술집에서 옷과 신발을 담보물로 빼앗기고, 속옷 차림에 바람을 맞으며 맨발로 줄달음쳐 온 터였습니다. 문 앞에 걸린 방패를 발견하고는 유심히 살펴보았습니다. 그렇지만 방패와 그 주인에 관해 전혀 알 길이 없었습니다. 이걸 갖고 다닐 수 있는 사람이 누구인지

---

* 문장관hyraut d'armes(héraut d'armes)은 문장의 식별과 해독에 대한 전문 지식을 갖추고 마상창시합의 진행과 심판, 기사의 무공 기록을 담당했다. 또한 전쟁 때에는 상대편에게 선전포고, 항복과 휴전 등을 통고하고 교섭하는 전령과 사절 역할을 했다.

알 수가 없습니다. 그는 방문이 열려 있는 걸 발견하고 방 안으로 들어가서 랜슬롯이 침대에 누워 있는 걸 목격합니다. 첫눈에 랜슬롯을 알아보고는 안도의 성호를 긋습니다. 랜슬롯은 어디서든 자기를 봤다는 사실을 함구하라고 입단속을 시킵니다. 입을 함부로 놀리면 눈알을 빼버리거나 목을 비틀어버릴 태세였습니다.

"나리" 하고 문장관이 말합니다. "저는 여태까지 나리를 존경해왔고 앞으로도 그럴 것입니다. 제가 살아 있는 한, 무슨 일이 있어도 나리의 심기를 불편하게 할 짓은 하지 않겠습니다."

그는 방을 뛰쳐나가 거리를 돌아다니며 목청껏 외쳤습니다.

"심판할 사람이 왔습니다! 심판할 사람이 왔습니다!"

괴짜 문장관은 계속 소리를 지르며 다녔습니다. 사방에서 사람들이 몰려와 "그게 무슨 소리냐?"라고 그에게 묻습니다. 그는 이런 질문에 대답할 만큼 무모하지 않습니다. 똑같은 소리만 반복하며 내뺍니다. "심판할 사람이 왔습니다!"란 말은 사람들이 그때 처음 듣는 것이었음을 아셔야 합니다. 문장관은 생소한 것을 가르쳐주는 학교 선생님처럼 이런 표현을 사용했습니다.

이미 많은 사람이 집결해 있었습니다. 왕비와 모든 귀부인, 기사와 기사 조수들뿐 아니라, 이곳저곳 방방곡곡에서 온 사람들로 만원을 이뤘습니다. 경기장으로 쓰일 터에는 왕비며 귀부인들이며 아가씨들이 앉을 거대한 목제 관람대가 세워져 있었습니다. 그처럼 크게 잘 지은 길고 멋진 관람대는 여태껏 없었습니다.

이튿날 귀부인 등 여성 관중이 왕비를 따라 관람대로 왔습니다. 경기를 관람하면서 누가 가장 훌륭한 기사인지, 누가 가장 형편없는 기사인지 보고 싶어서였습니다. 기사들이 10명, 20명, 30명씩 떼 지어 옵니다. 한쪽 진영은 80명, 다른 쪽 진영은 90명이 됩니다. 드디어 양 진영이 100명을 넘어 200명 이상이 됩니다. 관람대 앞과 경기장 주변은 무장하거나 무장하지 않은 사람들로 북새통을 이뤘습니다. 그들이 휴대하고 있는 창은 큰 숲을 연상시켰습니다. 마상창시합을 좋아하는 사람들이 가져온 많은 창에 달린 나부끼는 기드림*과 깃발로 온통 뒤덮였기 때문입니다. 선수들이 개별 대결을 하려고 이동합니다. 시합을 하러 온 많은 상대 선수를 마주합니다. 각자 무용을 뽐낼 준비를 하고 차례를 기다립니다. 초원이고 황무지고 경작지고 할 것 없이 셀 수 없을 정도로 많은 기사로 뒤덮여 있었습니다. 그러나 초전에서 랜슬롯은 볼 수 없었습니다. 하지만 그가 초원을 가로질러 오고 있을 때 문장관이 그를 발견하고는 다급하게 소리를 지릅니다. "심판할 사람을 보시오! 심판할 사람을 보시오!" 사람들이 그자가 누구냐고 물었지만 그는 대답을 하지 않습니다. 문장관은 그 문제에 대해 입을 다물고 싶어 했습니다.

랜슬롯은 집단 난투에 끼어들자마자 혼자서 빼어난 기사 20명 몫을 했습니다. 초장에 너무나 잘 싸웠기 때문에 그가 어디서 싸우든 아무도 그에게서 눈을 뗄 수가 없었습니다. 포멜레고이 진영에도 매우 용맹스런 기사가 있었습니다. 그의 혈기왕성한 말은 야생 사슴보다 더 날쌨습니다. 그는 아일랜드 왕의 아들이었습니다. 그도 용맹스런 기사였지만, 모두가 이름을 알 수 없는 낯선 기사를 네 배 더 좋아했습니다. 모두가 설레는 마음으로 묻습니다. "저렇게 용맹스런 기사는 누구지?"

그때 왕비는 총명하고 야무진 아가씨 하나를 따로 불러놓고 이렇게 말합니다.

---

* 기드림은 창이나 기의 위쪽에 매달아 길게 늘어뜨린 좁고 긴 띠를 말한다.

"아가씨, 아가씨가 전달할 메시지가 하나 있어요. 짧은 건데 빨리 전달해야 돼요! 이 관람대를 내려가서 저 붉은 방패를 갖고 있는 기사한테 가세요. 졸전(拙戰)을 하라는 내 전갈을 살짝 전해주세요."

그녀는 능숙하고 날래게 왕비의 당부를 수행합니다. 곧장 기사가 있는 쪽으로 가서 바로 그 곁에 이릅니다. 총명하고 야무진 아가씨는 옆 사람이 듣지 못하게 그의 귀에 대고 속삭입니다.

"나리, 왕비마마께서 졸전을 하라는 분부이십니다."

이 말에 그는 왕비의 분부를 기꺼이 따르겠다고 대답합니다. 그녀에게 몸과 마음을 다 바친 사람처럼 말입니다. 즉각 상대 기사를 향해 돌진합니다. 공격이 갑자기 빗나갑니다. 그때부터 해 질 녘까지 줄곧 형편없는 기사처럼 싸웁니다. 왕비가 그걸 원했기 때문입니다. 상대 기사는 공격이 빗나가지 않습니다. 거칠게 타격을 가하며 세게 몰아붙입니다. 그때마다 랜슬롯은 뒤로 물러섭니다. 그날은 하루 종일 상대 기사 쪽으로 말 머리를 한 번도 돌리지 못했습니다. 아무튼 더 이상은 아무것도 할 수 없었으므로 모욕을 당해도 싸 보였습니다. 누가 보아도 앞에 얼씬거리는 모든 기사한테 크게 겁먹은 것 같았습니다. 처음에 그를 숭모하던 기사들이 그에게 악담을 퍼부으며 조롱합니다. "그는 모두를 연달아 무찌를 겁니다"라고 반복해 외치던 문장관은 시무룩한 표정을 지으며 풀이 죽었습니다. 실없는 말을 한 문장관에게 조롱이 빗발쳤습니다.

"이봐! 입 닥치고 있어. 네가 좋아하는 기사는 심판하기 글렀어. 그가 심판하느라 그토록 기진맥진했으니 네가 그토록 떠벌리던 그의 심판은 이제 끝장이야."

많은 사람이 수군거리기 시작합니다.

"저 기사가 왜 그러지? 조금 전까지만 해도 최고로 용맹스러웠는데 지금은 겁쟁이에 지나지 않아. 어떤 상대에게도 공격할 마음이 없는 것 같아. 초장에 그토록 용맹스러웠던 건 아마도 싸움이라는 걸 잘 몰라서였을 거야. 그래서 초장에는 노련한 기사도 절절맬 정도로 세차게 밀어붙였던 거야. 미친 사람처럼 공격했으니까. 지금까지 기사 수련을 진저리나게 받아 평생 다시는 무기를 잡고 싶은 생각이 없는 거 아냐. 더 이상은 싸울 생각이 없어. 그래서 세상에서 가장 겁 많은 기사가 된 거야."

그러나 왕비는 전혀 염려하지 않습니다. 오히려 그의 순종에 기쁠 뿐입니다. 그 기사가 랜슬롯이라는 걸 말하지 않아도 확신하고 있었기 때문입니다. 그날 하루 종일 그는 비겁한 기사 행세를 합니다. 날이 저물어 경기가 중단됩니다. 그때 큰 논쟁이 벌어졌습니다. 이들 중 누가 더 훌륭한 기사인가? 아일랜드 왕의 아들은 자신만이 상을 받아 마땅하다고 확신하고 있었습니다. 그러나 상대에게 완전히 속았다는 점에서 그의 확신에는 문제가 있었습니다. 사실을 말하자면 그는 상대 기사에게 맞수가 되지 않았습니다. 붉은 방패의 기사는 가장 고귀하고 아름다운 귀부인과 아가씨 들한테서 대단한 호평을 받았습니다. 사랑받고 싶다는 소망을 하루 종일 그한테만 두고 있을 정도였습니다. 그가 초장에 얼마나 용맹스럽게 잘 싸웠는지 다들 똑똑히 보았기 때문입니다. 그런 뒤 그는 겁쟁이로 돌변했습니다. 어떤 기사에게도 대응하려고 하지 않았습니다. 그러니 형편없는 기사라도 마음만 먹으면 그를 때려눕혀 사로잡을 수 있었을 겁니다. 아무튼 모두 내일 다시 와 경기를 구경하는 게 좋겠다고 생각합니다. 당연하게도 아가씨들은 그날의 영예를 차지하는 기사를 신랑감으로 삼을 생각입니다. 그녀들은 이런 속내를 드러내면서 각자 숙소로 돌아갔습니다.

그러고 난 뒤 곳곳에서 그를 비방하는 소리가 들리기 시작했습니다.

"세상에서 가장 겁 많고 형편없고 경멸받아 마땅한 기사는 어디 있는 거야? 어디로 갔지? 어디 숨어 있지? 어디로 가면 볼 수 있지? 어디서 찾아내지? 그는 비겁해서 도망친 것이니까 더 이상은 볼 수 없을 거야. 그는 비겁을 품에 꼭 껴안고 있기 때문에 전혀 딴판으로 비굴한 사람이 되었어. 그의 변신은 틀리지 않았어. 비굴한 사람이 결국에는 용맹스런 진짜 기사보다 백배나 더 많은 안락을 누릴 수 있으니까. 비겁하면 편안한 생활을 할 수 있어. 그래서 그는 비겁에게 화해의 키스를 한 번 하고는 알맹이를 쏙 빼갔어. 사실 용맹은 그 기사의 집에 묵거나 그 곁에 앉을 만큼 타락하지 않아. 그 기사의 품속으로 도피한 것은 비겁이야. 비겁은 그에게서 자신을 숭모하고 정성껏 받들어주는 주인을 발견한 거야. 그러했기에 그는 비겁을 더 잘 섬기기 위해 자신의 명예를 다 내던졌던 거야."

수다쟁이들은 밤새 목이 쉴 정도로 이렇게 악담하며 재잘거립니다. 그렇지만 그토록 남을 헐뜯는 데 열성인 사람은 그가 비난하고 경멸하는 사람보다 더 비열한 자입니다. 아무튼 다들 자기 맘대로 떠들어댑니다.

날이 밝자 모두가 곱게 차리고 경기장으로 다시 옵니다. 왕비는 어제처럼 귀부인들과 아가씨들과 관람석에 자리합니다. 무기를 휴대하지 않은 수많은 기사가 이들 옆에 자리를 잡습니다. 이들은 포로였던 적이 있거나 십자군에 참가했던 기사들이었습니다. 이들은 가장 존경받는 기사들의 문장(紋章)*을 곁에 있는 귀부인들과 아가씨들에게 설명해줍니다.

---

* 문장armes(armoiries)은 12세기 갑옷으로 완전무장한 기사의 집단 전투에서 피아 식별을 위해 방패와 투구 등에 주군의 가문을 상징하는 문양을 그려 넣은 것에서 비롯되었다. 소속 기사들은 주군의 문장을 차용한 변형 문장을 사용했으나 13세기부터 개별 가문의 독특한 문양을 많이 사용했다. 문장은 단순한 피아 식별 기능을 넘어 귀족들의 가문 의식의 상징적 의미도 강하게 띠었다.

서로들 다투어 설명해줍니다.

"금색 띠가 있는 붉은 방패를 잡은 기사가 보입니까? 고베르날 드 로베르디크입니다. 방패에 독수리와 용이 나란히 그려져 있는 기사가 보입니까? 아라곤 왕의 아들입니다. 그는 명성과 영광을 얻기 위해 이 나라에 왔습니다. 그 옆에 박차를 가하며 잘 싸우고 있는 기사가 보이지요? 한쪽 초록 바탕에는 표범이 그려져 있고 다른 쪽 바탕은 청색으로 되어 있는 방패를 든 기사 말입니다. 그는 쾌활하고 다감하고 호감이 가는 이뇨레입니다. 서로 부리를 맞대고 있는 꿩 두 마리가 그려진 방패를 든 기사가 보입니까? 코기앙 드 모티레크입니다. 그 옆에 회색 얼룩말을 타고 달리는 두 기사가 보입니까? 방패에는 금색 바탕에 회갈색 사자 문양이 그려져 있습니다. 하나는 세미라미스이고, 다른 하나는 그의 동료입니다. 이들의 방패는 문양과 색깔이 비슷합니다. 방패에 문(門)이 그려진 기사를 보십시오. 사슴이 뛰쳐나올 것만 같지 않습니까? 국왕 이데가 분명합니다."

그들은 관람석에서 경기자들의 방패를 훑어봅니다.

"저 방패는 리모주에서 만든 건데 필라드가 들고 왔어. 마상창시합이라면 사족을 못 쓰고 열성적으로 참석하는 기사지. 저 방패는 말굴레, 가슴 띠와 함께 툴루즈에서 만든 건데 쾨 데스트로가 가져온 거야. 저 방패는 론 강 유역에 있는 리옹에서 만든 건데 세상에서 가장 좋은 방패지. 톨라스 드 라 데제르트가 큰 공을 세우고 받은 선물이야. 방패를 활용해 방어를 잘할 줄 아는 기사지. 저 방패는 런던에서 만든 잉글랜드의 걸작이야. 곧 날 것만 같은 제비 두 마리가 그려져 있어. 푸아투산 강철 검의 공격을 수없이 받고도 끄떡없었어. 그 방패를 잡고 있는 자는 젊은 기사 토아스야."

이렇게 그들은 잘 아는 기사들의 문장을 꼼꼼하게 설명하고 있었습니다. 그러나 그들이 그토록 경멸했던 기사는 전혀 보이지 않습니다. 경기에 참가할 마음이 없어 도망친 것으로 생각됩니다. 왕비 역시 어디에도 그가 보이지 않자 사람을 보내 그를 찾아보게 하고 싶었습니다. 전날 자신의 메시지를 그에게 전했던 아가씨에게 맡기는 것 말고는 더 좋은 대안이 없었을 겁니다. 즉시 아가씨를 불러 이렇게 당부합니다.

"아가씨, 당장 말을 타고 가서 어제의 기사를 찾아보세요. 조금도 지체하면 안 돼요. 졸전을 하라고만 다시 전해주세요. 그 말을 전하고 그의 대답을 잘 챙겨 오세요."

아가씨는 지체 없이 왕비의 당부를 수행합니다. 그에게 갈 일이 또 생길 거라는 확신이 있었기 때문에 엊저녁 그가 어느 방향으로 가는지 눈여겨 보아두었던 터입니다. 관중 사이를 헤집고 길을 나서 드디어 기사를 찾아냅니다. 곧바로 그에게 다가가 왕비의 총애를 받고 싶으면 졸전을 하라고 나지막이 다시 말해줍니다. 그녀는 그렇게 전했을 뿐인데 그는 이렇게 대답합니다.

"당부를 해주셔서 감사하다고 전해주세요."

아가씨는 황급히 돌아갑니다. 갑작스레 야유가 빗발칩니다. 수련 기사며 기사 조수며 기사 시동 들이 일제히 소리칩니다.

"웬일이야! 붉은 방패를 든 자가 왔어! 그가 돌아왔어. 그래봐야 무슨 짝에 쓰겠어? 저렇게 비열하고 겁 많고 경멸받아 싼 기사가 세상에 어디 있어. 그렇게 겁을 집어먹고 있으니 아무것도 할 수 없지."

아가씨는 왕비 곁으로 돌아갑니다. 왕비는 쉴 짬도 주지 않고 그의 답변을 듣습니다. 하늘을 날 듯이 기쁩니다. 이제 그가 완전히 자기 남자라는 걸, 자신이 그의 여자라는 걸 확실히 알게 되었기 때문입니다.

아가씨에게 또 당부합니다. 빨리 그한테 돌아가서 이번에는 선전(善戰)을 하라는 명령이자 간청을 전해달라고 합니다.

아가씨는 즉시 분부를 받들겠다고 대답합니다. 그녀는 관람대를 내려가 말을 대령하고 있는 시동한테 갑니다. 말을 타고 기사를 다시 만나러 갑니다. 그에게 다짜고짜 말합니다.

"나리, 왕비마마께서 이번에는 선전을 하라는 분부이십니다."

그가 대답합니다.

"돌아가서 말씀드리세요. 왕비마마의 뜻이 바로 저의 기쁨이니 왕비마마께서 원하시면 어떤 힘든 일도 할 수 있다고요."

아가씨는 이 소식에 왕비가 매우 행복해할 거라고 예상하며 서둘러 고하러 갑니다. 지름길을 택해 관람석 쪽으로 갑니다. 그녀가 오는 걸 보고 왕비가 벌떡 일어섭니다. 그녀를 맞으러 앞으로 나갑니다. 그렇지만 관람대 밑으로 내려가지 않고 계단 꼭대기에서 기다립니다. 왕비의 분부를 전달하는 일에 이골이 난 아가씨가 다가갑니다. 계단을 올라가 왕비 곁에 이릅니다. 그러고는 이렇게 말합니다.

"왕비마마, 그토록 너그러운 마음씨를 가진 기사를 본 적이 없사옵니다. 왕비마마의 분부를 성심껏 받들겠다 하옵니다. 더 말씀드리면 좋은 일이든 궂은일이든 마다하지 않겠다 하옵니다."

"아무렴" 하고 왕비가 말합니다. "그럼 그렇지."

왕비는 관람대 난간으로 가서 기사들을 훑어봅니다. 랜슬롯은 더 이상 지체하지 않습니다. 무용을 뽐낼 생각에 달아올라 방패 손잡이 끈을 움켜잡습니다. 그러고는 말 머리를 돌려 양 진영 사이로 돌진합니다. 속임수에 넘어가 그를 조롱하는 데 하루 낮과 밤을 다 보내다시피 한 사람들은 그 덕분에 한동안 자못 즐거운 시간을 가졌지만 곧 어리둥절해할 겁니다. 아일랜드 왕의 아들은 반대 진영에서 방패를 잡고 박차를 가하며 전속력으로 그에게 돌진합니다. 그러나 서로가 얼마나 세게 충돌했던지 아일랜드 왕의 아들은 더 이상 개별 대결을 하고 싶지 않습니다. 그의 창이 박살 납니다. 창으로 상대의 견고한 목제 방패의 연한 부분을 타격한 것이 아니라 금속판을 타격했기 때문입니다. 랜슬롯은 대가다운 공격법 한 수를 이 개별 대결에서 가르쳐줍니다. 방패로 상대의 팔과 옆구리를 가격하여 땅에 내동댕이칩니다. 즉각 양 진영에서 기사들이 박차를 가해 쏜살같이 서로를 향해 달려듭니다. 한쪽은 왕자를 구출하려고, 다른 쪽은 이를 방해하러 온 겁니다. 전자는 자신들의 주군을 도울 생각이었습니다. 이들 중 대부분은 치열한 집단 난투 한가운데서 우왕좌왕하고 있었습니다. 가웨인은 다른 기사들과 함께 노즈 진영 소속이었지만, 하루 종일 집단 난투에 가담하지 않았습니다. 붉은 방패를 든 기사의 눈부신 무용에 마냥 매료되었기 때문입니다. 이에 비하면 다른 기사들의 무용은 보잘것없었습니다. 이들은 자신들의 무용에 실망합니다. 이에 희색을 되찾은 문장관은 다 들을 수 있도록 큰 소리로 외칩니다.

"심판할 사람이 왔습니다! 그가 보여줄 무용을 똑똑히들 보십시오. 오늘 펼칠 그의 무용은 눈부실 겁니다."

그 기사는 말을 돌려 좋은 갑옷을 입은 상대 기사를 향해 돌진합니다. 큰 타격을 가해 말에서 100피에* 넘게 떨어진 맨땅에 내동댕이칩니다. 그런 다음 창과 칼을 능수능란하게 다뤄 모든 관중을 매료시킵니다. 대부분의 경기자마저 희열을 느낍니다. 기사와 말을 동시에 넘어뜨리는 광경은 정말 멋지기 때문입니다. 그의 공격을 받은 기사들은 거의 다 말

* 1피에가 32.48센티미터이므로 100피에는 32.48미터가 된다.

에서 떨어졌습니다. 그리고 그는 승리로 얻은 말을 모두 원하는 자에게 나눠줍니다. 그리하여 어제 그를 조롱하던 사람들은 자신들의 잘못을 고백합니다.

"아이 창피해, 우리가 미쳤었나 봐! 그를 경멸하고 조롱했으니 우리는 크게 잘못한 거야. 오늘 경기에서 그는 혼자 용맹한 기사 천 명 몫을 거뜬히 해냈어. 세상 모든 기사가 그를 당해내지 못했어. 아무도 상대가 되질 않아."

이처럼 경이로운 광경에 아가씨들은 눈이 휘둥그레졌지만 그와 결혼할 희망이 물거품이 되었다고 속말을 합니다. 이젠 자신들의 미모와 부, 좋은 태생도 믿지 못하게 되었습니다. 그가 자신들의 미모나 부가 탐나 결혼할 생각으로 대단한 무용을 과시하는 기사로 보이지 않았기 때문입니다. 정말로 대단한 기사였습니다. 그렇지만 거의 모든 여성이 서로들 맹세합니다. 이 기사가 아니면 올해는 누구와도 결혼하지 않을 것이니 다른 신랑감은 필요 없다고.

왕비는 아가씨들의 이런 헛된 소망을 듣고 내심 비웃었습니다. 그에게 눈독 들이고 아라비아의 금을 전부 갖다 바친다고 한들 그는 그들의 미모와 좋은 태생에 꿈쩍도 하지 않을 것을 잘 알고 있기 때문입니다. 아가씨들은 하나같이 그를 신랑으로 맞이하는 꿈을 꾸고, 이미 그의 아내가 된 것처럼 서로들 질투합니다. 그녀들은 그가 얼마나 용맹스럽게 싸우는지 똑똑히 보았습니다. 아무도 그러한 무용을 펼칠 수 없습니다. 그래서 그가 좋아진 겁니다.

그가 대단한 무용을 입증해 보였기 때문에 경기가 끝날 무렵 양측은 붉은 방패를 든 기사에게 맞수가 없음을 분명하게 인정합니다. 관중도 모두 그걸 사실로 인정합니다. 그러나 그는 빽빽이 들어선 군중 사이에 방패와 창과 마갑을 떨어뜨리고 갑니다. 그러고는 쏜살같이 달아납니다. 그가 야반도주하듯 빠져나갔기 때문에 그곳에 모여 있는 사람들 중 아무도 눈치채지 못했습니다. 그는 이미 도로에 접어든 상태였습니다. 꼭 돌아오겠다는 서약을 지키기 위해 처음 떠났던 저택 방향의 지름길로 서둘러 말을 몰았습니다.

시합이 파장할 즈음 관중은 랜슬롯을 찾으려고 아우성입니다. 그러나 누가 자기를 알아볼까 두려워 도망갔기 때문에 그는 보이지 않습니다. 기사들은 몹시 난감하고 서운합니다. 그가 남아 있었더라면 기분 좋게 축하해주었을 텐데. 그가 홀연히 사라졌다는 소식이 기사들을 씁쓸하게 만들었지만 아가씨들에게는 더 큰 슬픔을 안겨주었습니다. 올해는 결코 결혼하지 않기로 성 요한의 이름으로 다짐합니다. 마음속으로 점찍어둔 이가 떠나버렸으니 다른 어떤 기사한테도 마음을 줄 수 없었던 겁니다. 마상창시합은 한 명의 여성에게도 신랑감을 맺어주지 못한 채 이렇게 끝났습니다.

**

랜슬롯은 지체하지 않습니다. 곧장 감옥으로 돌아갑니다. 그런데 그가 돌아오기 2~3일 전에 집사가 집에 돌아와 그가 어디 있느냐고 물었습니다. 부인은 남편에게 사실대로 다 말해줍니다. 어떤 연유로 포로에게 남편의 기막히게 멋진 붉은 방패와 갑옷, 말과 마구를 제공했는지, 왜 그가 노즈 마상창시합에 참가할 수 있도록 허락했는지 고백했습니다.

"부인" 하며 집사가 말합니다. "치명적인 실수를 했소. 나한테 큰 불행이 닥칠 것이오. 내가 만약 조난을 당했다면, 주군 멜리아건트는 내게 난파보다도 더 심한 고통을 내릴 것이기 때문이오. 그가 이 사실을 알면 나를 죽여 파멸시킬 것이오. 나에게 자비를 베풀지 않을 것이오."

"나리, 걱정하지 마세요." 부인이 말합니다. "그렇게 염려하실 필요 없어요. 랜슬롯은 되도록 빨리 돌아오겠다고 성인의 유골에 서약했으니 꼭 돌아올 겁니다."

집사는 즉시 말에 오릅니다. 주군에게 가서 그토록 난감한 일의 전모를 보고합니다. 그러나 자기 부인이 랜슬롯한테 감옥으로 곧 돌아오겠다는 서약을 어떻게 받아놓았는지 설명하면서 그를 안심시킵니다.

"그는 서약을 어기지 않을 것이다." 멜리아건트가 말합니다. "나는 그자를 잘 알고 있다. 그러나 부인이 한 짓은 심히 유감이다. 나라면 무슨 일이 있어도 그가 마상창시합에 참가하는 걸 허락하지 않았을 것이다. 당장 돌아가서 그가 돌아오면 다시는 감옥을 빠져나가 멋대로 나다니지 못하도록 단단히 감시하라. 그가 돌아오는 즉시 보고하라."

"분부대로 받들겠습니다." 집사가 말합니다.

집사가 집에 도착했을 때 랜슬롯은 이미 돌아와 갇혀 있었습니다. 곧바로 멜리아건트에게 전령을 보내 랜슬롯이 돌아왔음을 보고합니다. 멜리아건트는 보고를 받는 석공과 목수를 모아놓고 그들이 해야 할 일을 명령합니다. 그들은 좋든 싫든 명령을 따라야 합니다. 나라에서 가장 노련한 석공과 목수 들을 데려다 조속한 시일 내에 탑 하나를 완공하라는 것이었습니다. 고르 왕국 인근에 암석으로 된 바닷가를 따라 넓은 만이 펼쳐져 있었습니다. 그 한가운데 멜리아건트가 잘 알고 있는 섬이 하나 있었습니다. 바로 그곳에 돌과 나무를 가져다 탑을 세우게 한 것입니다. 공사를 시작한 지 57일도 채 안 되어 요새처럼 벽이 두껍고 튼튼한 큰 탑이 완공되었습니다. 탑이 세워지자 멜리아건트는 밤중에 랜슬롯을 데려다 그곳에 가두게 했습니다. 그러고는 문을 모두 봉쇄하고 석공들에게 죽을 때까지 그에 관해 한마디도 발설하지 않겠다는 서약을 하도록 명령했습니다. 이런 식으로 해서 그 탑이 세상에 알려지지 않기를 바랐습니다. 문도 창도 없고, 작은 구멍 하나만 있었습니다. 바로 여기가 랜슬롯이 살아야 할 곳이었습니다. 방금 언급한 작은 구멍을 통해 소량의 조악한 음식만 제공되었습니다. 이건 잔혹한 배신자가 지시한 것입니다.

멜리아건트는 이처럼 바라는 걸 다 이루고 난 다음 곧바로 아서 왕의 궁정으로 갑니다. 왕궁에 도착합니다. 왕 앞으로 가서 자신의 생각을 오만불손하게 말합니다.

"아서 왕, 난 이 궁정에서 당신이 참석한 가운데 결투하기로 서약한 바 있소이다. 그런데 나하고 결투하기로 했던 랜슬롯이 보이지 않는구려. 그렇지만 지금 내 말을 듣고 있는 이 사람들 앞에서 결투를 신청하는 것이 좋겠다는 생각이오. 만약 랜슬롯이 이 나라에 있다면 당장 나와서 오늘로부터 1년이 지난 뒤 이 궁정에서 결투하겠다는 서약을 하도록 해야 합니다. 어떤 상황에서 어떤 연유로 결투를 하기로 결정했는지 보고받아 알고 있는지 모르겠소만, 협약을 체결하는 자리에 참석했던 기사들이 보이는군요. 이들이 진상을 알고 있다면 당신에게 그 연유를 보고했을 겁니다. 그러나 만약 랜슬롯이 내 말을 부정한다면 다른 사람의 도움을 받지 않고 내가 직접 그의 부정을 바로잡아줄 것이외다."

왕비는 곁에 앉아 있던 왕에게 이렇게 환기시킵니다.

"폐하, 저자를 알아보시겠습니까? 집사 케이의 호위를 받던 저를 납치해간 멜리아건트입니다. 케이에게 많은 상처와 함께 치욕을 안겨준 그 자입니다."

왕이 대답합니다.

"잘 알다마다요. 내 백성을 포로로 잡고 있던 자가 아니오."

그때 왕비는 잠자코 있었습니다. 왕은 멜리아건트에게 눈길을 돌려 이렇게 말합니다.

"이보시오, 분명히 말하건대 과인도 랜슬롯 소식을 전혀 몰라 걱정하고 있는 중이오."

"국왕 폐하" 하며 멜리아건트가 대답합니다. "랜슬롯은 분명히 여기서 만나자고 했습니다. 전 여기 말고 다른 데서 결투를 하자고 한 적이 없습니다. 여기 있는 모든 경이 증언해주었으면 좋겠습니다. 결투를 하기로 합의한 날에 체결된 협정에 따라 1년 뒤 약속을 지킬 것을 촉구하는 바입니다."

이 같은 말을 듣고 기분이 무척 상한 가웨인 경이 일어나 말합니다.

"경, 이 나라 어디에서도 랜슬롯의 흔적을 찾지 못했소이다. 하지만 그가 죽지 않았거나 감옥에 갇혀 있지 않다면 하느님의 가호로 수색하여 1년 안에 꼭 찾아내도록 하겠소. 그러나 만약 그가 다시 나타나지 않으면 결투를 내게 맡기시오. 내가 대신 결투를 치르겠소. 정해진 날까지 랜슬롯이 돌아오지 않으면 내가 대신 싸우겠소."

"저런!" 하고 멜리아건트가 대답합니다. "국왕 폐하, 그의 제안을 가납하여 주십시오. 그게 제 뜻이자 간절한 바람이기도 합니다. 제가 겨루고 싶은 기사는 랜슬롯 말고 없습니다. 그렇지만 이 두 기사 가운데 어느 하나가 아니라면 다른 대리자와 결투할 생각이 없음을 분명히 아셔야 합니다."

왕은 랜슬롯이 제때 돌아오지 않으면 이들의 결투를 윤허하겠다고 밝힙니다. 멜리아건트는 즉각 아서 왕의 궁정을 떠나 한걸음에 부왕 배드마구한테 돌아갑니다. 그는 자신의 무용과 공적을 과시라도 할 것처럼 희색이 만면한 표정으로 왕 앞에 나타났습니다. 그날 바드에 있는 왕 궁에서는 국왕의 탄신 기념일을 맞아 흥겨운 연회가 열렸습니다. 그래서 궁궐은 만원을 이뤘습니다. 다양한 사람이 아주 많이 왔습니다. 큰 홀은 기사와 아가씨 들로 붐볐습니다. 아가씨들 중에는 멜리아건트의 여동생 도 끼어 있었습니다. 제가 왜 그녀를 귀띔했는지, 그녀가 앞으로 어떤 역 할을 할지는 나중에 말씀드릴 겁니다. 지금 더 얘기하면 이야기가 옆으 로 빠지게 됩니다. 이야기가 흉한 샛길로 빠져 주제에서 벗어나는 걸 원 치 않습니다. 순탄한 길, 곧은길을 따랐으면 좋겠습니다.

이제는 멜리아건트 얘기를 하도록 하지요. 그는 돌아오자마자 지위 가 높건 낮건 모두가 다 보는 데서 왕에게 큰 소리로 말했습니다.

"아버님, 솔직하게 말씀해주시길 간청드립니다. 혼자 힘으로 아서 왕 의 궁정을 벌벌 떨게 한 자는 큰 무공을 세운 것이니 기뻐해야 하지 않 습니까?"

아버지는 더 이상은 아들 말을 들으려고 하지 않고 대답합니다.

"애야" 하며 그는 말합니다. "훌륭한 사람은 그처럼 큰 공을 세운 사 람을 섬기고 공경하며 친구로 삼아야 한단다."

아버지는 아들의 비위를 맞춰주며 그가 이렇게 말하는 이유가 무엇 인지, 바라는 게 무엇인지, 무슨 일로 어디에 갔다 왔는지 더 이상 숨기 지 말고 말하라고 다그칩니다.

"폐하" 하며 아들 멜리아건트가 말합니다. "폐하의 주선으로 랜슬롯 과 제가 싸움을 중단하고 맺은 협정 조건을 기억하고 계신지 모르겠습 니다. 그때 제가 결투를 신청한 날로부터 1년이 지난 뒤에 아서 왕의 궁 정에서 둘이 다시 대결하기로 많은 사람 앞에서 서약했습니다. 재대결에 필요한 조치를 취할 때가 되었기에 아서 왕의 궁정에 갔었습니다. 당연히 제가 해야 할 일을 다 했습니다. 결투 상대인 랜슬롯을 찾아 불러줄 것을 요구했습니다. 그러나 그는 나타나지 않았습니다. 멀리 달아난 겁니다. 저는 가웨인의 보증을 받지 않고는 돌아올 수 없었습니다. 만약 랜슬롯이 죽었거나 정해진 날까지 돌아오지 않으면, 결투를 연기하지 않고 공식 약속을 지키겠다며 가웨인이 랜슬롯 대신에 저와 결투하겠다고 서약했습니다. 잘 알려진 사실입니다만 아서 왕이 그보다 더 높이 치는 기사는 없습니다. 그러나 딱총나무 꽃이 다시 피기 전에* 혹시라도 결투가 벌어진다면 그의 명성이 사실과 부합하는지 제가 입증해드리겠습니다. 당장 결투하고 싶습니다!"

"애야" 하며 아버지가 말합니다. "정말로 바보 같은 짓을 했구나. 너의 우매함을 전혀 몰랐던 그들에게 이젠 네 입으로 스스로 바보라고 가르친 꼴이 아니냐. 착한 마음을 가진 자는 스스로 겸양할 줄 알지만, 오만으로 우쭐대는 바보는 절대 치료가 되지 않는다는 속설이 틀리지 않구나. 애야, 이 말을 꼭 해주고 싶구나. 너의 품성은 온통 냉혹함과 무정함으로 채워졌을 뿐 부드러움과 우정은 조금도 없다고. 네 마음속에는 연민의 감성이 전혀 없어. 무모한 열정에 너무 불타고 있어. 그 때문에 네가 나한테 멸시받고 낮게 평가받는 거야. 만약 네게 용맹함이 있다면 꼭 필요할 때 그걸 증언해줄 사람이 있을 게야. 용맹한 자는 자기가 이룩한 공덕을 과시하기 위해 자신의 용맹을 떠벌릴 필요가 없어. 공덕은 저절로 빛나는 게야. 네가 하는 자화자찬은 너의 가치를 높이는 데 아무런 도움이 되지 않고 나한테 신망만 더 잃게 하고 있어. 애야, 너를 책망해 무슨 소용이 있겠느냐? 바보한테 얘기해봤자 쇠귀에 경 읽기지. 바보

---

* 교회 말고는 정밀한 시간 계측 수단과 달력이 없었던 중세 민간 사회에서는 연월일과 요일보다 자연현상에 기대어 날짜를 표기하는 경우가 더 많았다. 딱총나무 꽃은 5월에 핀다.

한테는 어리석음을 떨쳐버리게 하려고 해도 힘만 들고 아무 효과가 없어. 실천하지 않는 자에게는 사리 분별을 아무리 가르쳐봤자 아무 소용이 없다. 그런 건 가르치자마자 사라져버리지."

그러자 멜리아건트는 극도로 흥분하여 마치 미친 사람 같았습니다. 아니 분명하게 말씀드리면 그러한 격분의 폭발로 전혀 사람처럼 보이지 않았습니다. 이로 인해 부자간 사이가 틀어졌습니다. 아버지에게 예의도 전혀 갖추지 않고 대꾸했습니다.

"잠꼬대하는 겁니까, 헛소리하는 겁니까? 내가 어떻게 해야 할지 고민을 털어놓은 건데 나더러 미쳤다니요? 아버지이자 주군으로 찾아뵙는다고 생각했습니다. 그런데 날 대하는 꼴이 그러긴 다 틀렸습니다. 부당하게도 나를 심하게 모욕했다는 생각이 들기 때문입니다. 왜 다짜고짜 그런 투로 말했는지 이유를 알고 있는지 모르겠습니다."

"아무렴, 알다마다."

"그럼, 이유가 뭡니까?"

"너한테서는 분노와 광기밖에 안 보인다. 네 심보를 잘 알고 있다. 그게 너한테 불행이다. 너만 빼고 다른 사람들한테서는 존경받고 있는 그토록 완벽한 기사 랜슬롯이 네가 무서워 도망갔다고 생각하는 자는 저주를 받으리라. 그러나 그가 죽임을 당해 매장되었거나, 아니면 어디에 단단히 갇혀 있을 수도 있다. 문이 단단히 봉쇄되어 있어 그 누구의 허락 없이는 빠져나올 수 없는 감옥에 말이다. 그가 죽었거나 곤경에 처해 있다면 난 그 때문에 헤아릴 수 없는 고통을 겪을 것이다. 미모와 용맹과 부드러움을 겸비한 그 같은 출중한 기사가 너무 이른 나이에 사라진다면, 얼마나 큰 손실이냐! 그렇지만 그게 사실이 아니기를 하느님께 간절히 빌 뿐이다."

***

이렇게 말하고 배드마구는 잠자코 있었습니다. 그러나 그의 딸은 모든 이야기를 다 들었습니다. 이미 눈치를 채셨겠지만 그녀는 제가 조금 전에 귀띔했던 아가씨입니다. 그녀는 랜슬롯에 관한 얘기를 듣고 가슴이 미어지는 것만 같았습니다. 그가 소문도 흔적도 없이 사라진 걸 보고 어디 은밀한 곳에 갇혀 있을 거라고 확신했습니다.

그녀는 혼잣말을 합니다. '그에 관한 확실한 소식을 알기 전에 조금이라도 휴식을 취한다면 난 저주를 받으리라!'

이런 생각을 하자마자 그녀는 아무 말도 없이 슬그머니 노새한테 달려가 올라탑니다. 털이 반들반들하고 성격이 아주 온순한 노새였습니다. 그러나 막상 궁궐을 나오니 어느 쪽으로 가야 할지 막막합니다. 방향을 알지도 묻지도 않은 채 무작정 먼저 보이는 길로 들어서 노새를 몹니다. 호위 기사도 하인도 없이 방향도 정하지 않고 무턱대고 달립니다. 길을 재촉해서 빨리 목적을 달성하고 싶은 간절한 마음뿐입니다. 얼마나 많은 모험을 하며 열심히 추적했던가! 하지만 목표는 금방 달성되지 않을 겁니다. 혹시라도 랜슬롯을 발견해 감옥에서 빼내려는 생각이 좋을 결실을 얻으려면 잠깐의 휴식은 꿈도 꾸지 말아야 하고 한곳에 오래 머물러서도 안 되었습니다. 그에 관한 정보를 얻으려고 사방 곳곳을 탐문해야 했습니다. 그러나 밤에는 수색을 중단하고 낮에는 종일 수색했던 수많은 일을 다 얘기해봤자 무슨 소용이겠습니까? 한 달이 넘도록 숱한 길을 오르내리며 다 가보았지만 헛수고였습니다. 아무것도 모르긴 출발 전이나 지금이나 똑같았습니다. 모든 게 완전히 수포로 돌아갔습니다!

맥없이 수심에 잠겨 들판을 가로질러 가던 어느 날, 저 멀리 해안가의 움푹 들어간 만 앞에 탑 하나가 있는 것이 눈에 띄었습니다. 오두막인지 저택인지 모르겠지만 10리 정도 떨어져 있었습니다. 멜리아건트가 만들어 랜슬롯을 감금했던 바로 그 탑이었습니다. 아가씨는 처음 보는 것이었습니다. 그러나 그걸 보자마자 그곳에 시선을 고정시키고 딴 데로 눈을 돌릴 수가 없었습니다. 그토록 찾아 나섰던 것을 드디어 찾았다는 확신이 들었습니다. 이제 그녀의 추적은 끝났습니다. 운명의 여신은 그녀를 그토록 오랫동안 헤매게 한 뒤 드디어 목표에 이르도록 했던 겁니다.

아가씨는 탑으로 갑니다. 귀를 기울이며 탑 주위를 돌아봅니다. 자신을 기쁘게 해줄 무슨 소리라도 들으려는 듯 주의력을 온통 집중합니다. 위아래로 훑어보며 높이와 크기를 어림해봅니다. 그러나 문도 창문도 보이지 않는 게 참으로 의아스러웠습니다. 작고 좁은 구멍 하나가 달랑 있을 뿐이었습니다. 수직으로 치솟은 담벼락에는 사다리도 계단도 없었습니다. 아가씨는 이처럼 기이한 탑은 분명히 어떤 의도를 가지고 지은 것이므로 랜슬롯이 그 안에 있을 거라고 추측합니다. 그러나 그게 사실인지 아닌지 눈으로 확인하기 전에는 아무것도 먹지 않을 생각입니다! 그의 이름이 입속에서 간질거립니다. '랜슬롯'이라고 소리쳐 불러보고 싶지만 참으며 잠자코 귀를 기울입니다. 이처럼 기이한 탑 안에서, 죽고 싶을 뿐이라며 탄식하는 소리가 새어 나왔습니다. 고통스런 절망에 빠진 그는 목숨을 버리고 싶어 합니다. 맥 빠진 쉰 목소리로 신세 한탄을 합니다.

"아, 운명이여! 너의 수레바퀴가 나를 너무 가혹하게 굴리는구나! 모든 게 뒤집혀 나를 불행으로 몰아가고 있구나. 내가 예전에는 정상에 있었는데 지금은 밑바닥으로 추락하지 않았느냐. 행복은 가고 고통이 그 뒤를 이었구나. 너의 눈초리가 예전에는 내게 미소를 지었는데 지금은 침울하다. 비참하기 그지없구나! 그토록 빨리 나를 버릴 거라면 왜 하필 여기에다 버렸느냐? 순식간에 나를 위에서 아래로 떨어뜨리지 않았는가. 운명이여, 나를 갖고 놀면서 못된 짓을 했구나. 그게 네겐 무슨 상관이더냐? 내 돌아가는 신세가 네겐 안중에도 없구나. 아아, 거룩한 십자가여! 아아, 성령이여! 나의 파멸과 상실과 소멸이 얼마나 또렷합니까! 그렇게 큰 무공을 쌓고 용맹을 견줄 자가 없던 가웨인! 아아, 당신은 왜 나를 구출하러 오지 않았는지 의아스럽습니다. 정말이지 당신은 너무 지체했습니다. 그건 도리가 아닙니다. 당신이 그토록 끔찍이 아끼던 친구는 마땅히 당신의 도움을 받을 권리가 있습니다. 당신이 포로로 잡혀 있다는 걸 알았다면 나는 당신을 찾을 때까지 7년, 아니 10년이 걸리더라도 한쪽 해안부터 반대쪽 해안까지 외진 곳, 숨겨진 곳 어디든 갔을 겁니다. 그렇고말고요. 하지만 지금 그런 푸념을 해봤자 무슨 소용이 있나요? 당신이 내 걱정을 할 만큼 당신 눈에 난 중요한 사람이 아닌 것 같습니다. 참된 친구는 얻기가 쉽지 않고 역경에 처해봐야 알 수 있다는 속설이 틀리지 않습니다. 아아! 내가 이 탑에 갇힌 지도 1년이 넘었습니다. 가웨인, 나를 이렇게 내버려두다니 당신답지 않구려. 그러나 당신이 내 불행을 모른 척한다고 해서 내가 당신을 비난하는 건 옳지 않을 겁니다. 그렇고말고요. 내 불행에 무관심하다고 생각했으니 난 당신에게 큰 무례를 저질렀습니다. 내가 갇혀 있다는 사실을 알았다면 당신은 하늘이 무너져도 동료들과 함께 나를 고통과 역경에서 구하러 왔으리라는 걸 잘 알고 있기 때문입니다. 더군다나 동료로서 쌓은 우리의 우정은 그렇게 할 의무가 있을 것입니다. 이건 당신에 대한 나의 진심입니다. 그러나 부질없는 짓. 당신이 도우러 온다는 건 일어날 수 없는 일입니다. 아아! 나를 이처럼 치욕스럽게 감금해놓은 자는 하느님과 실베스트르 성인님의 저주를 받고 파멸하길! 멜리아건트는 살아 있는 사람들 중에서 가장 사악한 자입니다.

그자는 질투심에 눈이 멀어 나에게 극악한 짓을 했습니다."

고통 속에 생명을 소진하고 있던 남자가 하소연을 멈춘 뒤 잠자코 있었습니다. 그러나 밑에서 기다리고 있던 그녀는 모든 걸 다 들었습니다. 좋은 기회가 왔다고 판단하고 지체 없이 그의 이름을 부릅니다.

"랜슬롯! 탑 안에 있거든 대답하세요. 난 당신 편이에요!"

그러나 탑 안에 있는 그는 이 소리를 듣지 못했습니다. 그러자 그녀는 목소리를 점점 더 높입니다. 드디어 극도로 쇠진해 있던 그가 자기 이름을 부르는 소리를 어렴풋이 듣고는 깜짝 놀랍니다. 도대체 누가 내 이름을 불렀을까. 그러나 누가 부르는 소리인지 알지 못합니다. 환청의 놀음으로 치부합니다. 누가 있는지 주변을 두리번거립니다. 그러나 사방 벽에 자기 혼자뿐이었습니다.

'하느님' 하고 그가 말합니다. '제 귀를 때리는 저 소리는 도대체 뭡니까? 누가 말하는 것 같은데 사람은 보이지 않습니다! 정말로 신기한 일입니다. 잠을 잔 것도 아니고 두 눈을 다 뜨고 있었는데. 잠 속에서 꿈을 꾸었다면 순전히 허깨비로밖에 여기지 않았을 겁니다. 그런데 저는 깨어 있었습니다. 그러니 참 이상한 일입니다.'

그러고 나서 그는 힘겹게 일어섭니다. 맥 빠진 느린 걸음으로 한발 한발 작은 창문으로 다가갑니다. 창문에 기대어 상하 좌우 전방을 살핍니다. 창밖을 두리번거리다가 자기 이름을 부른 여성을 발견합니다. 누군지 알 수는 없지만 한 여성이 그곳에 있는 것만은 확실했습니다. 그녀는 그를 금방 알아보고는 말합니다.

"랜슬롯, 당신을 찾으러 멀리서 왔어요. 드디어 목적을 이루었어요. 당신을 찾은 걸 하느님께 감사해요. 저는 당신이 칼 다리를 향해 갈 때 호의를 요청했던 사람이에요. 당신은 내가 바라는 걸 흔쾌히 들어주었지요. 당신한테 패배한 기사의 머리를 베어달라는 나의 요청을 말이에요. 난 그자를 무척 혐오했거든요. 그러한 호의의 대가로 나는 당신을 찾는 수고를 아끼지 않았습니다. 그리고 이 감옥에서 빼내주겠습니다."

"아가씨, 감사합니다." 포로가 대답합니다. "당신 덕분에 여기를 빠져나가게 된다면 정말로 감사하겠습니다. 여기서 빼내준다면 언제까지나 당신 사람이 될 것을 사도 바울로 성인의 이름으로 굳게 맹세합니다! 그렇습니다. 하느님께 맹세코 매일 당신의 분부대로 다 받들겠습니다. 저한테 원하는 게 있으면 뭐든지 다 말씀하세요. 즉시 제 능력껏 다 해드리겠습니다."

"이봐요. 아무 걱정 마세요. 오늘 중으로는 감옥을 나와 자유로운 몸이 될 겁니다. 어떤 대가를 치르더라도 내일이 오기 전에 꼭 풀어드리겠습니다. 편안히 충분한 휴식을 취할 수 있도록 보살펴드리기도 할 거고요. 더 필요한 것이 있으시면 다 해드리겠습니다. 이젠 조금도 걱정 마세요. 우선 이곳을 빠져나갈 수 있도록 이 구멍을 넓힐 수 있는 연장을 이 근처 어디서 구할 수 있는지 알아봐야겠어요."

"하느님, 연장을 구할 수 있도록 도와주소서!" 랜슬롯이 그녀의 뜻에 동의하며 대답합니다. "여기에 밧줄이 좀 있습니다. 음식이라고 주는 구역질이 나는 말라빠진 보리빵과 뿌연 물을 끌어올리는 데 쓰라고 경비병이 준 겁니다."

그러고 나서 배드마구의 딸은 단단하고 묵직하고 날카로운 곡괭이하나를 구해다 랜슬롯에게 건네줍니다. 그는 있는 힘을 다해 벽을 때리고 부숴 구멍을 넓힙니다. 드디어 넓어진 창문으로 쉽게 빠져나옵니다. 그토록 오랫동안 자신을 가둬두었던 감옥을 벗어났으니 그의 마음이 얼마나 가볍고 기뻤는지 아셔야 합니다. 자유의 공기를 마시니 하늘을 나는 것 같습니다! 세상 모든 금을 다 준다고 해도 다시는 감옥으로 돌아가고 싶지 않습니다.

이렇게 해서 랜슬롯은 자유의 몸이 되었습니다. 그렇지만 너무 쇠약해진 데다 기진맥진했기 때문에 비틀거리며 실신 직전까지 갑니다. 아가씨는 그가 쓰러져 다치지 않도록 조심스럽게 부축하며 노새 앞자리에 그를 앉힙니다. 그러고는 전속력으로 달립니다. 그러나 누가 볼까 봐 걱정이 되어 일부러 통행이 잦은 길을 피해 한적한 에움길을 택합니다. 남의 눈에 띄어 누가 알아보면 일찌감치 문제가 되어 일을 그르칠지도 모르기 때문입니다. 위험한 발길을 벗어나 드디어 한 저택에 도착합니다. 주변이 아름답고 매력적이어서 아가씨가 평소 자주 머물며 쉬던 곳입니다. 하인들과 지역 주민들 모두 아가씨의 뜻을 잘 받들었습니다. 모든 게 풍부했습니다. 사생활을 보호받을 수 있는 안전한 은신처였습니다. 랜슬롯이 그곳에 도착했습니다. 도착하자마자 아가씨는 그의 옷을 벗기고 화려하고 높은 침대에 조심스럽게 눕혔습니다. 그러고는 목욕을 시키고 세심하게 돌봐주었습니다. 그녀의 정성은 제 입으로 다 형언할 수 없을 정도였습니다. 아버지 대하듯 부드러운 손길로 주물러주고 마사지해주면서 생기를 회복시켜 원래 상태로 만듭니다. 용모가 천사같이 말끔합니다. [그보다 더 민첩하고 신속하게 회복되는 사람은 없을 겁니다.]* 배고픔과 피부병에 시달리던 가여운 기색은 더 이상 보이지 않았습니다. 이렇게 해서 그는 활기차고 잘생긴 예전 모습으로 돌아왔습니다.

그가 침대에서 일어나자 아가씨는 성에서 가장 아름다운 옷을 가져

---

* 대괄호 안에 있는 구절(Or est plus tornanz et plus vistes/ C'onques riens plus ne veïstes그보다 더 민첩하고 신속하게 회복되는 사람은 없을 겁니다)은 C 사본에 없는 것을 T 사본에서 보완한 것이다.

오게 하여 입혀줍니다. 옷을 입으니 하늘을 나는 새처럼 경쾌한 기분이 듭니다. 아가씨의 목을 두 손으로 껴안고 다정하게 말합니다.

"이봐요. 내 건강을 회복시켜준 하느님과 당신께 감사할 따름입니다. 당신은 나를 감옥에서 빼내주었습니다. 그러니 나의 육체와 영혼, 도움, 재산 등 뭐든 맘대로 이용하십시오. 저를 그토록 많이 도와주셨으니 나는 당신 것입니다. 그렇지만 제게 언제나 큰 성은을 베푸셨던 주군 아서 왕의 궁정을 떠난 지 꽤 되었습니다. 그곳에 제가 할 일이 많습니다. 부드럽고 상냥한 아가씨, 제가 떠날 수 있도록 허락해주시길 사랑으로 간청합니다. 기꺼이 허락하신다면 그곳으로 돌아가겠습니다."

"착하고 사랑스런 랜슬롯, 그렇게 하세요." 아가씨가 말합니다. "제가 바라는 건 오직 당신의 명예와 안녕뿐이에요. 여기나 저기나 어디 계시든 상관없어요."

아가씨는 세상에서 둘도 없는 멋진 말을 갖고 있었습니다. 랜슬롯에게 그 말을 줍니다. 그는 등자에 발을 걸지도 않은 채 잽싸게 말에 뛰어오릅니다. 그때 그들은 절대 거짓말을 하지 않는 하느님께 서로를 흔쾌히 맡겼습니다.

***

랜슬롯은 길을 떠났습니다. 이처럼 자신을 가두었던 함정에서 벗어났으니 그의 기쁨이 어떠할지 제가 무슨 말로 다 표현할 수 있겠습니까. 그는 자신을 감옥에 처넣은 악독한 배반자가 스스로 제 무덤을 파고 자기 꾀에 넘어갔으니 조롱받아 마땅하다고 생각합니다. '그래 맞아. 그가 뭐래도 나는 감옥을 빠져나왔어!'라고 되뇌었습니다. 우주를 창조한 분께 맹세했습니다. 만일 결투에서 이겨 멜리아건트를 사로잡게 된다면 바빌론과 헨트 사이에 있는 보물을 다 준다고 해도 그를 살려주지 않겠다고.* 배반자는 그에게 너무나 큰 고통과 치욕을 안겨주었습니다.

그러나 그가 직접 복수할 수 있는 좋은 기회가 곧바로 왔습니다. 그로부터 이미 추격당하고 있던 멜리아건트가 공교롭게도 그날 아서 왕의 궁정에 와 있었던 겁니다. 멜리아건트는 궁정에 도착하자마자 가웨인 경을 만나게 해달라고 요구했습니다. 음흉한 배반자는 가웨인 경을 보더니 랜슬롯을 찾아냈느냐고 물었습니다. 그에 관해 아무것도 모르는 것처럼 시치미를 떼면서 말입니다. 사실 그는 자기가 한 짓만 확신했을 뿐, 그 뒤 일어난 일에 대해서는 전혀 모르고 있었습니다. 가웨인은 랜슬롯을 아직도 찾아내지 못해 기다리고 있다고 솔직하게 대답해줍니다.

"그를 찾을 수 없다 하니" 하며 멜리아건트가 말합니다. "여기에 와 있는 당신이 약속을 이행하시오. 더 이상은 미룰 수 없소이다."

"내가 믿는 하느님의 뜻이라면 내 약속을 조금도 어기지 않을 것이오." 가웨인이 대꾸합니다. "당신과의 결투 약속을 지키겠소. 그러나 주사위 노름에서처럼 점수를 더 많이 따내는 행운이 내게 온다면 난 판돈을 전부 가져갈 권리를 갖기 전에는 도박을 결코 중단하지 않을 것임을 하느님과 푸아 성인**께 맹세하오."

---

* 바빌론Babylon은 이라크에 있는 옛 도시국가의 이름으로 함무라비 시대에 메소포타미아 문명의 전성기를 이루었다. 헨트Gent(Ghent 또는 Gand)는 오늘날 벨기에에 있는 도시로 당시에는 플랑드르 지방에서 가장 번성한 도시 중 하나였다. 여기서 "바빌론과 헨트 사이에 있는 보물"이란 표현은 '세상의 모든 보물'을 뜻한다.
** 푸아Foi는 기독교가 공인되기 전인 303년 남프랑스 아쟁에서 13세의 어린 나이에 붉게 달군 청동 침대에서 고문을 받고 참수된 순교자 여성으로 프랑스에서 인기 있는 성인이었다.

그러고 나서 가웨인은 즉각 앞에 카펫을 깔라고 명령합니다. 시동들은 아무런 군말 없이 그의 명령을 수행합니다. 그가 지시한 곳에 카펫을 가져다 펼쳐놓습니다. 가웨인은 즉시 그 위에 자리합니다. 망토를 걸치지 않은 수련 기사들에게 자신을 무장해달라고 명령합니다. 그의 사촌인지 조카인지 촌수는 정확히 알 수 없지만, 이들 셋은 모두 기사 수련을 잘 받은 용맹스런 청년들이었습니다. 세세한 데까지 어디 하나 흠잡을 수 없을 만큼 세상에서 가장 능숙한 솜씨로 그에게 갑옷을 입혀줍니다. 무장을 마치자 시동이 에스파냐산 군마를 끌고 옵니다. 들이건 숲이건 산이건 계곡이건 어디서나 용맹스런 부세팔로스*보다 더 빠른 말입니다. 저명한 기사 가웨인이 그 말에 올라탔습니다. 그는 하느님의 가호를 받은 기사들 중 가장 예의 바른 기사였습니다.

방패를 잡으려는 순간 가웨인은 랜슬롯이 말에서 내리는 걸 보았습니다. 전혀 뜻밖이었습니다. 갑작스레 나타난 그를 보고 어안이 벙벙해집니다. 행방불명되었던 자가 하늘에서 떨어지듯 홀연히 나타났으니 어찌 놀랍지 않겠습니까. 그러나 거기에 나타난 이가 랜슬롯이라는 사실을 확인하고는 말에서 펄쩍 뛰어내립니다. 아무리 다른 위급한 일이 있더라도 그럴 수밖에 없습니다. 팔을 벌린 채 그에게 달려가 인사하고 껴안았습니다. 친구를 다시 찾았으니 얼마나 기쁘고 행복하겠습니까! 제가 순수한 진실 하나를 말씀드릴 테니 의심하지 마십시오. 가웨인은 랜슬롯을 다시 만나는 영예를 잃는다면 왕관을 준다고 해도 그 자리에서 거절했을 겁니다.

왕과 그 측근들은 오랫동안 애타게 기다리던 랜슬롯이 말짱하게 돌

---

* Bucephalos: 알렉산드로스 대왕의 애마였다.

아와 있다는 걸 벌써 알고 있었습니다. 어떤 이에게는 불쾌하겠지만, 그들은 모두 환희를 표시했습니다. 그를 맞으러 궁궐 사람들이 다 모였습니다. 얼마나 오랫동안 기다리던 사람이었습니까. 젊건 늙건 기쁘지 않은 사람이 없습니다. 기쁨이 그동안 궁정을 짓눌렀던 고통을 씻어줍니다. 슬픔은 사라지고 환희가 모두의 가슴을 다시 휩씁니다.

그때 왕비는 이러한 기쁨의 도가니에서 비켜서 있었나요? 천만의 말씀. 가장 가까이 있었습니다. 그게 놀랍습니까? 아이고, 그러지 않고 어디 있을 수 있었겠습니까? 그러한 행복한 귀환만큼 기쁠 것이 없었던 왕비가 랜슬롯에게서 떨어져 있었겠습니까? 전혀 그렇지 않습니다. 왕비는 심장의 명령에 따라 바로 랜슬롯 곁에 가까이 있었습니다. 그럼 그녀의 마음은 어디에 있었나요? 마음은 입맞춤과 포옹으로 랜슬롯을 환대해주고 있었습니다. 그러면 육체는 왜 자신을 숨기고 있었나요? 육체는 전혀 기쁘지 않았나요? 거기에 고통과 증오심이 뒤섞여 있었나요? 아닙니다. 절대로 그렇지 않습니다. 왕과 측근 등 많은 사람이 빤히 보는 앞에서 육체가 제 생각을 버젓이 실행하도록 놔뒀다면 사람들이 모든 걸 금방 눈치챘을 겁니다. 그러한 광적인 생각과 열정을 실행하지 못하도록 이성이 막지 않았다면 왕비는 정말 바보스럽게도 깊은 속내를 드러내고 말았을 겁니다. 이렇듯 이성이 그녀의 무분별한 마음과 생각을 통제하고 있었습니다. 분별력을 조금 회복한 왕비는 그 일을 유예합니다. 지금보다 더 좋은 항구에 이를 수 있는 안성맞춤의 밀회 장소를 찾을 때까지 기회를 엿보기로 합니다.

아서 왕은 랜슬롯을 높이 치하합니다. 기쁨을 감추지 않으며 이렇게 말합니다.

"이보시게, 과인은 오랫동안 아무한테도 경의 소식을 듣지 못해 가슴이 무척 아팠소. 그대가 어느 나라 어디에서 그토록 오랫동안 아무도 모르게 머무를 수 있었는지 놀랍소. 겨울이고 여름이고 방방곡곡 다 찾아보게 했지만 허사였으니 말이오."

"폐하" 하고 랜슬롯이 말합니다. "그럼 소신에게 일어난 일을 간단히 말씀드리겠습니다. 악독한 배신자 멜리아건트가 동포 포로들이 그의 나라에서 풀려나던 날부터 소신을 감금하고 있었습니다. 그자는 소신이 해안가 어떤 탑에서 비참한 생활을 하게 했습니다. 그곳에 소신을 가둬 둔 겁니다. 소신한테 작은 신세를 진 적이 있는 한 아가씨의 도움이 없었더라면 소신은 아직도 고통당하고 있었을 것입니다. 그녀는 소신의 작은 선물을 아낌없는 배려와 보살핌으로 크게 되갚았습니다. 이제 소신에게 고통과 치욕을 안겨준 가증스런 인간 멜리아건트에게 이 자리에서 즉각 빚을 갚고 싶습니다. 그자는 빚을 받으려고 이곳에 와 있습니다. 당연히 빚을 갚아야 합니다! 더 이상 지체해서는 아니 되옵니다. 소신은 원금과 이자를 다 합해 갚을 각오가 되어 있습니다. 하느님께서 그자에게 행운을 주지 않으시기를 간구하옵니다!"

"친구" 하며 가웨인이 랜슬롯에게 말합니다. "내가 채권자에게 대신 빚을 갚아주겠소. 비록 보잘것없는 호의지만, 보다시피 내가 이미 말을 타고 결투할 준비가 되어 있으니 말이오. 친구, 작은 호의를 거절하지 마시오. 꼭 그렇게 하고 싶소."

랜슬롯은 자기를 설득하느니 차라리 자기 눈 하나, 아니 두 개를 빼가라고 대답합니다. 그런 일은 절대 없을 것이라고 맹세합니다. 멜리아건트에게 진 빚을 직접 갚을 생각입니다. 직접 약속했기 때문입니다.

가웨인은 무슨 말로 설득해도 전혀 효과가 없다는 걸 충분히 납득합니다. 등에서 벗은 갑옷과 모든 무기를 랜슬롯에게 줍니다. 랜슬롯은 즉각 그걸로 무장을 합니다. 그가 보기에 빚을 청산할 기회가 다시는 오지 않을 것만 같았습니다. 멜리아건트에게 빚을 갚기 전에는 어떤 행복도 없을 것입니다. 멜리아건트는 눈앞에 펼쳐지는 믿을 수 없는 광경을 목격하고는 깜짝 놀랍니다. 이성을 잃고 미칠 지경입니다.

'그래' 하며 그가 혼잣말을 합니다. '여기 오기 전에 그자가 탑에 단단히 갇혀 있는지 확인하지 않았으니 난 얼마나 바보 같은 놈인가. 그자가 이젠 나를 조롱하고 있지 않은가. 그렇지만 구태여 그걸 확인할 필요가 있었을까? 그자가 거길 빠져나오리라고 어찌 상상이나 할 수 있었겠는가? 벽은 튼튼하게 쌓고 탑은 아주 높고 견고하지 않았던가? 외부의 도움 없이는 빠져나올 구멍도 틈새도 없었는데. 혹시 비밀이 새어나간 걸까. 벽돌이 급속히 파손되어 벽이 한꺼번에 무너졌나. 그랬다면 돌에 깔려 온몸이 바스러지고 갈기갈기 찢어져 죽지 않았을까? 하느님이 보우하사 그랬으면 얼마나 좋았을까! 벽이 무너졌다면 틀림없이 죽었어. 그게 아니라면 바다가 바짝 말라버렸었나. 그건 모든 걸 파괴하는 세계 종말 때에나 가능한 일인데. 아니야, 다른 일이 있었어. 외부의 도움 없이는 절대 빠져나올 수 없거든. 배신자가 있었던 게 틀림없어. 어쨌거나 그자는 거길 빠져나왔어. 제때 만반의 대비를 했더라면 그자가 궁정에 다시 나타나는 일은 절대 없었을 텐데. 하지만 후회하기에는 너무 늦었어. 거짓말을 할 줄 모르는 농민들의 오랜 속담처럼 소 잃고 외양간 고치기 아닌가. 이제 가혹한 시련을 견뎌내지 않는다면 치욕과 조롱만 받을 게 분명해. 그렇지만 고통이 얼마나 클까? 내가 믿는 하느님이 원하신다면 버틸 수 있는 데까지 최선을 다해 붙어보는 거야.'

그는 이렇게 다짐하며 곧장 앞에 있는 결투장으로 갑니다. 제때에 간 것으로 보입니다. 복수에 불타는 랜슬롯이 결투할 태세로 기다리고 있었기 때문입니다. 그러나 공격을 개시하기에 앞서 왕은 이 두 사람에게 왕궁 앞 넓은 들판으로 가라고 명령합니다. 여기서 아일랜드까지 이보다 더 아름다운 들판은 없습니다. 그들은 즉각 그곳으로 갑니다. 왕은 측근들과 함께 이들 뒤를 따릅니다. 궁정 사람들의 무리가 꼬리를 이었습니다. 왕궁에 남아 있는 기사들, 아름다운 귀부인과 아가씨 들이 왕비를 따라 창가로 몰려가 늘어섰습니다. 랜슬롯이 이기길 바라면서.

들판 결투장에는 무화과나무 한 그루가 있었습니다. 그 아름다움은 비할 데가 없었습니다. 가지는 무성하게 넓게 퍼져 있었고, 가장자리는 사시사철 새싹처럼 싱그럽고 아름다운 허브 밭으로 온통 둘러싸여 있었습니다. 아벨 시대에 심은 저 아름다운 무화과나무 밑에서 맑은 샘물이 솟았습니다. 예쁘고 투명한 은빛 조약돌 바닥으로 맑은 물이 콸콸 흘렀습니다. 순금으로 만든 것으로 보이는 도관을 통해 들판을 가로질러 숲 사이 계곡으로 흘러갔습니다. 왕은 샘터가 너무나 마음에 들었기 때문에 그곳에 자리를 잡습니다. 그러고는 측근들을 뒤에 세워둡니다.

랜슬롯은 이글거리는 앙심을 품고 멜리아건트에게 달려듭니다. 하지만 공격을 개시하기 전에 큰 소리로 위협합니다.

"공격해봐라. 내가 상대해주마! 절대로 살려주지 않겠다."

랜슬롯은 곧바로 말에 박차를 가합니다. 그러고는 질주할 공간을 확보하기 위해 활의 사정거리만큼 뒤로 물러섭니다. 두 결투 기사가 상대를 향해 전속력으로 말을 몹니다. 서로 창으로 세차게 공격하여 단단한 방패를 꿰뚫습니다. 그러나 첫 공격에 상대에게 상처를 입히진 못했습니다. 눈 깜짝할 사이 진영이 바뀌었습니다. 방패에 세찬 공격을 하기 위해 재빠르게 말을 몹니다. 그들은 용맹스런 기사로서 계속 온힘을 다해 공격했습니다. 말도 힘과 속도를 겨루었습니다. 거듭된 공격에도 끄떡없는

창으로 맹공을 퍼부어 결국 방패를 뚫고 상대의 어깻죽지 맨살에 상처를 입힙니다. 세차게 밀어붙여 서로를 땅에 떨어뜨립니다. 가슴 띠와 뱃대끈이 끊어지고 등자가 파손되고 안장이 맨땅으로 떨어집니다. 겁에 질린 말들이 허둥대며 갈팡질팡합니다. 뒷발질하고 물어뜯으면서 서로를 죽이려고 합니다.

땅에 내동댕이쳐진 기사들은 벌떡 일어섭니다. 글자가 새겨져 있는 칼을 뽑습니다. 얼굴 높이로 방패를 치켜든 채 날카로운 강철 검으로 상대에게 치명타를 입힐 최선의 공격법을 궁리합니다. 그러나 랜슬롯은 조금도 두렵지 않습니다. 어려서부터 익힌 검술이 상대보다 두 배 더 뛰어났기 때문입니다. 두 기사는 상대에게 타격을 가해, 목에 맨 방패와 황금 테를 두른 투구를 쪼개고 찌그러뜨립니다. 랜슬롯은 최대한 가까이 접근하여 상대를 압박합니다. 철판 갑옷으로 감쌌지만 방패의 엄호를 받지 못한 멜리아건트의 오른팔을 단칼에 잘라냅니다. 자신이 열세임을 느낀 멜리아건트는 잃어버린 오른팔을 비싸게 갚아주겠다고 혼잣말을 합니다. 행여 기회가 온다면 수단과 방법을 가리지 않을 것입니다. 분노와 고통으로 미칠 지경이었습니다. 술수에 기대지 않는다면 최악의 사태가 오리라고 생각합니다. 기습 공격할 틈을 노리면서 상대를 덮칩니다. 그러나 랜슬롯은 눈치를 채고 경계하고 있었습니다. 예리한 칼로 멜리아건트에게 중상을 입힙니다. 상처가 회복되려면 4, 5월은 지나야 할 정도였습니다. 코를 공격하여 이빨 세 개를 부러뜨립니다.

멜리아건트는 치밀어 오르는 분노로 말을 잃을 정도였습니다. 자비를 요청하지 않았습니다. 어리석은 심보가 그를 광기의 덫에 빠지게 했기 때문입니다. 랜슬롯은 그에게 다가가 투구를 벗기고 목을 베었습니다. 멜리아건트는 더 이상 버틸 수가 없었습니다. 그만 쓰러져 죽었습니다. 그는 이렇게 종말을 맞았습니다. 그러나 분명히 말씀드리건대 이런 광경을 보고 그를 눈곱만큼이라도 측은히 여기는 관중은 아무도 없었습니다. 왕을 비롯한 모든 관중은 더없이 기뻐했습니다. 사람들은 기뻐 열광하며 랜슬롯의 무장을 풀어주었습니다. 그러고는 환희의 행렬이 그를 데려갔습니다.

***

나리들, 제가 이야기를 더 하면 주제에서 벗어나게 됩니다. 그래서 제 소임을 마칠까 합니다. 모험담은 여기서 끝납니다. 서생인 고드프루아 드 레니가 『죄수 마차를 탄 기사』 이야기의 마지막 부분을 썼습니다. 하지만 그가 크레티앵이 의도했던 길을 벗어났다고 비난할 생각은 하지 마십시오. 그는 이 작업을 주도한 크레티앵이 동의하는 범위 안에서만 일했을 뿐입니다. 그는 랜슬롯이 탑에 감금되는 부분부터 이야기가 끝나는 데까지만 썼습니다. 이게 그가 한 몫입니다. 그는 이야기를 망칠까 봐 더하지도 빼지도 않았습니다.

이제 죄수 마차를 탄 랜슬롯의 모험 이야기를 마칩니다.

왕비와 기사의 애절한 궁정식 사랑*

지은이 크레티앵 드 트루아는 16세기 영국 문학의 셰익스피어에 견줄 만큼 12세기 프랑스 문학을 대표하는 작가였다. 그는 고대의 사랑 이야기를 발굴하고 라틴어가 아닌 속어(프랑스어)로 소설을 썼다는 점에서 유럽 문학의 역사에 새 시대를 연 작가로 평가받는다. 하지만 명성에 비해 그의 생애에 관해 알려져 있는 것은 많지 않다.

그는 1135년경 파리 동부에 있는 샹파뉴 정기시의 중심지이자 샹파뉴 백령의 주도인 트루아의 소귀족 집안에서 태어난 것으로 보인다. 성직자가 되기 위한 고전 교육을 받고 나서 문학 활동을 시작했던 그는 북프랑스 궁정 문학의 본산인 샹파뉴 백작 궁정에 드나드는 수많은 문인 가운데 한 사람이었으며, 백작 부인 마리 드 샹파뉴는 그의 후원자였다. 1160~72년에는 샹파뉴 백작 궁정에서 문장관(紋章官)으로 근무했으며, 말년에는 플랑드르 백작 궁정에 드나들며 백작 필리프 달자스를 위해 헌

---

* 이 글은 유희수, 「궁정식 사랑의 은유와 현실 세계」, 『사제와 광대: 중세 교회문화와 민중문화』(문학과지성사, 2009), 108~31쪽을 옮긴이 해설에 맞게 수정 · 보완한 것이다.

신했다.

초기에 해당하는 1150년대부터 그는 고대의 작품과 아서 왕 전설에 관심을 갖고 있었던 것으로 보인다. 그는 고대 로마의 작가 오비디우스의 『사랑의 기술』을 부분적으로 번안한 두 작품과 『변신』을 부분적으로 번안한 두 작품을 프랑스어로 썼다. 이 가운데 『변신』의 제6부를 번안한 『필로멜레』 외에 나머지 세 번안작은 현존하지 않는다. 또한 아서 왕과 5~6세기 브리튼의 영웅담에 초점을 맞추어 『마크 왕과 이졸데』라는 작품을 프랑스어로 썼지만, 이 역시 남아 있지 않다. 이 초기 작품은 그의 후기 작품에 영향을 끼쳤다.

크레티앵을 12세기 대표적 작가로 만든 것은 프랑스어로 쓰인 그의 로망 다섯 편이다. 1170년경에 쓴 『에레크와 에니드』, 1176년경에 쓴 『클리제스』, 1176~81년에 쓴 것으로 보이는 『사자와 함께한 기사』와 『죄수 마차를 탄 기사』, 1181년부터 쓴 유고작 『그라알 이야기』가 있다. 그는 『그라알 이야기』를 완성하지 못하고 1190년 이후 죽은 것으로 추정된다. 이 로망들은 모두 아서 왕에 관한 브리튼과 켈트의 전설에서 영감을 얻어, 당시 그가 발 딛고 활동했던 귀족 사회의 정치·문화적 이상을 반영하고 있다. 그는 기사적 모험과 궁정식 사랑, 종교적 포부가 혼합된 귀족적 이상을 이야기로 연출해낸 것이다.

이 작품들은 프랑스에서 인기를 끌었을 뿐만 아니라 당시 유럽 문학에 많은 영향을 끼쳤다. 다른 언어로 번안된 작품의 필사본이 많이 남아 있는 것이 그 증거이다. 『에레크와 에니드』『사자와 함께한 기사』『그라알 이야기』는 독일어와 웨일스어로 번안되었다. 『그라알 이야기』는 성배를 최초로 언급했고, 『죄수 마차를 탄 기사』는 귀네비어와 랜슬롯의 연애를 최초로 다룬 작품이다.

***

이제 『죄수 마차를 탄 기사』로 좁혀 이야기해보자. 이 로망의 모티프는 어디서 온 것일까? 크레티앵은 이 작품의 프롤로그에서 "크레티앵이 『죄수 마차를 탄 기사』에 관한 이야기를 쓰기 시작합니다. 그는 백작부인에게서 그에 대한 핵심적인 아이디어와 함께 소재를 제공받아 자기 나름으로 공들여 다듬고 칠할 뿐입니다"(7~8쪽)라고 하며 이 작품의 소재와 아이디어를 샹파뉴 백작 부인 마리로부터 받았음을 밝히고 있다.

그렇다면 마리는 이러한 소재를 어디서 얻어온 것일까? 프랑스 카페 왕조의 국왕 루이 7세와 왕비 알리에노르 다키텐 사이에서 장녀로 태어나 1164년 열아홉 살에 서른일곱 살의 샹파뉴 백작 앙리와 결혼하기 전까지 그녀의 생애에 대해서는 잘 알 수 없다. 가정교사한테 교육을 받았지만 그녀의 라틴어 실력은 초라했던 것으로 보인다. 그녀를 위해 성경을 프랑스어로 번역한 것은 그녀가 프랑스어는 읽을 줄 알았지만 라틴어는 읽을 줄 몰랐음을 시사한다. 그러므로 그녀가 제공한 이 작품의 모티프는 라틴어 저술을 통해서가 아니라 구전을 통해 얻었을 가능성이 크다고 보아야 한다. 또한 이 작품을 전적으로 마리의 공으로 돌려서도 안 된다. 소재와 아이디어를 마리가 제공했다고 하더라도 이 작품을 실제로 저술한 이는 크레티앵이었기 때문이다.

이와 관련된 문제에 대해 확실하게 알 수 있는 방법이 없으므로 이 작품의 저술에 직간접적으로 영향을 끼쳤을 것으로 추정되는 아서 왕의 전설·신화·문학에 대해 살펴보아야 한다. 역사에 기록된 아서는 6세기 게르만의 일파인 색슨인들의 침략에 완강히 저항한 브리튼인들(잉글랜드 원주민)의 영웅이었다. 그러나 아서의 명성은 실제의 삶에서가 아니라 전설·신화·문학에서 보이는 그의 역할에서 대부분 비롯되었다. 정복당한 브리튼인들은 색슨인들 치하에서 아서의 기억을 간직할 만한 충분한 이유가 있었다. 특히 1066년 잉글랜드가 노르만에 정복되어 지배받고부터 그동안 기억으로만 보존되어오던 아서의 투쟁담은 더욱 고양되었다. 그리하여 12세기에는 아서에 관한 작품들이 쏟아져 나왔다. 납치된 귀네비어를 아서가 구출하는 이야기를 담은 카라독 란카르판의 『성 길다스 전』(1130), 조카 모드레드와 중혼한 왕비 귀네비어는 수녀가 되고 조카는 살해되는 비극적 이야기를 담은 제프리 몬머스의 『브리튼 왕 열전』(1138) 등이 대표적이다. 이러한 아서 왕의 이야기들은 크레티앵도 알고 있었고, 음유시인들의 연가 음송을 지원했던 샹파뉴 백작 부인 마리의 궁정에서도 인기가 있었다.

또 하나 중요하게 고려해야 할 것은 마리의 외가의 영향이다. 외증조부인 아키텐 공작 기욤 9세는 남프랑스의 음유시인이었으며 푸아티에와 아키텐에 있는 그의 궁정은 음유시인들이 드나드는 오크어(남프랑스어) 문학의 본산이었다. 마리의 모친 알리에노르는 아들을 낳지 못한다는 이유로 프랑스 국왕 루이 7세로부터 소박을 맞고 파리를 떠나 1150년대 초부터 1173년까지 약 20년 동안 푸아티에와 아키텐에 있는 친정의 궁정에 머물렀다. 1165~73년에 궁정식 사랑amour courtois을 노래한 베르나르 드 방타두르와 오비디우스의 작품을 번안한 베누아 드 생트모르 같은 문인들이 이 궁정에 드나들었다. 또한 1170~74년은 사랑의 성격에 대한 논쟁이 일어난 시기다. 한편으로는 오크어 음유시인 랭보 도랑주와 베르나르 드 방타두르, 다른 한편으로는 오비디우스를 번안하고 『마크 왕과 이졸데』를 쓴 크레티앵 사이에 논쟁이 일어났다. 전자는 연인과의 육체적 환희를, 후자는 내적 환희를 강조했다. 1170년경 마리는 모친 알리에노르와 함께 외가의 궁정에 머물렀다. 그러므로 마리는 이 시기 외가의 궁정에 드나드는 문인들한테 영향을 받았을 것으로 추정할 수 있다.

1173년부터는 알리에노르 다키텐이 잉글랜드에 거주하게 되면서 문학 활동의 본산이 푸아티에 궁정에서 마리의 시집인 샹파뉴 궁정으로 이동했다. 이 시기부터 크레티앵은 자신의 로망에서 고대의 주제 대신에 아서 왕 관련 브리튼 주제를 본격적으로 다루기 시작했다. 그러면 마리가 크레티앵에게 제공한 이야기의 실체는 무엇이었을까? 정확히 알 수 없지만, 마리가 제공한 소재는 이 로망 『죄수 마차를 탄 기사』의 프롤로그에서 암시하듯이 '모험담'이다. 크레티앵은 저승의 켈트적 개념과 아주 흡사한 신비적 주제를 원용했을 것이다. 아일랜드와 프랑스에서 입증되는 이 주제의 변양은 다음과 같은 구도로 되어 있다. 정체를 알 수 없는 신비스런 인물이 요정에게서 태어난 여주인공인 왕비를 술수나 무력으로 납치하여 접근이 불가능한 초자연적인 자기 왕국으로 데려간다. 남편은 포로가 된 부인을 어렵사리 추적하여 초인적 무공으로 되찾는다. 이것이 '모험담'의 먼 배경이다.

이러한 멀고 모호한 전설에 명확한 지리가 결합된다. 지리적 배경은 잉글랜드 남서부에 있는 서머셋Somerset이다. 왕비 귀네비어가 인질로 끌려간 고르 왕국은 켈트적 주제의 저승과 흡사하다. 섬나라이거나 깊은 강으로 둘러싸인 이곳은 무서운 기사나 마법이 지키는 칼 다리(지옥에 있는 다리)나 잠수교를 통하지 않고는 접근이 거의 불가능한 왕국이다. 그리고 지옥처럼 들어가기는 쉽지만 나오기는 어렵다. 고르 왕국의 국왕 배드마구는 바드Bade(서머셋에 있는 배스Bath)에 궁을 가지고 있지만, 그가 통치하는 왕국은 켈트적 저승과 흡사하다.

크레티앵은 마리의 주문에 따라 전설적인 주제에 본질적인 변형을 가미한 것으로 볼 수 있다. 아서 왕 대신 랜슬롯을 왕비를 구출한 영웅으로 만들었고, 궁정식 사랑 이론을 구현했다. 기사이자 연인인 랜슬롯은 무용과 가치에서 다른 모든 기사를 압도한다. 그는, 오류를 범하지 않는 신이요 고귀한 덕인 **사랑**Amour의 지배를 받고, 숭배하면서도 욕망하는 대상인 귀부인의 의지와 심지어는 변덕에도 기꺼이 순종하기 때문이다. 이 로망의 정수는 바로 여기에 있다. 나중에 살펴보겠지만, 그것은 치욕의 마차라는 상징이 놀랍게 보여주듯이 사회적 준칙과 일상적 윤리를 넘어선, 심지어는 기사도적 명예를 초월한, 나름의 욕망과 시련과 신비적 고양과 은총과 엑스터시와 보상이 곁들여진 사랑의 종교로 귀결된다.

트리스탄과 이졸데의 간통적 사랑과 같은 질펀한 궁정식 사랑이 크레티앵의 기질에는 맞지 않았다. 그는 마리가 제공한 주제에서 윤리적 질서와 절제를 준수했다. 모럴리스트로서의 세련됨, 다양한 인물에 대한 거침없으면서도 섬세한 묘사, 인간 마음의 깊숙한 곳을 탐색하는 수완 등 이러한 그의 재능은 우리를 놀라게 한다. 원하는 설명을 뒤로 미루고 신비한 부분을 남겨두어 놀람과 낯섦의 분위기를 조성함으로써 읽는 (또는 듣는) 이의 호기심을 자극하고 눈길을 잡아끄는 이야기 방식에 우리는 매료된다. 브리튼의 경이로운 전설적 주제에서 유래한 환상적 요소들이 심리적 관찰의 명증과 현실의 생생한 이미지와 결합되어 오묘한 시적 세계를 만들어내고, 랜슬롯이 추구하는 사랑의 모험에 영롱한 신비의 빛을 더해준다. 그리하여 이 로망은 자체의 고유한 아름다움뿐만 아니라 그의 유고작 『그라알 이야기』에 버금가는 명성과 영향력으로 크게 주목받는 중세 기사 문학의 고전이 되었다.

크레티앵은 이 로망을 완성하지 못했다. 그는 작품의 대단원에 해당하는 랜슬롯의 감금과 최후의 결투 부분, 분량으로 환산하면 전체의 약

7분의 1에 해당하는 마지막 부분을 친구이자 서생인 고드프루아 드 레니에게 부탁하여 마무리하도록 했다. 크레티앵이 왜 이 작품을 완성하지 못하고 친구에게 마무리를 맡겼는지에 대해서는 별도의 설명을 남겨놓지 않아 정확하게 알 수 없다. 에필로그에는 이렇게 쓰여 있다. "서생인 고드프루아 드 레니가 『죄수 마차를 탄 기사』 이야기의 마지막 부분을 썼습니다. 하지만 그가 크레티앵이 의도했던 길을 벗어났다고 비난할 생각은 하지 마십시오. 그는 이 작업을 주도한 크레티앵이 동의하는 범위 안에서만 일했을 뿐입니다. [……] 그는 이야기를 망칠까 봐 더하지도 빼지도 않았습니다."(168쪽) 이 말을 그대로 받아들이면 마지막 부분도 크레티앵의 기본 구도를 성실하게 따랐음을 시사한다. 그러나 랜슬롯의 감금과 최후의 결투 부분에서는 이 작품의 기본 모티프가 약간 변질된 것을 볼 수 있다. 다시 말해 이 결투는 그 결과에 따라 귀네비어가 멜리아건트에게서 해방되느냐 그의 인질로 남느냐 하는 매우 중대한 결투임에도 귀네비어에 대한 랜슬롯의 사랑이 약화되는 대신, 멜리아건트의 여동생에 대한 연심, 멜리아건트에 대한 불타는 복수심, 감옥에 갇힌 자신을 구하러 오지 않는 가웨인에 대한 야속한 마음 등이 강조되어 있다. 작자가 바뀌면서 이렇게 변한 것인지 아닌지는 정확히 알 수 없다.

이 로망 이후 13세기부터 중세 말(14~15세기)까지 나온 랜슬롯 관련 속편들에서는 랜슬롯이 모두 비극적 결말을 맞는다. 『산문 랜슬롯』에서 랜슬롯은 왕비에 대한 욕망으로 인해 타락한 인간 본성을 상징하고 그의 아들 갤러해드가 성배 찾기에 적합한 인물로 등장한다. 『성배 찾기』에서 랜슬롯은 죄를 회개하고 성배의 성을 발견하지만 성배의 환영은 아들 갤러해드와 퍼시벌에게만 주어진다. 『아서의 죽음』에서 랜슬롯은 귀네비어와 관계를 회복하지만 내란과 아서로부터의 따돌림이라는 비극을 맞는다. 반면에 이 로망 『죄수 마차를 탄 기사』에서는 랜슬롯이 연인 귀네비어를 되찾아오는 구원자로 등장하여 행복한 결말에 이른다.

***

파리에 있는 콜레주 드 프랑스에서 중세 문학 교수를 지낸 가스통 파리스(1839~1903)는 『죄수 마차를 탄 기사』를 궁정식 사랑의 전형적 특징을 담고 있는 작품으로 평가했다. 궁정식 사랑이란 말은 그가 이 작품에 관해 쓴 논문(1883)에서 처음 사용했다. 중세 음유시인들은 이런 사랑을 '순수한 사랑fin'amors' 또는 '참된 사랑verai amors'이라고 불렀다. 이런 명칭은 가부장의 강요로 맺어진 사랑 없는 부부 생활에서가 아니라 당사자의 마음에서 우러나와 사랑으로 맺어진 혼외 관계에서만 '순수하고 참된' 사랑이 가능하다고 본 음유시인들의 자유주의적 연애관을 반영한 것이다. 음유시인들이 청중 앞에서 현악기 반주를 곁들여 직접 음송해주는 형식으로 되어 있는 이 작품은 왕이나 제후의 궁정에서 주군의 부인과 휘하 기사 사이의 연애 이야기를 다룬 궁정식 사랑의 전범으로 손꼽힌다.

가스통 파리스는 이 로망에서 보이는 궁정식 사랑의 특징을 다음 네 가지로 들고 있다. 첫째, 혼외의 은밀한 사랑이다. 이 같은 관계는 부부 사이에서는 생각할 수 없다. 구애자가 애인을 잃지 않을까, 그녀에게 걸맞지 않을까, 그녀의 마음에 들지 않을까 초조해하는 마음은 정식 결혼한 부부 사이에서는 볼 수 없는 것이다. 둘째, 귀부인은 구애자보다 우월한 위치에 있다. 귀부인은 구애자를 진심으로 사랑하면서도 그에게 변덕스럽고 불공정하고 고압적이고 경멸적으로 대한다. 그녀는 매 순간 그가 그녀를 잃지 않을까 조바심을 내도록, 그리고 사랑의 준칙을 조금이라도 무시하면 그녀를 잃을지 모른다는 불안감을 갖도록 만든다. 셋째, 구애자는 자신이 획득한 사랑에 보답하기 위해 그가 생각할 수 있는 모든 무용을 수행한다. 귀부인은 그에게서 최고의 무용을 기대한다. 그녀의 외견상의 변덕과 일시적인 냉담은 그의 사랑을 섬세하게 하거나 그의 용기를 불러일으키는 수단에 불과하다. 마지막으로, 궁정식 사랑은 하나의 기술이요 지식이요 덕목이다. 그것은 기사도나 '궁중 예절courtoisie'처럼 그 나름의 준칙을 갖고 있다. 그것을 지키지 않으면 사랑할 자격을 잃는다. 파리스에 따르면, 이러한 궁정식 사랑의 특징은 이 작품 이전에는 등장하지 않았다. 예컨대 트리스탄과 이졸데의 사랑은 그저 불같은 본능적 열정만 보여줄 뿐, 랜슬롯과 귀네비어의 사랑에서와 같은 절제와 섬세함, 세련됨이 없다는 것이다.

단순화하여 말하면 궁정식 사랑의 기본 구도는 범접하기 어려운 주군의 부인에 대한 기사의 간통적 사랑이다. 이 작품의 주인공 랜슬롯은 고르 왕국에 인질로 끌려간, 주군 아서 왕의 부인이자 자신이 흠모하는 귀부인인 귀네비어를 구출하기 위해 갖은 치욕과 수모, 극단적 위험과 모험을 감수하면서 무용을 발휘한다. 이러한 무용의 이면에는 귀네비어에 대한 사랑, 아니 숭배의 경지라고 해야 할 정도의 사랑, 그러나 이루어질 수 없는 기사의 사랑이 절제되고 세련된 형태로 이글거린다. 줄거리는 다음과 같다.

어느 승천절에 아서 왕의 궁정에 낯선 기사가 갑자기 나타난다. 그는 고르 왕국의 왕자 멜리아건트로, 자신의 왕국에 포로로 잡혀 있는 아서 왕의 백성들을 석방해주는 조건을 제안한다. 아서 왕의 부인 귀네비어를 두고 그녀의 호위 기사와 결투를 벌여 자신이 패하면 왕비와 포로들을 되돌려주고 자신이 승리하면 왕비를 인질로 데려가겠다는 것이다. 아서 왕은 이에 동의한다. 근처에 있는 숲에서 호위 기사 케이는 멜리아건트와 결투를 벌이지만 패하고 심한 부상만 당한다. 결국 귀네비어는 멜리아건트에게 인질로 끌려가게 된다.

한편, 왕비 일행이 떠난 뒤 아서 왕의 조카 가웨인은 두 시동에게 말 두 필을 대동케 하고 이들을 추적한다. 그는 도중에 기진맥진한 말을 타고 오는 한 기사를 만난다. 그가 바로 이 작품의 주인공 랜슬롯이다. 그가 타고 온 말은 지쳐서 죽는다. 랜슬롯은 가웨인에게 말을 하나 얻어 타고 왕비 일행을 쏜살같이 추적한다. 이 두번째 말도 랜슬롯이 멜리아건트의 기사들과 싸우는 도중에 중상을 입고 죽는 바람에 그는 걸어서 왕비를 뒤쫓는다. 이런 상황에서 난쟁이가 모는 죄수 마차를 만난다. 이 난쟁이는 왕비 일행의 노정을 알고 있다.

죄인을 공시하는 기능과 죄수를 처형장으로 수송하는 기능을 동시에 하는 이 죄수 마차에 타는 사람은 그의 재산과 권리, 명예를 상실하는 큰 치욕을 감수해야 한다. 두번째 말까지 잃은 랜슬롯은 왕비 일행이 간 노정을 알아내어 빨리 그녀를 구할 일념으로 난쟁이의 요구대로 죄수 마차에 타는 치욕을 감수한다. 치욕의 마차에 올라탄 랜슬롯은 가웨인과 함께 왕비 일행을 뒤쫓지만 따라잡지 못한다. 도중에 만난 한 여인으로부터 고르 왕국으로 가는 지름길로 두 개의 다리를 소개받는다. 하나는 물속 한가운데 잠겨 있는 잠수교이고, 또 하나는 다리가 예리한 칼날 하나로 되어 있어 여태까지 건너간 사람이 한 사람도 없을 정도로 매우 위험한 칼 다리다. 가웨인이 먼저 잠수교로 가는 길을 선택하고 랜슬롯은 칼 다리로 가는 길을 선택한다.

아서 왕의 궁정을 떠난 뒤 수많은 우여곡절과 위험과 모험을 겪은 다음, 랜슬롯은 드디어 중상을 입어가며 칼 다리를 건넌다. 이튿날 아침에 고르 왕국의 궁정에서 랜슬롯과 멜리아건트 사이에 결투가 벌어진다. 많은 군중이 운집하고 국왕 배드마구와 왕비 귀네비어가 탑 꼭대기에서 이를 참관한다. 처음에는 칼 다리를 건너느라 중상을 입은 랜슬롯이 궁지에 몰린다. 하지만 랜슬롯은 탑 위에 있는 귀네비어를 발견하고 이에 용기를 얻어 멜리아건트를 죽음의 위기로 몰아넣는다. 배드마구는 귀네비어에게 자기 아들을 살려줄 것을 요청한다. 왕비도 이에 동의한다. 이에 랜슬롯은 공격을 중지한다. 멜리아건트가 결투를 신청한 날로부터 1년 뒤 아서 왕의 궁정에서 재대결한다는 조건으로 랜슬롯에게 왕비를 잠정적으로 돌려보낸다. 랜슬롯은 대결에서 지면 왕비를 승자에게 주겠노라고 서약한다.

랜슬롯은 왕비의 허락을 받고 종자들과 함께 가웨인을 맞으러 잠수교로 떠난다. 도중에 한 난쟁이가 랜슬롯에게 길을 안내하겠으니 종자들을 그곳에 남겨두고 가라고 요구한다. 랜슬롯은 이에 동의한다. 그러나 이것은 랜슬롯을 납치하기 위한 멜리아건트의 음모였다. 나중에 랜슬롯의 동료 기사들이 잠수교로 가서 가웨인을 구출하고, 랜슬롯이 납치되었음을 알아차린다.

어느 날 한 젊은이가 편지를 들고 고르 왕국의 궁정에 나타난다. 낭독자가 편지를 큰 소리로 읽는다. 랜슬롯은 무사히 아서 왕 곁으로 돌아왔으니 왕비가 조속히 귀국하기를 바란다는 내용이었다. 왕비를 비롯한 모든 사람이 기뻐하면서 귀국을 서두른다. 드디어 그들은 왕궁에 도착한다. 아서 왕은 이들을 환영하면서 랜슬롯은 어디에 있느냐고 묻는다. 왕비가 끌려간 뒤로는 도무지 보이지 않는다는 것이다. 비로소 왕비 일행은 랜슬롯이 난쟁이에게 속았음을 깨닫고 그를 두고 귀국한 것을 후회한다.

한편 멜리아건트는 외딴 해안가 섬에 단단한 감옥을 짓게 하고 여기에 랜슬롯을 감금한다. 랜슬롯이 어딘가에 감금된 사실을 눈치챈 고르 왕국의 공주는 그를 찾아 나선다. 공주는 외딴 해안가에 감옥이 있는 것을 발견하고 랜슬롯의 탈옥을 도와준다. 랜슬롯은 아서 왕의 궁정으로 잽싸게 말을 몬다.

멜리아건트는 랜슬롯이 돌아온 사실에 경악한다. 철옹성 같은 감옥을 어떻게 빠져나왔을까 생각해보지만 때는 이미 늦었다. 랜슬롯과 결투를 하는 수밖에. 결투는 치열하게 전개되지만 복수에 불타는 랜슬롯이 결국 멜리아건트의 머리를 베어버린다. 왕과 왕비, 모든 사람이 기뻐한다. 이리하여 왕비와 백성이 완전히 구출된 것이다.

***

귀네비어에 대한 랜슬롯의 이러한 헌신적 사랑은 당시 사회 현실과 어떤 관련이 있는가? 질문에 답하기 위해 이런 사랑에 숨어 있는 의미를 해독해야 한다.

랜슬롯과 귀네비어의 사랑에서 가장 먼저 눈에 띄는 것은 주종 관계의 메타포다. 구애자는 주군의 부인을 사랑의 대상으로 삼는다. 여기서 귀부인을 지칭하는 ma dame(mi dona)은 '내가 모시는 주군mon seigneur'의 여성적 표현이다. 봉신이 주군에게 '군사적 봉사'를 바치듯 구애자는 귀부인에게 사랑의 '봉사'를 바친다. 귀부인의 요구대로 섬겨야 하는 것이다. 이것은 랜슬롯이 멜리아건트의 간계에 넘어가 감옥에 갇히기 전에 열렸던 마상창시합에서 가장 잘 표현되어 있다. 아무도 눈치채지 못할 만큼 몰래 이 시합에 참가한 랜슬롯은 자신을 알아보는 귀네비어가 요구하는 대로 그녀를 '섬긴다.' 귀네비어는 많은 아가씨와 귀부인이 지켜보는 가운데 아일랜드 왕자와 잘 싸우고 있는 랜슬롯에게 졸전을 하라는 지침을 전달한다. 이후 랜슬롯의 공격은 계속 빗나간다. 처음에 용맹스럽게 잘 싸우던 랜슬롯에게 매료되었던 관중은 아무 영문도 모른 채 그를 조롱한다. 그러나 귀네비어만은 그의 순종에 기뻐한다. 첫날은 날이 저물어 승부가 나지 않는다. 그다음 날 벌어진 시합에서는 귀네비어가 랜슬롯에게 선전을 하라는 지침을 보낸다. 이에 순종한 랜슬롯이 결국에는 승리한다. 이와 비슷한 복종의 예는 랜슬롯과 멜리아건트 간의 결투에서 멜리아건트가 죽음의 궁지에 몰릴 때마다 귀네비어의 요구로 랜슬롯이 공격을 중지한 사례들에서도 많이 볼 수 있다. 그는 주군에게 충실한 봉신인 것이다.

이와 같이 구애자는 사랑의 '봉사'를 귀부인에게 바친다. 이에 대해 주군이 봉신의 봉사에 대한 대가로 봉을 수여하듯, 귀부인은 구애자에게 보상을 해주어야 한다. 귀부인은 구애자를 '쳐다봐주고' '말을 들어주고' 그에게 '말해주고' '대꾸해주는' 것, 더 나아가서 '포옹해주는' 것이나 사랑을 고백하는 것, 확실하지는 않지만 '육체적 결합'의 형태로 보상을 해준다. 그러나 이러한 보상이 쉽사리 얻어지는 것은 아니다. 랜슬롯은 칼 다리를 건넌 뒤 멜리아건트와 결투를 벌인다. 중상을 입은 상태에서도 랜슬롯은 멜리아건트를 죽음의 위기로 몰아넣는다. 자기 아들을 살려달라는 국왕 배드마구의 간청을 받은 귀네비어의 요청으로 랜슬롯은 공격을 중지한다. 그런 다음 배드마구는 랜슬롯을 왕비에게 안내한다. 그렇지만 왕비는 접견실에서 랜슬롯을 쌀쌀맞게 대한다. 그녀는 랜슬롯에게 '말 한마디 해주지도' '한번 쳐다봐주지도' 않고 침실로 휙 들어간다. 랜슬롯은 비록 몸은 문밖에 있었지만 마음은 그녀를 따라 방 안으로 들어간다.

> 〔……〕 왕비는 그를 더 당혹스럽게 만들기 위해 한마디 대꾸도 해주지 않습니다. 곧바로 침실로 돌아갑니다. 랜슬롯은 눈과 마음으로 그녀를 침실 입구까지 따라갑니다. 그러나 눈의 여정은 짧았습니다. 침실이 너무 가까이 있었기 때문입니다. 눈은 가능하다면 그녀를 더 따라가고 싶었습니다. 마음은 더 큰 권력을 휘두르는 대영주처럼 문지방을 넘어 왕비의 발걸음을 따라 들어갔습니다. 눈은 눈물을 글썽이며 몸과 함께 문밖에 머물러 있었습니다.(102쪽)

그녀를 구출하기 위해 치욕의 마차까지 타가면서 갖은 모욕을 감수했던 랜슬롯, 중상을 입으면서까지 칼 다리를 건넌 이후 치료도 받지 못한 상태에서 멜리아건트와 결투를 벌인 랜슬롯, 죽음의 위기에 몰린 멜리아건트에 대한 공격을 그녀의 요청으로 중지한 랜슬롯. 이렇듯 충실하게 그녀를 섬겼던 랜슬롯을 쌀쌀맞게 대하는 귀네비어의 매정한 행동을 이해할 수 없었던 국왕 배드마구는 랜슬롯에게 "어찌하여 왕비가 당신에게 눈길 한번 안 주고 말 한마디 하지 않는지 의아스럽습니다"(102쪽)라고 말한다. 귀부인이 구애자에게 '쳐다봐주고' '말을 들어주고' '대꾸해주는' 것은 주종 관계에서처럼 사랑의 관계에서도 봉사의 상호성을 의미한다. 구애자의 사랑의 봉사에 대해 귀부인은 호의로 보상을 해야 하는 것이다. 그러나 랜슬롯의 봉사에 대해 귀네비어는 전혀 호의를 보이지 않는다. 그러자 국왕 배드마구는 귀네비어에게 이렇게 따진다. "왕비, 어찌하여 이처럼 언짢아하십니까? 그토록 충실히 당신을 섬겼던 사람에게 할 짓이 아닙니다. 그는 당신을 찾는 동안 죽음의 위험을 무릅쓰고 무슨 일에든 뛰어들지 않았습니까?"(101쪽) 이에 대해 나중에야 잘못을 깨달은 귀네비어는 랜슬롯이 치욕의 마차를 탄 것, 마차를 타기 전에 시간을 약간 지체한 것 때문에 '말을 걸지도' '쳐다보지도' 않았다고 대답한다. 이것은 귀네비어가 주종 관계에서의 쌍무적 규약을 위반한 것이다. 그러나 가스통 파리스가 지적한 것처럼, 귀부인이 구애자를 진심으로 사랑하면서도 쌀쌀맞게 대한 것은 매 순간 그가 그녀를 잃지 않을까 조바심을 내도록, 그리고 사랑의 준칙을 조금이라도 무시하면 그녀를 잃을지도 모른다는 느낌을 갖도록 하기 위한 책략이 아닐까.

구애자의 사랑의 봉사에 대해 '쳐다봐주고' '말을 들어주고' '대꾸해주는' 것 외에도 구애자에게 '포옹'이나 '입맞춤'을 해줄 수도 있다. 여기서 '입맞춤'은 주종 관계에서 '봉의 취득'에 해당한다. 더 나아가서 '육체적 결합'은 사랑의 봉사에 대한 최상의 보상이 될 테지만, 이것은 매우 위험한 모험이다.

여기서 궁정식 사랑을 프랑스 남부형과 북부형으로 구분해서 이해할 필요가 있다. 전자에서는 귀부인의 역할이 더 에로틱하고 열정적이며, 후자에서는 귀부인이 더 정숙하고 새침하다. 트리스탄 전설이 전자에 해당한다면 『죄수 마차를 탄 기사』는 후자의 전형이다. 랜슬롯과 귀네비어의 사랑은 트리스탄과 이졸데의 사랑에서 보이는 욕망과 파괴적 열정의 안티테제가 된다. 트리스탄과 이졸데의 사랑에서는 '육체적 결합'이 수도 없이 암시된다. 아일랜드에서 마크 왕의 신붓감으로 이졸데를 배에 태워 데려오는 과정에서 트리스탄과 이졸데는 이졸데의 어머니가 마크 왕과의 첫날밤에 마시라고 처방해 준 사랑의 미약을 음료수로 잘못 알고 마신 다음 서로 열정에 달아올라 '육체관계'를 맺는다. 트리스탄은 외삼촌이자 주군인 마크 왕의 신부를 신방도 치르기 전에 범한 셈이다. 이후 이들은 마크 왕의 왕궁에 있는 이졸데의 침실이나 과수원, 숲속에서 수많은 밀회를 나눈다. 그러했기에 트리스탄과 이졸데의 사랑은 둘 다 죽음의 파멸로 끝난다.

그러나 이 작품에서는 이와 유사한 장면이 딱 한 번만 암시되며, 랜슬롯과 귀네비어의 사랑은 '해피엔드'로 끝을 맺는다. 첫번째이자 마지막인 밀회에서 랜슬롯은 귀네비어의 허락을 받고 그녀의 침실 창문 쇠창살을 뜯어낸 뒤 침실로 들어간다.

> 그는 그녀 앞에 머리를 숙여 경배합니다. 어떤 성인의 유골에도 이처럼 숭경한 적이 없습니다. 왕비는 손을 뻗어 그를 맞습니다. 그를 얼싸안고 가슴 가까이로 꽉 껴안습니다. 침대 안으로 끌어당깁니다. 극진한 환대를 베풉니다. 그건 심장과 사랑에서 분출한 겁니다. 그녀가 그를 이토록 환대하게 한 것은 사랑입니다. 그러나 랜슬롯에 대한 그녀의 사랑이 열렬했다면 그는 그녀를 십만 배 더 뜨겁게 사랑했습니다. [……]
>
> 사랑의 기쁨 속에서 나눈 입맞춤과 포옹의 유희가 너무나도 달콤했기에 그는 정말로 환희의 극치를 체험합니다.(116~17쪽)

이 장면은 랜슬롯의 사랑의 봉사에 대한 대가로 귀네비어가 베푸는 최대의 보상이다. 여기서 포옹과 입맞춤은 분명하게 묘사되어 있다. '성관계'까지 도달했을까? 분명하게 알 수는 없지만 그러지 않았을 것이다. 궁정식 사랑은 일정한 선을 넘어서는 안 되었기 때문이다.

이를 이해하기 위해서는 궁정식 사랑이 욕망 억제의 에로티시즘 미학을 담고 있다는 점에 주목해야 한다. 궁정식 사랑은 갖은 시련과 모험

등과 같은 긴 우회로 끝에 획득된다. 아마도 최종적 보상은 '눈요기'—귀부인이 발가벗고 있는 모습을 보는 것에 불과할는지도 모른다. 그러나 이러한 최종적 향유가 곧바로 이루어지는 것은 아니다. 구애자가 발가벗은 귀부인과 알몸을 맞대고 누워 있을 때조차도 그는 정절의 시련을 감수하고 놀라울 정도로 욕망을 억제해야 한다. 이 점에서 궁정식 사랑은 레니에-볼레의 표현을 빌리면 "욕망 억제의 에로티시즘"이다.

또한 최종적 보상 단계에서 구애자는 귀부인의 '육신적 연인'이 되어 입맞춤과 터치의 환희를 체험할 수 있겠지만, 현실에서 이러한 보상이 실현되기는 힘들다. 궁정식 사랑은 구애자가 탄식하며, 때로는 멀리서 귀부인을 숭배하는 '머나먼 사랑'이요 이루어질 수 없는 사랑이다. 그것은 열정의 규율과 사랑의 종교, 즉 '욕망 예찬'과도 같다. 실현되기 힘든, 그래서 욕구의 차원에서만 맴도는 욕망 예찬은 귀부인에 대한 숭배에서 가장 숭고하게 표현된다. 가웨인이 잠수교로 가는 길을 선택하고 랜슬롯이 칼 다리로 가는 길을 선택한 다음, 랜슬롯은 귀네비어에 대한 생각으로 엑스터시에 잠긴다.

두 기사는 각자 선택한 길로 갑니다. 죄수 마차를 탄 기사는 마치 사랑의 나라에 아무런 방어 없이 무기력한 상태로 끌려온 포로처럼 깊은 명상에 빠져들었습니다. 깊은 생각 속에서 몰아의 경지에 이릅니다. 그는 자기가 존재하는지 존재하지 않는지 알지 못합니다. 자신의 이름도 더 이상 기억이 나지 않습니다. 자신이 무장을 했는지 안 했는지 알 수가 없습니다. 그는 어디서 와서 어디로 가는지 알지 못합니다. 모든 것이 그의 기억에서 다 지워졌습니다. 그것을 위해 나머지 모든 것을 다 잊어도 되는 한 가지만 빼고는 말입니다. 그는 그 유일한 대상만을

골똘히 생각합니다. 그래서 아무것도 들리지 않고, 보지도 듣지도 못합니다.(25~26쪽)

랜슬롯은 귀네비어를 추적하던 어느 날, 숲속의 샘터에 있는 바위 위에서 금박 상아 머리빗을 발견한다. 그는 아름다운 금발이 끼어 있는 머리빗이 왕비의 것임을 알아차리고는 졸도를 한다. 다시 깨어나 조심스레 머리칼을 한 올 한 올 빼내면서 그는 에로틱한 황홀경에 도달한다.

그는 한 올이라도 끊어질까 봐 사뭇 부드러운 손길로 빗에서 머리카락을 빼냅니다. 세상에 그토록 소중한 것이 또 어디 있겠습니까. 머리카락에 대한 숭배가 시작됩니다. 머리카락을 눈에다 입에다 이마에다 볼에다 천 번이고 만 번이고 수도 없이 가져다 댑니다. 그럴 때마다 환희를 느낍니다. 그것에 그의 행복이 있고 그것에 그의 부가 있지 않겠습니까. 그는 그것을 가슴에, 속옷과 살 사이의 심장 가까이에 품습니다. 에메랄드나 석류석을 한 마차 가득 준다고 해도 그것과 바꾸고 싶지 않습니다.(43쪽)

이것은 페티시즘의 일종인가? 페티시즘은 상상하는 것만으로도 성적 흥분과 오르가슴을 일으키게 하는 여성의 옷 또는 몸의 일부를 간직하고자 하는 성도착을 말한다. 욕망 억제로 인해 랜슬롯의 행위에는 이런 의미의 성도착이 내재되어 있을는지도 모른다. 그러나 귀네비어에 대한 사랑이 이것을 넘어 종교 차원으로 승화되었음은 부인할 수 없다. 그녀는, 아니 그녀의 몸의 일부조차도 성인이나 성유골처럼 숭배 대상이 된다. 앞에서 인용했듯이 랜슬롯은 "어떤 성인의 유골에도 이처럼 숭경한 적이 없"(116쪽)을 정도로 그녀에게 거룩한 숭배를 바친다.

***

　이처럼 궁정식 사랑은 여성판 주종제의 주군인 귀부인을 섬기고 숭배한다. 그것은 또한 기혼녀를 사랑의 대상으로 삼는다는 측면에서 간통의 성격을 띤다. 그렇다면 이 작품은 간통을 옹호하고 있는 것인가?
　이를 이해하기 위해 당시에 교회와 세속 귀족 사회에서 간통을 어떻게 인식했는지를 살펴볼 필요가 있다. 교회에서 간통은 엄격한 처벌감이었다. 교회는 로마 시대의 관행과는 달리 일부일처제와 결혼의 불가해소성을 강력하게 요구하고 결혼을 하나의 성사로 격상시켰다. 또한 근친혼 금지 촌수를 7촌(우리의 계촌법으로는 14촌)까지 확대하여 같은 피붙이끼리의 결혼을 극도로 제한했다. 결국에 가서 교회가 1215년 제4차 라테라노 공의회에서 근친혼 금지 촌수를 4촌(우리의 계촌법으로는 8촌)으로 축소하면서까지 끝까지 보호하고자 했던 것은 결혼과 부부 생활의 안정성이었다. 이런 관점에서 보면 간통은 부부간 결혼의 안정성을 파괴하는 중죄였다.
　또한 귀족 사회에서는 장자 상속제가 보편화되고 가문 의식이 강화되고 혈통의 순수성이 강조되면서 간통을 엄격하게 처벌했다. 남성의 간통보다 여성의 간통에 대해 더 엄격했는데, 12세기 세속법은 남편이 부인이 간통하는 현장을 목격할 경우 아내를 살해하는 것을 허용했지만, 교회법은 이를 금지하는 대신에 간통한 남녀를 파문하고 별거하도록 했다. 특히 간통한 여성은 매춘 여성과 동일시되었으며, 머리 밀기, 헌옷 입기, 공개 모욕, 공개 태형 등과 같은 치욕의 처벌이 더 부과되었다.

이와 같이 교회와 세속 사회가 공히 엄하게 간통을 제재했던 시절에 이 작품에서 보여준 랜슬롯과 귀네비어의 간통적인 사랑은, 저자 크레티앵과 이 작품의 소재와 아이디어를 제공했던 마리의 개인적 사랑관이 반영된 것은 아닌가? 크레티앵은 프롤로그에서 이 작품의 모티프를 마리가 제공했다고 말한다. 이것으로만 본다면 이 작품은 크레티앵의 관점보다는 마리의 관점을 더 반영한 것으로 보인다. 그렇다면 이 작품은 마리 개인의 혁명적인 사랑관을 표현한 것인가? 다시 말하면 기사와 주군 부인의 사랑을 다룬 이 작품은 마리가 간통을 지지하고 전파하기 위해 저술토록 한 것으로 해석할 수 있는가?

가스통 파리스는 이에 동조한다. 마리는 궁정식 사랑의 이상을 북프랑스에 도입한 사람이다. 여기에는 두 가지 근거가 있다. 하나는 마리가 주군의 부인과 간통을 저지른 기사 랜슬롯을 찬양하는 작품을 쓰도록 크레티앵을 고무했다는 것이다. 다른 하나는 안드레아스 카펠라누스가 그녀를 간통적인 사랑의 옹호자로 인용했고 그리하여 그녀는 사랑 숭배의 최고 여사제의 반열에 올랐다는 것이다.

그러나 벤튼은 마리의 동시대 사람들의 증언과 태도를 고려해볼 때 이러한 가설은 성립되기 힘들다고 반박한다. 만약 마리가 남성의 간통만 찬양했다면 그녀는 사회의 이중 잣대를 수용한 셈이 되고 자연히 주목받지 못했을 것이다. 만약 마리가 지체 높은 여성의 간통만 찬양한 것이라면 그녀가 매일 접촉하는 영주들과 성직자들에게 맞선 셈이 될 것이고, 귀부인의 부정은 강력한 저항을 초래했을 것이다. 그러나 아내의 부정에 대해 엄격했던 시대에 마리의 궁정식 사랑 이론은 동시대 어느 누구에게도 비난받지 않았다. 마리를 잘 아는 사람들의 그녀에 대한 평가는 자못 호의적이었다. 그녀는 매우 상냥하고 남편에게 순종적이었으며 세속적 자부심과 경건성이 흘러넘쳤고 지나치리만큼 어질었다. 마리를 칭찬하는 작가들은 많지만 그녀의 사랑론을 추잡하다고 비난한 작가는 없었다는 것이다.

기본적으로 이 작품을 마리 개인의 간통 옹호론으로 보기에는 무리가 따르는 것으로 보인다. 오히려 교회 이데올로기에서나 세속 윤리에서나 간통이 엄하게 처벌받던 시대에, 위험한 사랑의 쾌락 원칙과 현실 원칙(억압 원칙) 간의 손에 땀을 쥐게 하는 아슬아슬하고 짜릿한 긴장 관계가 간통을 더욱더 흥미 있는 문학적 주제로 만들었을 것이다. 이것은 귀족층의 삶의 구조에서도 엿볼 수 있다. 일곱 살이 되면 어머니 품을 떠나 주군(때로는 외숙부)의 집에서 기사 수련을 받는 귀족 청년들에게 주군의 부인은 그리운 친모를 상징하는 제2의 어머니인 동시에 고상한 행동을 바쳐야 하는 이상적인 여인이기도 했다. 또한 귀족 사회에서 흔했던 남녀 간의 결혼 연령차(남성의 만혼과 여성의 조혼)와 이로 말미암은 과부의 양산도 여성들로 하여금 젊은 아내와 젊은 외간 남자의 불륜에 흥미를 갖게 했을 것이다. 그리고 이러한 주제는 남정네들이 순례에 참가하거나 전쟁에 나가 있어 성에 홀로 외로이 남아 있는 귀부인들에게 위안거리가 되었을 것이다. 따라서 마리가 이러한 간통을 주제로 제안한 것은 남성이건 여성이건 유한계급에게 하나의 판타지로서의 놀이와 여흥거리, 익살과 풍자를 제공하기 위해서가 아니었을까.

이상에서처럼 이 작품이 간통 옹호론을 대변한 것이 아니라면 그것은 그 당시 북프랑스 봉건 사회의 현실과 어떤 관계가 있는가? 이 작품은 여성의 지위 향상을 의미하는가? 기사가 주군의 부인을 섬기는 형태로 되어 있는 궁정식 사랑에서 여성은 언제나 높은 위치에 있으면서 기사로부터 사랑의 봉사를 받는다. 여기서 귀부인은 말하자면 여성판 주군이다. 이런 점에서 보면 궁정식 사랑은 여성의 지위 향상을 의미하는 것으로 보이기도 한다.

그러나 이 문제를 깊게 고찰해보면 그 뒤에는 복잡한 현실의 그림자가 드리워져 있다. 뒤비는 궁정식 사랑을 '젊은이jeunes'(총각 기사) 길들이기로 설명한다. '젊은이'란 말은 정식 결혼을 하지 않은 총각이라는 의미와 교육이 완성되지 않은 청년이라는 의미를 지닌다. 11~12세기 귀족 사회에서는 장자 상속제의 정착과 더불어 결혼 제한 전략으로 말미암아 결혼하지 못한 아들이 양산되었다. 궁정식 사랑은 총각 기사들이 처했던 모험의 현실에 대한 은유다. 이들은 기사 서임을 받고 나서 안정과 사회적 위신의 구체적 이상을 실현하기 위해 떼를 지어 모험에 나선다. 이러한 방랑과 모험의 일차적인 목적은 상류층 여성과 결혼하여 가정을 이루고 정착하는 것이다. 바로 이러한 총각 기사들이 궁정식 사랑 문학의 주요 소비층, 즉 청중을 이루었던 것이다. 그러므로 궁정식 사랑에서 귀네비어처럼 아름답지만 범접하기 어려운 귀부인은 총각 기사의 대담함과 무용으로 거머쥘 수 있는, 현실적으로 접근하기가 더 용이한 상속녀에 대한 은유이며, 귀부인과의 간통의 판타지는 실제로는 '상위 신분 여성과의 결혼hypergamie'에 대한 꿈과 다르지 않다.

한편 이러한 간통적인 사랑의 위험과 시련은 매우 크며, 위험이 크면 클수록 그것은 더 큰 교육적 가치가 있다. 궁정식 사랑의 이러한 놀이적 수련은 성적 열렬함의 가치를 고양하면서 욕구를 순화시킨다. 여기서 귀부인은 '젊은이'의 욕구를 순치하는 교육자 역할을 한다. 이러한 관점에서 보면 귀부인은 '젊은이' 교육자로서 일정한 역할을 한다. 또한 반면교사로서 궁정식 사랑은 귀부인과 처녀의 교육에도 기여한다. 궁정식 사랑에서 처녀와 젊은 부인 들은 상상 속에서 사랑을 꿈꾸는 것이 허용

되지만 거기에도 신중한 경계를 설정할 줄 알아야 하는 것이다. 앞에서 인용된, 귀네비어의 침실에서 이뤄진 마지막 밀회 장면은 이에 대한 웅변이 된다.

이런 관점에서 궁정식 사랑은 귀족들의 배타적인 예절인 '궁중 예절'과 밀접하게 관련되어 있다. '궁중 예절'은 "왕과 제후의 궁정에서 유행하고 있다고 간주되는 예절"로 정의할 수 있다. 그것은 "정중함, 품행의 세련됨과 우아함뿐 아니라 순전히 사회적 성격 너머에 있는 기사의 명예 의식을 포함한 처세술과 귀족적 행동 양식의 이상"을 담고 있다. 궁정식 사랑은 바로 이러한 '궁중 예절'의 틀 속에 자리한다. 그런데 '궁중 예절'은 절제를 통해 함양된다. 그러므로 궁정식 사랑은 '총각 기사들'의 소란을 잠재우고 그들의 욕망을 길들이는 '절제 교육'과도 같다. 노르베르트 엘리아스가 지적했듯 12세기 궁정 사회에서 형성되기 시작한 '궁중 예절'은 욕망의 절제를 통해 달성된다. 또한 '절제'는 구애자의 극기와 욕망 억제, 참을성과 겸손 등 구애자의 내적 태도를 의미한다. 이 점에서 궁정식 사랑은 "궁중 예절의 지극히 세련된 형태"라고 할 수 있다. 궁중 예절의 함양에서 귀부인이 담당한 교육적인 역할은 부인할 수 없다.

그러나 귀부인의 이러한 교육적 역할을 지나치게 강조해서는 안 된다. 이 로망에서 아서 왕은 이야기의 주인공이 아니다. 첫 장면에서 아서 왕은 부인 귀네비어를 멜리아건트의 제안대로 고르 왕국에 인질로 보내는 데 주저하지 않는다. 귀네비어는 남편의 이러한 소행을 야속하게 생각한다. 그녀는 인질로 끌려가기 위해 말에 오르면서 혼잣말로 '아아! 그대, 그대가 이걸 알았다면 내가 한 발짝이라도 속수무책 끌려가게 놔두지는 않았을 텐데!'(13쪽)라며 자신을 구하러 올 연인 랜슬롯에 빗대 남편의 매정한 소행을 못마땅해한다. 그러고는 마지막 장면에 가서야 아서 왕이 잠깐 등장한다. 아주 무심하고 야속한 남편이다. 아서 왕은 엑스트라에 불과한 듯이 보인다.

그러나 궁정식 사랑은 궁극적으로 남성이 뒤에서 조종하는 하나의 게임에 불과하다는 것을 알아야 한다. 이 게임에서 여성은 하나의 미끼이자 장식이요, 새로 서임되는 기사의 과녁 찌르기 시연에서 쓰이는 마네킹과 유사하다. 궁정식 사랑이 펼쳐지는 무대의 진짜 주역은 무대 위에 드러나는 귀부인과 그녀를 흠모하는 기사가 아니라, 무대 뒤에서 이 게임을 연출하는 귀족 남성들과 이들이 행사하는 권력이었다.

이와 관련하여 궁정식 사랑이 12세기 말에 새롭게 등장하는 주종 관계와 국가권력의 요구에 부응하는 측면이 있는지 검토할 필요가 있다. 뒤비는 궁정식 사랑에서 여성은 하나의 환상·너울·구실에 지나지 않는다고 지적하면서 사실 궁정식 사랑은 남성들 간의 사랑이 아닌가 하고 조심스럽게 제안한다. 총각 기사가 주군의 부인을 섬기면서 굽실거리며 열정적으로 획득하고자 했던 것은 궁극적으로 주군의 사랑이었다. 동시에 그것은 왕에 대한 주종 관계 윤리로 12세기 프랑스에서 국가의 부활에 이바지했을 가능성을 제기했다. 이러한 가설은 이 작품이 집필되던 12세기 후반에 북프랑스 지방에서 성주령이 제후령 또는 왕령으로 통합되는 현실과, 이 과정에서 중요한 역할을 했던 하급 기사들이 귀족 사회로 통합되어 상층 귀족과의 동질화가 이루어지고 있던 현실에 포개져 있다.

이러한 해석은 12세기 후반과 13세기 초 사이에 운문과 산문의 형태로 집필된 트리스탄과 랜슬롯 관련 작품을 분석한 마르첼로-니치아의 연구를 통해서도 확인할 수 있다. 그의 해석은 궁정식 사랑의 기본 음조가 주종제의 은유를 이용하고 있다는 전제에서 출발한다. 말하자면 궁정식 사랑은 주군을 그의 부인으로 바꾼 여성판 주종제다. 그는 다음의 몇 가지 근거에서 궁정식 사랑에서 남자들 간의 우애와 권력 관계를 읽는다. 첫째, 귀부인은 구애자보다 언제나 더 높은 신분과 더 큰 권력을 갖고 있다. 그녀의 매력은 그녀 자신의 육체적 아름다움뿐 아니라 그녀의 남편에게서 분비되는 권력의 아우라에서 나온다. 그러므로 구애자가 귀부인을 사랑하는 것은 그녀의 남편인 주군 곁에 있는 수단이다. 둘째, 궁정식 사랑에서는 연인들이 성관계를 가져도 아이를 임신하지 않는다. 여기서 귀부인은 그녀의 남편인 주군을 환유(換喩)하며, 따라서 궁정식 사랑은 주군과 봉신 사이의 동성애적 애정 관계를 상징한다. 셋째, 구애자와 귀부인, 그녀의 남편 사이의 관계가 기이하다는 점이다. 구애자는 귀부인의 남편에게 질투심을 느끼지 않으며, 또한 남편은 아내의 범죄 행위를 처벌할 생각이 없다. 이러한 해석은 결국 궁정식 사랑이 새롭게 편성되는 주군과 봉신 간의 주종 관계 유대를 반영하고 있음을 의미한다. 이를 보면 마르첼로-니치아의 해석 역시 뒤비의 해석처럼 궁정식 사랑에는 12세기 말 제후령 또는 왕령으로의 통합 과정에서 큰 역할을 담당했던 기사들이 제후 또는 왕과의 주종 관계에 편입되려고 조바심했던 불안한 소망이 함축되어 있다고 할 수 있다.

***

해설을 마무리하며 번역에 관해 몇 마디 하고자 한다. 이 한국어 번역은 샤를 멜라Charles Méla가 펴낸 고증본(*Le chevalier de la charrette*, Paris: Librairie Générale Française, 1992)을 저본으로 삼았다. 그는 고증본을 펴내게 된 경위를 이렇게 설명했다. 크레티앵이 쓴 원본은 현존하지 않고 후대에 필사한 여덟 종류의 사본이 남아 있다. 이 가운데 13세기 초 프로뱅에서 기오Guiot라는 필경사가 정성스레 쓴 샹파뉴 사본 C와 13세기에 필사한 것으로 보이는 또 다른 샹파뉴 사본 T는 완전본이고, 나머지 여섯 개 사본(주로 노르망디와 피카르디 사본)은 부분만 남아 있는 결손본이다. 완전본 가운데 C 사본은 가장 신뢰할 만하며, T 사본은 앞의 3분의 1가량이 매우 불량한 상태이다. 19세기 말에 벤델린 포어스터Wendelin Foerster가 T 사본을 기본 사본으로 한 고증본(Halle: Max Niemeyer, 1899)을, 그후 20세기 중반에 마리오 로크Mario Roques가 C 사본을 기본 사본으로 한 고증본(Paris: Champion, 1958)을 펴낸 바 있다. 포어스터의 고증본은 텍스트 선택과 해석의 정확성에서는 탁월하지만, 이본들 사이의 차이를 철저하게 대조하지 않은 결함이 있다. 로크의 고증본은 C 사본을 기본 사본으로 한 점에서는 훌륭한 선택이지만, 이본들 사이의 라임 차이를 고려하지 않은 결함이 있다. 장 프라피에Jean Frappier는 C 사본과 로크의 고증본을 저본으로 삼고 포어스터의 고증본으로 80여 군데 수정하면서 현대 프랑스어 번역본(Paris: Champion, 1962, rééd., 1967)을 낸 바 있다. 옮긴이가 저본으로 삼은 멜라의 고증본은 C 사본을 기본 사본으로 하면서 위의 두 고증본의 결함을 보완하려고 노력했으며, "흠잡을 데 없이 훌륭한très belle et très achevée"(멜라의 표현) 프라피에의 번역본에 도움을 받았다고 밝히고 있다.

멜라의 고증본에 수록된 원문은 아무런 단락 구분 없이 2연 대구 라임을 맞춘 운문으로 되어 있다. 옮긴이는 멜라처럼 원문의 행을 일대일로 맞춘 운문 형식, 특히 도치된 구절이 많은 운문 형식으로 번역을 시도해봤지만 읽기가 매우 껄끄러웠다. 그래서 프라피에처럼 구절의 순서와 리듬을 무시한 산문으로 바꾸고 적절한 곳에서 단락과 절을 구분했다. 각주 중의 일부는 멜라의 고증본에서 밝힌 이본들 사이의 차이들 가

운데 중요하다고 판단되는 것만 취사선택한 것이고 나머지는 옮긴이가
새로 넣은 것이다. 인명 표기는 프랑스 작가가 프랑스어로 쓴 작품임에도
불구하고, 한국인들에게 외래어처럼 길들여져 친숙해진 영어식 표기의
관례를 따랐다. 지명 표기는 현재 소속된 국가의 언어 발음을 따랐다.

작가 연보

일반적으로 중세 작가의 정확하고 자세한 연표를 작성하는 것은 자료의 부족으로 불가능하다. 크레티앵의 경우도 예외가 아니다. 따라서 그의 활동과 작품에 대한 연표는 대부분 추측에 근거하고 있다. 그의 작품을 이해하는 데 도움이 되는 주변 인물과 상황도 함께 언급했다.

1135	1135년경 탄생했을 것으로 추정된다.
1137	후일 크레티앵의 문학 후원자가 되는 마리 드 샹파뉴의 모친 알리에노르 다키텐(1122~1204)이 프랑스 국왕 루이 7세와 결혼했다.
1138	제프리 몬머스가 『브리튼 왕 열전』을 집필했다. 이 작품에서 아서 왕이 색슨인들과 로마인들을 상대로 거둔 승리를 언급하고 있다. 이러한 아서 왕 전설은 크레티앵과 마리에게 영향을 끼쳤을 것으로 생각된다.
1145	프랑스 국왕 루이 7세와 왕비 알리에노르 다키텐 사이에 마리가 태어났다. 마리는 후일 크레티앵의 문학 후원자가 되었다.
1147	프랑스 국왕 루이 7세가 왕비 알리에노르 다키텐과 함께 제4차 십자군에 참여하기 위해 성지로 출발했다.
1152	알리에노르 다키텐은 아들을 낳지 못한다는 이유로 소박을 맞는 즉시 잉글랜드 왕국의 왕자 헨리 플란태지넷과 재혼했다. 앙주 백작이자 노르망디 공작이기도 한 헨리는 1154년 잉글랜드 국왕(헨

리 2세)이 되었으며 알리에노르와의 사이에 자녀 열 명을 낳았다. 왕자 넷 중에 둘이 리처드 사자왕과 존 결지왕이다.

1153   프랑스 국왕 루이 7세의 공주 마리가 샹파뉴 백작 앙리(1122~81, 앙리 자유백)와 약혼했다.

1160   프랑스 국왕 루이 7세가 후사를 얻기 위해 샹파뉴 백작 앙리의 여동생인 아델 드 샹파뉴와 세번째 결혼을 했다. 그러니까 아델은 마리에게 시누이이자 계모가 된 셈이다.

1160~72   크레티앵은 샹파뉴 백작 궁정에서 문장관(紋章官)으로 근무했다.

1164   마리가 샹파뉴 백작 앙리와 결혼했다.

1165   프랑스 국왕 루이 7세가 아델 드 샹파뉴와의 사이에서 아들을 낳았다. 그는 나중에 필리프 2세 존엄왕이 된다.

1165~73   푸아티에와 아키텐에 있는 알리에노르의 궁정에는 궁정식 사랑을 노래한 베르나르 드 방타두르 같은 남프랑스의 저명한 음유시인들, 오비디우스의 작품을 프랑스어로 번안한 베누아 드 생트모르 같은 푸아티에 문인들이 드나들었다. 1170년경 알리에노르의 궁정에 머물렀던 마리는 이들에게서 영향을 받은 것으로 추정된다.

1165~75   크레티앵은 오비디우스의 『변신』의 제6부를 번안한 『필로멜레』를 집필했다.

1169~70   크레티앵은 첫 로망 『에레크와 에니드』를 집필했다.

1170~74   사랑의 성격에 대한 논쟁이 일어난 시기다. 한편으로는 오크어 음유시인 랭보 도랑주·베르나르 드 방타두르와, 다른 한편으로는 방금 오비디우스를 번안하고 『마크 왕과 이졸데』를 쓴 크레티앵 사이에 논쟁이 일어났다. 전자는 연인과의 육체적 환희를, 후자는 내적 환희를 강조한다.

1173	크레티앵은 루아르 강 이북, 아마도 트루아나 일드프랑스에 있는 교구 성당 학교에서 고전 교육을 받고 1173년경 하급품 사제가 되었던 것으로 추측된다.
	알리에노르 다키텐이 잉글랜드에 거주하게 되면서 문학 활동의 본산이 푸아티에 궁정에서 마리의 시집인 샹파뉴 궁정으로 이동했다. 크레티앵은 자신의 로망에서 고대의 주제 대신에 아서 왕 관련 브리튼 주제를 다루기 시작했다.
1176~77	크레티앵은 백작 부인 마리의 후원 아래 문학 활동을 이어가면서 『클리제스』를 집필하고 『사자와 함께한 기사』와 『죄수 마차를 탄 기사』의 집필에 착수했다.
1180	루이 7세 사망, 아들 필리프 2세 존엄왕의 치세가 시작되었다.
1181	샹파뉴 백작 앙리가 사망하고 미망인 마리 드 샹파뉴가 섭정을 시작했다. 크레티앵은 두 로망 『사자와 함께한 기사』와 『죄수 마차를 탄 기사』의 집필을 완료하고 후자를 마리 드 샹파뉴에게 헌정했다. 그리고 『그라알 이야기』의 집필을 시작했다. 크레티앵은 이 작품의 「서문」에서 그의 후원자였던 플랑드르 백작 필리프 달자스에게 이 작품을 헌정한다고 밝혔다.
1189	잉글랜드 국왕 헨리 2세가 사망하고 리처드 사자왕이 계승했다.
1190	크레티앵은 『그라알 이야기』를 완성하지 못하고 1190년 이후 사망한 것으로 추정된다.
1191	『그라알 이야기』를 헌정받은 플랑드르 백작 필리프 달자스가 사망했다.
1198	5월 11일 크레티앵의 문학 후원자였던 마리 드 샹파뉴가 사망했다.
1204	마리 드 샹파뉴의 모친 알리에노르 다키텐이 사망했다.

'대산세계문학총서'를 펴내며

2010년 12월 대산세계문학총서는 100권의 발간 권수를 기록하게 되었습니다. 대산세계문학총서의 발간은 앞으로도 계속될 것이고, 따라서 100이라는 숫자는 완결이 아니라 연결의 의미를 지니는 것이지만, 그 상징성을 깊이 음미하면서 발전적 전환을 모색해야 하는 계기가 된 것은 분명합니다.

대산세계문학총서를 처음 시작할 때의 기본적인 정신과 목표는 종래의 세계문학전집의 낡은 틀을 깨고 우리의 주체적인 관점과 능력을 바탕으로 세계문학의 외연을 넓힌다는 것, 이를 통해 세계문학을 바라보는 우리의 시각을 전환하고 이해를 깊이 해나갈 수 있도록 한다는 것이었다고 간추려 말할 수 있습니다. 그리고 궁극적으로는 우리의 인문학을 지속적으로 발전시켜나갈 수 있는 동력이 될 수 있기를 희망하는 것이었습니다. 이러한 기본 정신은 앞으로도 조금도 흐트러지 않고 지켜나갈 것입니다.

이 같은 정신을 토대로 대산세계문학총서는 새로운 변화의 물결 또한 외면하지 않고 적극 대응하고자 합니다. 세계화라는 바깥으로부터의 충격과 대한민국의 성장에 힘입은 주체적 위상 강화는 문화나 문학의 분야에서도 많은 성찰과 이를 바탕으로 한 발상의 전환을 요구하고 있습니다. 이제 세계문학이란 더 이상 일방적인 학습과 수용의 대상이 아니라 동등한 대화와 교류의 상대입니다. 이런 점에서 대산세계문학총서가 새롭게 표방하고자 하는 개방성과 대화성은 수동적 수용이 아니라 보다 높은 수준의 문화적 주체성 수립을 지향하는 것이며, 이것이 궁극적으로 한국문학과 문화의 세계화에 이바지하게 되리라고 믿습니다.

또한 안팎에서 밀려오는 변화의 물결에 감춰진 위험에 대해서도 우리는 주의를 게을리하지 말아야 할 것입니다. 표면적인 풍요와 번영의 이면에는 여전히, 아니 이제까지보다 더 위협적인 인간 정신의 황폐화라는 그늘이 짙게 드리워져 있는 것이 사실입니다. 대산세계문학총서는 이에 대항하는 정신의 마르지 않는 샘이 되고자 합니다.

'대산세계문학총서' 기획위원회

대 산 세 계 문 학 총 서